《祝福》评析

蔡晓峰　编著

辽海出版社

图书在版编目（CIP）数据

《祝福》评析／蔡晓峰编著． － － 沈阳：辽海出版
社，2019．3

ISBN 978 － 7 － 5451 － 5260 － 9

Ⅰ．①祝…　Ⅱ．①蔡…　Ⅲ．①鲁迅小说－小说评论
Ⅳ．①I210．97

中国版本图书馆 CIP 数据核字（2019）第 033770 号

责任编辑：柳海松
责任校对：顾　季
装帧设计：廖　海
成品尺寸：145mm×210mm
印　　张：8
字　　数：172 千字
出版时间：2019 年 3 月第 1 版
印刷时间：2019 年 3 月第 1 次印刷

出 版 者：辽海出版社
印 刷 者：北京中振源印务有限公司

ISBN 978 － 7 － 5451 － 5260 － 9　　　　定　　价：38.00 元

目　录

祝　福

　　旧历的年底毕竟最像年底，村镇上不必说，就在天空中也显出将到新年的气象来。灰白色的沉重的晚云中间时时发出闪光，接着一声钝响，是送灶的爆竹；近处燃放的可就更强烈了，震耳的大音还没有息，空气里已经散满了幽微的火药香。我是正在这一夜回到我的故乡鲁镇的。虽说故乡，然而已没有家，所以只得暂寓在鲁四老爷的宅子里。他是我的本家，比我长一辈，应该称之曰"四叔"，是一个讲理学的老监生①。他比先前并没有什么大改变，单是老了些，但也还未留胡子，一见面是寒暄，寒暄之后说我"胖了"，说我"胖了"之后即大骂起新党②。但我知道，这并非借题在骂我：因为他所骂的还是康有为。但是，谈话是总不投机的了，于是不多久，我便一个人剩在书房里。

　　第二天，我起得很迟，午饭之后，出去看了几个本家和朋友；第三天也照样。他们也都没有什么大改变，单是老了些；家中却一律忙，都在准备着"祝福"。这是鲁镇年终的大典，致敬尽礼，迎接福神，拜求来年一年中的好运气的。杀鸡，宰鹅，买

---

① 监生：国子监是明清两代的最高学府，监生是国子监学生的简称。
② 新党：指支持维新或拥护革命的人。

猪肉，用心细细的洗，女人的臂膊都在水里浸得通红，有的还带着绞丝银镯子。煮熟之后，横七竖八的插些筷子在这类东西上，可就称为"福礼"了，五更天陈列起来，并且点上香烛，恭请福神们来享用；拜的却只限于男人，拜完自然仍然是放爆竹。年年如此，家家如此——只要买得起福礼和爆竹之类的——今年自然也如此。天色愈阴暗了，下午竟下起雪来，雪花大的有梅花那么大，满天飞舞，夹着烟霭和忙碌的气色，将鲁镇乱成一团糟。我回到四叔的书房里时，瓦楞上已经雪白，房里也映得较光明，极分明的显出壁上挂着的朱拓的大"寿"字，陈抟老祖①写的；一边的对联已经脱落，松松的卷了放在长桌上，一边的还在，道是"事理通达心气和平"。我又无聊赖的到窗下的案头去一翻，只见一堆似乎未必完全的《康熙字典》，一部《近思录集注》和一部《四书衬》。无论如何，我明天决计要走了。

况且，一想到昨天遇见祥林嫂的事，也就使我不能安住。那是下午，我到镇的东头访过一个朋友，走出来，就在河边遇见她；而且见她瞪着的眼睛的视线，就知道明明是向我走来的。我这回在鲁镇所见的人们中，改变之大，可以说无过于她的了：五年前的花白的头发，即今已经全白，全不像四十上下的人；脸上瘦削不堪，黄中带黑，而且消尽了先前悲哀的神色，仿佛是木刻似的；只有那眼珠间或一轮，还可以表示她是一个活物。她一手提着竹篮，内中一个破碗，空的；一手拄着一支比她更长的竹竿，下端开了裂：她分明已经纯乎是一个乞丐了。

---

① 陈抟（tuán）老祖：北宋著名的道家学者。

我就站住，豫备她来讨钱。

"你回来了?"她先这样问。

"是的。"

"这正好。你是识字的，又是出门人，见识得多。我正要问你一件事——"她那没有精采的眼睛忽然发光了。

我万料不到她却说出这样的话来，诧异的站着。

"就是——"她走近两步，放低了声音，极秘密似的切切的说，"一个人死了之后，究竟有没有魂灵的?"

我很悚然，一见她的眼盯着我的，背上也就遭了芒刺一般，比在学校里遇到不及豫防的临时考，教师又偏是站在身旁的时候，惶急得多了。对于魂灵的有无，我自己是向来毫不介意的；但在此刻，怎样回答她好呢? 我在极短期的踌躇①中，想，这里的人照例相信鬼，然而她，却疑惑了——或者不如说希望：希望其有，又希望其无……人何必增添末路的人的苦恼——为她起见，不如说有罢。

"也许有罢——我想。"我于是吞吞吐吐的说。

"那么，也就有地狱了?"

"阿! 地狱?"我很吃惊，只得支吾着，"地狱?——论理，就该也有——然而也未必……谁来管这等事……"

"那么，死掉的一家的人，都能见面的?"

"唉唉，见面不见面呢? ……"这时我已知道自己也还是完全一个愚人，什么踌躇，什么计画，都挡不住三句问。我即刻胆

---

① 踌躇 (chóu chú)：犹豫。

4

怯起来了，便想全翻过先前的话来："那是……实在，我说不清……其实，究竟有没有魂灵，我也说不清。"

我乘她不再紧接的问，迈开步便走，匆匆的逃回四叔的家中，心里很觉得不安逸。自己想，我这答话怕于她有些危险。她大约因为在别人祝福的时候，感到自身的寂寞了，然而会不会含有别的什么意思的呢？——或者是有了什么豫感了？倘有别的意思，又因此发生别的事，则我的答话委实该负若干的责任……但随后也就自笑，觉得偶尔的事，本没有什么深意义，而我偏要细细推敲，正无怪教育家要说是生着神经病；而况明明说过"说不清"，已经推翻了答话的全局，即使发生什么事，于我也毫无关系了。

"说不清"是一句极有用的话。不更事的勇敢的少年，往往敢于给人解决疑问，选定医生，万一结果不佳，大抵反成了怨府，然而用这说不清来作结束，便事事逍遥自在了。我在这时，更感到这一句话的必要，即使和讨饭的女人说话，也是万不可省的。

但是我总觉得不安，过了一夜，也仍然时时记忆起来，仿佛怀着什么不祥的豫感；在阴沉的雪天里，在无聊的书房里，这不安愈加强烈了。不如走罢，明天进城去。福兴楼的清炖鱼翅，一元一大盘，价廉物美，现在不知增价了否？往日同游的朋友，虽然已经云散，然而鱼翅是不可不吃的，即使只有我一个……无论如何，我明天决计要走了。

我因为常见些但愿不如所料，以为未必竟如所料的事，却每每恰如所料的起来，所以很恐怕这事也一律。果然，特别的情形开始了。傍晚，我竟听到有些人聚在内室里谈话，仿佛议论什么事似的，但不一会，说话声也就止了，只有四叔且走而且高声的说：

"不早不迟，偏偏要在这时候——这就可见是一个谬种！"

我先是诧异，接着是很不安，似乎这话与我有关系。试望门外，谁也没有。好容易待到晚饭前他们的短工来冲茶，我才得了打听消息的机会。

"刚才，四老爷和谁生气呢？"我问。

"还不是和祥林嫂？"那短工简捷的说。

"祥林嫂？怎么了？"我又赶紧的问。

"老了。"

"死了？"我的心突然紧缩，几乎跳起来，脸上大约也变了色，但他始终没有抬头，所以全不觉。我也就镇定了自己，接着问——

"什么时候死的？"

"什么时候？——昨天夜里，或者就是今天罢——我说不清。"

"怎么死的？"

"怎么死的？——还不是穷死的？"他淡然的回答，仍然没有抬头向我看，出去了。

然而我的惊惶却不过暂时的事，随着就觉得要来的事，已经过去，并不必仰仗我自己的"说不清"和他之所谓"穷死的"的宽慰，心地已经渐渐轻松；不过偶然之间，还似乎有些负疚。晚饭摆出来了，四叔俨然的陪着。我也还想打听些关于祥林嫂的消息，但知道他虽然读过"鬼神者二气之良能也"，而忌讳仍然极多，当临近祝福时候，是万不可提起死亡疾病之类的话的；倘不得已，就该用一种替代的隐语，可惜我又不知道，因此屡次想问，而终于中止了。我从他俨然的脸色上，又忽而疑他正以为我不早不迟，偏要在这时候来打搅他，也是一个谬种，便立刻告诉他明天要离开鲁镇，进城去，趁早放宽了他的心。他也不很留。这样闷闷的吃完了一餐饭。

冬季日短，又是雪天，夜色早已笼罩了全市镇。人们都在灯下匆忙，但窗外很寂静。雪花落在积得厚厚的雪褥上面，听去似乎瑟瑟有声，使人更加感得沉寂。我独坐在发出黄光的菜油灯下，想，这百无聊赖的祥林嫂，被人们弃在尘芥堆中的，看得厌倦了的陈旧的玩物，先前还将形骸露在尘芥里，从活得有趣的人们看来，恐怕要怪讶她何以还要存在，现在总算被无常打扫得干干净净了。魂灵的有无，我不知道；然而在现世，则无聊生者不生，即使厌见者不见，为人为己，也还都不错。我静听着窗外似乎瑟瑟作响的雪花声，一面想，反而渐渐的舒畅起来。

然而先前所见所闻的她的半生事迹的断片，至此也联成一片了。

她不是鲁镇人。有一年的冬初，四叔家里要换女工，做中人的卫老婆子带她进来了，头上扎着白头绳，乌裙，蓝夹袄，月白背心，年纪大约二十六七，脸色青黄，但两颊却还是红的。卫老婆子叫她祥林嫂，说是自己母家的邻舍，死了当家人，所以出来做工了。四叔皱了皱眉，四婶已经知道了他的意思，是在讨厌她是一个寡妇。但是她模样还周正，手脚都壮大，又只是顺着眼，不开一句口，很像一个安分耐劳的人，便不管四叔的皱眉，将她留下。试工期内，她整天的做，似乎闲着就无聊，又有力，简直抵得过一个男子，所以第三天就定局，每月工钱五百文。

大家都叫她祥林嫂；没问她姓什么，但中人是卫家山人，既说是邻居，那大概也就姓卫了。她不很爱说话，别人问了才回答，答得也不多。直到十几天之后，这才陆续的知道她家里还有严厉的婆婆；一个小叔子，十多岁，能打柴了；她是春天没了丈夫的；他本来也打柴为生，比她小十岁：大家所知道的就只是这一点。

日子很快的过去了，她的做工却丝毫没有懈，食物不论，力气是不惜的。人们都说鲁四老爷家里雇着了女工，实在比勤快的男人还勤快。到年底，扫尘，洗地，杀鸡，宰鹅，彻夜的煮福礼，全是一人担当，竟没有添短工。然而她反满足，口角边渐渐的有了笑影，脸上也白胖了。

新年才过，她从河边淘米回来时，忽而失了色，说刚才远远地看见一个男人在对岸徘徊，很像夫家的堂伯，恐怕是正为寻她而来的。四婶很惊疑，打听底细，她又不说。四叔一知道，就皱一皱眉，道：

"这不好。恐怕她是逃出来的。"

她诚然是逃出来的，不多久，这推想就证实了。

此后大约十几天，大家正已渐渐忘却了先前的事，卫老婆子忽而带了一个三十多岁的女人进来了，说那是祥林嫂的婆婆。那女人虽是山里人模样，然而应酬很从容，说话也能干，寒暄之后，就赔罪，说她特来叫她的儿媳回家去，因为开春事务忙，而家中只有老的和小的，人手不够了。

"既是她的婆婆要她回去，那有什么话可说呢？"四叔说。

于是算清了工钱，一共一千七百五十文，她全存在主人家，一文也还没有用，便都交给她的婆婆。那女人又取了衣服，道过谢，出去了。其时已经是正午。

"阿呀，米呢？祥林嫂不是去淘米的么……"好一会，四婶这才惊叫起来。她大约有些饿，记得午饭了。

于是大家分头寻淘箩。她先到厨下，次到堂前，后到卧房，全不见淘箩的影子。四叔踱出门外，也不见，直到河边，才见平平正正的放在岸上，旁边还有一株菜。

看见的人报告说，河里面上午就泊了一只白篷船，篷是全盖起来的，不知道什么人在里面，但事前也没有人去理会他。待到祥林嫂出来淘米，刚刚要跪下去，那船里便突然跳出两个男人来，像是山里人，一个抱住她，一个帮着，拖进船去了。祥林嫂还哭喊了几声，此后便再没有什么声息，大约给用什么堵住了罢。接着就走上两个女人来，一个不认识，一个就是卫婆子，窥探舱里，不很分明，她像是捆了躺在船板上。

"可恶！然而……"四叔说。

这一天是四婶自己煮午饭；他们的儿子阿牛烧火。

午饭之后，卫老婆子又来了。

"可恶！"四叔说。

"你是什么意思？亏你还会再来见我们。"四婶洗着碗，一见面就愤愤的说，"你自己荐她来，又合伙劫她去，闹得沸反盈天的，大家看了成个什么样子？你拿我们家里开玩笑么？"

"阿呀阿呀，我真上当。我这回，就是为此特地来说说清楚的。她来求我荐地方，我那里料得到是瞒着她的婆婆的呢。对不起，四老爷，四太太。总是我老发昏，不小心，对不起主顾。幸而府上是向来宽宏大量，不肯和小人计较的。这回我一定荐一个好的来折罪……"

"然而……"四叔说。

于是祥林嫂事件便告终结，不久也就忘却了。

只有四婶，因为后来雇用的女工，大抵非懒即馋，或者馋而且懒，左右不如意，所以也还提起祥林嫂。每当这些时候，她往往自言自语的说："她现在不知道怎么样了？"意思是希望她再来。但到第二年的新正①，她也就绝了望。

新正将尽，卫老婆子来拜年了，已经喝得醉醺醺的，自说因为回了一趟卫家山的娘家，住下几天，所以来得迟了。她们问答之间，自然就谈到祥林嫂。

"她么？"卫老婆子高兴的说，"现在是交了好运了。她婆婆来抓她回去的时候，是早已许给了贺家墺的贺老六的，所以回家之后不几天，也就装在花轿里抬去了。"

"阿呀，这样的婆婆！……"四婶惊奇的说。

"阿呀，我的太太！你真是大户人家的太太的话。我们山里人，小户人家，这算得什么？她有小叔子，也得娶老婆。不嫁了她，那有这一注钱来做聘礼？她的婆婆倒是精明强干的女人呵，很有打算，所以就将她嫁到里山去。倘许给本村人，财礼就不多；唯独肯嫁进深山野墺里去的女人少，所以她就到手了八十千。现在第二个儿子的媳妇也娶进了，财礼只花了五十，除去办

---

① 新正：即正月。

喜事的费用，还剩十多千。吓，你看，这多么好打算……"

"祥林嫂竟肯依？……"

"这有什么依不依——闹是谁也总要闹一闹的；只要用绳子一捆，塞在花轿里，抬到男家，捺上花冠，拜堂，关上房门，就完事了。可是祥林嫂真出格，听说那时实在闹得厉害，大家还都说大约因为在念书人家做过事，所以与众不同呢。太太，我们见得多了：回头人出嫁，哭喊的也有，说要寻死觅活的也有，抬到男家闹得拜不成天地的也有，连花烛都砸了的也有。祥林嫂可是异乎寻常，他们说她一路只是嚎，骂，抬到贺家墺，喉咙已经全哑了。拉出轿来，两个男人和她的小叔子使劲的擒住她也还拜不成天地。他们一不小心，一松手，阿呀，阿弥陀佛，她就一头撞在香案角上，头上碰了一个大窟窿，鲜血直流，用了两把香灰，包上两块红布还止不住血呢。直到七手八脚的将她和男人反关在新房里，还是骂，阿呀呀，这真是……"她摇一摇头，顺下眼睛，不说了。

"后来怎么样呢？"四婶还问。

"听说第二天也没有起来。"她抬起眼来说。

"后来呢？"

"后来？——起来了。她到年底就生了一个孩子，男的，新年就两岁了。我在娘家这几天，就有人到贺家墺去，回来说看见他们娘儿俩，母亲也胖，儿子也胖；上头又没有婆婆；男人所有的是力气，会做活；房子是自家的——唉唉，她真是交了好运了。"

从此之后，四婶也就不再提起祥林嫂。

但有一年的秋季，大约是得到祥林嫂好运的消息之后的又过了两个新年，她竟又站在四叔家的堂前了。桌上放着一个荸荠式的圆篮，檐下一个小铺盖。她仍然头上扎着白头绳，乌裙，蓝夹袄，月白背心，脸色青黄，只是两颊上已经消失了血色，顺着眼，眼角上带些泪痕，眼光也没有先前那样精神了。而且仍然是卫老婆子领着，显出慈悲模样，絮絮的对四婶说，

"……这实在是叫作'天有不测风云'，她的男人是坚实人，谁知道年纪青青，就会断送在伤寒上？本来已经好了的，吃了一碗冷饭，复发了。幸亏有儿子；她又能做，打柴摘茶养蚕都来得，本来还可以守着，谁知道那孩子又会给狼衔去的呢？春天快完了，村上倒反来了狼，谁料到？现在她只剩了一个光身了。大伯来收屋，又赶她。她真是走投无路了，只好来求老主人。好在她现在已经再没有什么牵挂，太太家里又凑巧要换人，所以我就领她来——我想，熟门熟路，比生手实在好得多……"

"我真傻，真的，"祥林嫂抬起她没有神采的眼睛来，接着说，"我单知道下雪的时候野兽在山墺里没有食吃，会到村里来；我不知道春天也会有。我一清早起来就开了门，拿小篮盛了一篮豆，叫我们的阿毛坐在门槛上剥豆去。他是很听话的，我的话句句听；他出去了。我就在屋后劈柴，淘米，米下了锅，要蒸豆。我叫阿毛，没有应，出去一看，只见豆撒得一地，没有我们的阿毛了。他是不到别家去玩的；各处去一问，果然没有。我急了，央人出去寻。直到下半天，寻来寻去寻到山墺里，看见刺柴上挂着一只他的小鞋。大家都说，糟了，怕是遭了狼了。再进去；他果然躺在草窠里，肚里的五脏已经都给吃空了，手上还紧紧的捏着那只小篮呢……"她接着但是呜咽，说不出成句的话来。

四婶起初还踟蹰，待到听完她自己的话，眼圈就有些红了。她想了一想，便教拿圆篮和铺盖到下房去。卫老婆子仿佛卸了一肩重担似的嘘一口气；祥林嫂比初来时候神气舒畅些，不待指引，自己驯熟的安放了铺盖。她从此又在鲁镇做女工了。

大家仍然叫她祥林嫂。

然而这一回，她的境遇却改变得非常大。上工之后的两三天，主人们就觉得她手脚已没有先前一样灵活，记性也坏得多，死尸似的脸上又整日没有笑影，四婶的口气上，已颇有些不满了。当她初到的时候，四叔虽然照例皱过眉，但鉴于向来雇用女工之难，也就并不大反对，只是暗暗地告诫四婶说，这种人虽然似乎很可怜，但是败坏风俗的，用她帮忙还可以，祭祀时候可用不着她沾手，一切饭菜，只好自己做，否则，不干不净，祖宗是不吃的。

四叔家里最重大的事件是祭祀，祥林嫂先前最忙的时候也就是祭祀，这回她却清闲了。桌子放在堂中央，系上桌帏，她还记得照旧的去分配酒杯和筷子。

"祥林嫂，你放着罢！我来摆。"四婶慌忙的说。

她讪讪的缩了手，又去取烛台。

"祥林嫂，你放着罢！我来拿。"四婶又慌忙的说。

她转了几个圆圈，终于没有事情做，只得疑惑的走开。她在这一天可做的事不过是坐在灶下烧火。

镇上的人们也仍然叫她祥林嫂，但音调和先前很不同；也还和她讲话，但笑容却冷冷的了。她全不理会那些事，只是直着眼睛，和大家讲她自己日夜不忘的故事——

"我真傻，真的，"她说，"我单知道雪天是野兽在深山里没有食吃，会到村里来；我不知道春天也会有。我一大早起来就开了门，拿小篮盛了一篮豆，叫我们的阿毛坐在门槛上剥豆去。他是很听话的孩子，我的话句句听；他就出去了。我就在屋后劈柴，淘米，米下了锅，打算蒸豆。我叫，'阿毛！'没有应。出去一看，只见豆撒得满地，没有我们的阿毛了。各处去一问，都没有。我急了，央人去寻去。直到下半天，几个人寻到山墺里，看见刺柴上挂着一只他的小鞋。大家都说，完了，怕是遭了狼了。再进去；果然，他躺在草窠里，肚里的五脏已经都给吃空了，可怜他手里还紧紧的捏着那只小篮呢……"她于是淌下眼泪来，声音也呜咽了。

这故事倒颇有效，男人听到这里，往往敛起笑容，没趣的走了开去；女人们却不独宽恕了她似的，脸上立刻改换了鄙薄的神气，还要陪出许多眼泪来。有些老女人没有在街头听到她的话，便特意寻来，要听她这一段悲惨的故事。直到她说到呜咽，她们也就一齐流下那停在眼角上的眼泪，叹息一番，满足的去了，一面还纷纷的评论着。

她就只是反复的向人说她悲惨的故事，常常引住了三五个人来听她。但不久，大家也都听得纯熟了，便是最慈悲的念佛的老太太们，眼里也再不见有一点泪的痕迹。后来全镇的人们几乎都能背诵她的话，一听到就烦厌得头痛。

"我真傻，真的。"她开首说。

"是的，你是单知道雪天野兽在深山里没有食吃，才会到村里来的。"他们立即打断她的话，走开去了。

她张着口怔怔的站着，直着眼睛看他们，接着也就走了，似乎自己也觉得没趣。但她还妄想，希图从别的事，如小篮，豆，别人的孩子上，引出她的阿毛的故事来。倘一看见两三岁的小孩子，她就说：

"唉唉，我们的阿毛如果还在，也就有这么大了……"

孩子看见她的眼光就吃惊，牵着母亲的衣襟催她走。于是又只剩下她一个，终于没趣的也走了。后来大家又都知道了她的脾气，只要有孩子在眼前，便似笑非笑的先问她，道：

"祥林嫂，你们的阿毛如果还在，不是也就有这么大了么？"

她未必知道她的悲哀经大家咀嚼赏鉴了许多天，早已成为渣滓，只值得烦厌和唾弃；但从人们的笑影上，也仿佛觉得这又冷又尖，自己再没有开口的必要了。她单是一瞥他们，并不回答一句话。

鲁镇永远是过新年，腊月二十以后就忙起来了。四叔家里这回须雇男短工，还是忙不过来，另叫柳妈做帮手，杀鸡，宰鹅；然而柳妈是善女人，吃素，不杀生的，只肯洗器皿。祥林嫂除烧火之外，没有别的事，却闲着了，坐着只看柳妈洗器皿。微雪点点的下来了。

"唉唉，我真傻。"祥林嫂看了天空，叹息着，独语似的说。

"祥林嫂，你又来了。"柳妈不耐烦的看着她的脸说。"我问你：你额角上的伤疤，不就是那时撞坏的么？"

"唔唔。"她含胡的回答。

"我问你：你那时怎么后来竟依了呢？"

"我么？……"

"你呀。我想：这总是你自己愿意了，不然……"

"阿阿，你不知道他力气多么大呀。"

"我不信。我不信你这么大的力气，真会拗他不过。你后来一定是自己肯了，倒推说他力气大。"

"阿阿，你……你倒自己试试看。"她笑了。

柳妈的打皱的脸也笑起来，使她蹙①缩得像一个核桃；干枯的小眼睛一看祥林嫂的额角，又钉住她的眼。祥林嫂似乎很局促了，立刻敛了笑容，旋转眼光，自去看雪花。

"祥林嫂，你实在不合算。"柳妈诡秘的说，"再一强，或者索性撞一个死，就好了。现在呢，你和你的第二个男人过活不到两年，倒落了一件大罪名。你想，你将来到阴司去，那两个死鬼的男人还要争，你给了谁好呢？阎罗大王只好把你锯开来，分给他们。我想，这真是……"

她脸上就显出恐怖的神色来，这是在山村里所未曾知道的。

"我想，你不如及早抵当。你到土地庙里去捐一条门槛，当作你的替身，给千人踏，万人跨，赎了这一世的罪名，免得死了去受苦。"

她当时并不回答什么话，但大约非常苦闷了，第二天早上起来的时候，两眼上便都围着大黑圈。早饭之后，她便到镇的西头的土地庙里去求捐门槛。庙祝②起初执意不允许，直到她急得流泪，才勉强答应了。价目是大钱十二千。

她久已不和人们交口，因为阿毛的故事是早被大家厌弃了的；但自从和柳妈谈了天，似乎又即传扬开去，许多人都发生了

---

① 蹙（cù）：皱，收缩。
② 庙祝：庙里掌管香火的人。

新趣味，又来逗她说话了。至于题目，那自然是换了一个新样，专在她额上的伤疤。

"祥林嫂，我问你：你那时怎么竟肯了？"一个说。

"唉，可惜，白撞了这一下。"一个看着她的疤，应和道。

她大约从他们的笑容和声调上，也知道是在嘲笑她，所以总是瞪着眼睛，不说一句话，后来连头也不回了。她整日紧闭了嘴唇，头上带着大家以为耻辱的记号的那伤痕，默默的跑街，扫地，洗菜，淘米。快够一年，她才从四婶手里支取了历来积存的工钱，换算了十二元鹰洋，请假到镇的西头去。但不到一顿饭时候，她便回来，神气很舒畅，眼光也分外有神，高兴似的对四婶说，自己已经在土地庙捐了门槛了。

冬至的祭祖时节，她做得更出力，看四婶装好祭品，和阿牛将桌子抬到堂屋中央，她便坦然的去拿酒杯和筷子。

"你放着罢，祥林嫂！"四婶慌忙大声说。

她像是受了炮烙似的缩手，脸色同时变作灰黑，也不再去取烛台，只是失神的站着。直到四叔上香的时候，教她走开，她才走开。这一回她的变化非常大，第二天，不但眼睛窈陷下去，连精神也更不济了。而且很胆怯，不独怕暗夜，怕黑影，即使看见人，虽是自己的主人，也总惴惴的，有如在白天出穴游行的小鼠；否则呆坐着，直是一个木偶人。不半年，头发也花白起来了，记性尤其坏，甚而至于常常忘却了去淘米。

"祥林嫂怎么这样了？倒不如那时不留她。"四婶有时当面就这样说，似乎是警告她。

然而她总如此，全不见有伶俐起来的希望。他们于是想打发她走了，教她回到卫老婆子那里去。但当我还在鲁镇的时候，不过单是这样说；看现在的情状，可见后来终于实行了。然而她是从四叔家出去就成了乞丐的呢，还是先到卫老婆子家然后再成乞丐的呢？那我可不知道。

我给那些因为在近旁而极响的爆竹声惊醒，看见豆一般大的黄色的灯火光，接着又听得毕毕剥剥的鞭炮，是四叔家正在"祝福"了；知道已是五更将近时候。我在蒙眬中，又隐约听到远处的爆竹声连绵不断，似乎合成一天音响的浓云，夹着团团飞舞的雪花，拥抱了全市镇。我在这繁响的拥抱中，也懒散而且舒适，从白天以至初夜的疑虑，全给祝福的空气一扫而空了，只觉得天地圣众歆享①了牲醴②和香烟，都醉醺醺的在空中蹒跚，豫备给鲁镇的人们以无限的幸福。

一九二四年二月七日

【评析：《祝福》出自《彷徨》。小说集的名字告诉我们这样一个事实——当时鲁迅先生的心态。但是不是对革命产生了怀疑，而是反思。

我们看见文化好像也不能拯救人们的灵魂。五四之后是长久的低潮。怎么办？中国的问题究竟在哪里？

于是祥林嫂出现了。她是最惨的中国妇女，经历了所有妇女

---

① 歆享：旧指鬼神享受祭品、香火。
② 牲醴（lǐ）：指祭祀用的牲口和甜酒。

的不幸。然而是谁导致她不幸呢？是命运？是社会？是鲁四老爷？

文本讨论了很多，最后我们发现了一群可怕的凶手……四周和她同样不幸的人，他们看似同情却冷漠地逼迫着祥林嫂……

眼神里透出的悲剧命运——《祝福》祥林嫂的眼睛描写赏析

"眼睛是心灵的窗户。"要写出一个人精神面貌的变化过程，无疑，眼睛的刻画是最重要的。鲁迅先生也说："要极俭省的画出一个人的特点，最好是画她的眼睛。"《祝福》就可以说是这样一个生动的明证。

《祝福》是鲁迅一九二四至一九二五年间小说合集《彷徨》中的第一篇。它以一个淳朴善良的农村劳动妇女为主角，通过祥林嫂一生的悲惨遭遇，反映了辛亥革命以后中国的社会矛盾，深刻地反映出旧社会中千千万万劳动妇女共同的悲惨命运：肉体遭受压榨、蹂躏，精神也受到摧残和毒害。而文中作者对祥林嫂眼神的刻画，也生动体现了祥林嫂性格的发展过程，鲜明地表现了她内心世界的深刻变化，从而印记着祥林嫂悲惨一生的足迹。

当祥林嫂第一次出现在鲁镇时，她是一个寡妇，做了鲁四老爷家的佣工。"头上扎着白头绳，乌裙，蓝夹袄，月白背心，年纪大约二十六七，脸色青黄，但两颊却还是红的……但看她模样还周正，手脚都壮大，又只是顺着眼，不开一句口，很像一个安分耐劳的人"。"顺着眼"，突出的是祥林嫂安分守己的性格，体现的是她吃苦耐劳的品质，展现的是她良好的身体状态。"两颊还是红的""顺着眼"的新寡，虽然夫死悲切，但尚年轻，尽管有初当佣工的胆怯，但尚可以自食其力相慰。可这时的祥林嫂是从严厉的婆家逃出来的，在当时封建社会当中，无疑这只是她恐怖命运悲剧的开始。

可没料到，婆婆索她被卖再嫁，后来第二次丧夫，又没了孩子的依靠，她不得不再次到鲁镇帮工。此时的祥林嫂"她仍然头上扎着白头绳，乌裙，蓝夹袄，月白背心，脸色青黄，只是两颊上已经消失了血色，顺着眼，眼角上带些泪痕，眼光也没有先前那样精神了"。从这里可以看到，此时的她穿的衣着和头饰同第一次相同，所不同的是脸色和眼光：眼角上带些泪痕，眼光也没有先前那样精神了，这很明显是今不如昔了。这表明祥林嫂的境遇一次不如一次，打击接踵而来，经过了难得的抗争后她还是回到了不幸的起点上。尽管她还是做了鲁四老爷家的佣工，也还是"顺着眼"，但"眼光没有先前那样精神了"的刻画，不正是她在人生道路上遭受惨重打击，内心痛苦而又难以表达的外在表现吗？不正是她在又一次遭受夫死子亡打击后痛苦心灵的写照吗？从她"也没有先前那样精神"的"眼光"里，我们不难看出，这时她忍受的精神痛苦，比第一次出现在鲁镇时更为深重，她的悲剧命运进一步发展着。

后来当祥林嫂捐了门槛回来，"眼光也分外有神"。她心想，这下我可以和别人一样平起平坐了，也能够好好的办"祝福"了，这生动的表现她自以为赎了罪孽后的欢快和对未来充满希望的心情。可没料到鲁四老爷的一声断喝彻底击碎了她的愿望。于是她被赶出鲁四老爷家的日子当然也就为期不远了。于是当"我"在河边遇见祥林嫂时，她已经不在鲁四老爷家做佣工了也就不言而喻了。此时只见她"脸上瘦削不堪，黄中带黑，而且消尽了先前悲哀的神色，仿佛木刻似的；只有那眼珠间或一轮，还可以表示她是一个活物"。无疑她已到了流落街头，沦为乞丐的地步了。这表明她在无数次的严重打击和折磨下，已陷入极度悲哀，内心痛苦已无法表露，精神已完全麻木了，很明显已失去对生活的希望。但后来当她向"我"发问时，"那没有精采的眼睛突然发光了"。而这"发光"是在长期痛苦的思索中，她所产生的对魂灵的怀疑而萌发的一丝希望，她希望死后能免除更大的苦痛与恐怖，这就从骨子里体现了封建礼教观念给她带来的伤害，不但考虑现世，还要考虑来世，这样祥林嫂的死也就必然，悲剧意味就更强烈了。从而让人们感叹：这是多么可怜的人，又是多么值得可叹呀！寄寓了人们带给她的无限同情与伤感。因此，这里的"画眼睛"，更能给读者一种心灵的震撼和深沉的悲哀。

　　总之，一个眼睛，别样眼神，充分展示了祥林嫂从善良做人，勤快耐劳，到失去对生活的信心；从坚忍顽强，到麻木迟钝，只求死后平安的悲苦命运的轨迹。它概括了祥林嫂一生的不幸，鲜明地表现了人物的遭遇和内心世界的变化，形象地表现了祥林嫂被封建礼教和封建思想一步步逼到绝境的过程，我们也就见微知著，从她的眼神变化中看到了旧制度一口一口地吞噬善良的劳动妇女，从而更加清醒认识到封建礼教人吃人的罪恶本质。真可谓是"一圈眼神细刻画，写尽人生悲苦命"啊！】

集外集拾遗

怀　旧

　　吾家门外有青桐一株，高可三十尺，每岁实如繁星，儿童掷石落桐子，往往飞入书窗中，时或正击吾案，一石入，吾师秃先生辄走出斥之。桐叶径大盈尺，受夏日微瘁，得夜气而苏，如人舒其掌。家之阍人王叟，时汲水沃地去暑热，或掇破几椅，持烟筒，与李妪谈故事，每月落参横，仅见烟斗中一星火，而谈犹弗止。

　　彼辈纳晚凉时，秃先生正教予属对，题曰："红花。"予对："青桐。"则挥曰："平仄弗调。"令退。时予已九龄，不识平仄为何物，而秃先生亦不言，则姑退。思久弗属，渐展掌拍吾股使发大声如扑蚊，冀秃先生知吾苦，而先生仍弗理；久之久之，始作摇曳声曰："来。"余健进。便书绿草二字曰："红平声，花平声，绿入声，草上声。去矣。"余弗遑听，跃而出。秃先生复作摇曳声曰："勿跳。"余则弗跳而出。

　　予出，复不敢戏桐下，初亦尝扳王翁膝，令道山家故事。而秃先生必继至，作厉色曰："孺子勿恶作剧！食事既耶？盍归就尔夜课矣。"稍迕，次日便以界尺击吾首曰："汝作剧何恶，读书何笨哉？"我秃先生盖以书斋为报仇地者，逐渐弗去。况明日复

22

非清明端午中秋，予又何乐？设清晨能得小恙，映午而愈者，可借此作半日休息亦佳；否则，秃先生病耳，死尤善。弗病弗死，吾明日又上学读《论语》矣。

明日，秃先生果又按吾《论语》，头摇摇然释字义矣。先生又近视，故唇几触书，做欲啮状。人常咎吾顽，谓读不半卷，篇页便大零落；不知此咻咻然之鼻息，日吹拂是，纸能弗破烂，字能弗漫漶耶！予纵极顽，亦何至此极耶！秃先生曰："孔夫子说，我到六十便耳顺；耳是耳朵。到七十便从心所欲，不逾这个矩了……"余都不之解，字为鼻影所遮，余亦不之见，但见《论语》之上，载先生秃头，灿然有光，可照我面目；特颇模糊臃肿，远不如后圃古池之明晰耳。

先生讲书久，战其膝，又大点其头，似自有深趣。予则大不耐，盖头光虽奇，久观亦自厌倦，势胡能久。

"仰圣先生！仰圣先生！"幸门外突作怪声，如见眚而呼救者。

"耀宗兄耶？……进可耳。"先生止《论语》不讲，举其头，出而启门，且作礼。

予初殊弗解先生何心，敬耀宗竟至是。耀宗金氏，居左邻，拥巨资；而敝衣破履，日日食菜，面黄肿如秋茄，即王翁亦弗之礼。尝曰："彼自蓄多金耳！不以一文见赠，何礼为？"故翁爱予而对耀宗特傲，耀宗亦弗恤，且聪慧不如王翁，每听谈故事，多不解，唯唯而已。李媪亦谓，彼人自幼至长，但居父母膝下如囚人，不出而交际，故识语殊聊聊。如语及米，则竟曰米，不可别粳糯；语及鱼，则竟曰鱼，不可分鲂鲤。否则不解，须加注几百句，而注中又多不解语，须更用疏，疏又有难词，则终不解而止，因不好与谈。惟秃先生特优遇，王翁等甚讶之。予亦私揣其

23

故，知耀宗曾以二十一岁无子，急蓄妾三人；而秃先生亦云以不孝有三，无后为大，故尝投三十一金，购如夫人一，则优礼之故，自因耀宗纯孝。王翁虽贤，学终不及先生，不测高深，亦无足怪；盖即予亦经覃思多日，始得其故者。

"先生，闻今朝消息耶？"

"消息？……未之闻，甚消息耶？"

"长毛且至矣！"

"长毛！……哈哈，安有是者……"

耀宗所谓长毛，即仰圣先生所谓发逆；而王翁亦谓之长毛，且云，时正三十岁。今王翁已越七十，距四十余年矣，即吾亦知无是。

"顾消息得自何墟三大人，云不日且至矣……"

"三大人耶？……则得自府尊者矣。是亦不可不防。"先生之仰三大人也，甚于圣，遂失色绕案而踱。

"云可八百人，我已遣底下人复至何墟探听。问究以何日来……"

"八百？……然安有是，哦，殆山贼或近地之赤巾党耳。"

秃先生智慧胜，立悟非是。不知耀宗固不论山贼海盗白帽赤巾，皆谓之长毛；故秃先生所言，耀宗亦弗解。

"来时当须备饭。我家厅事小，拟借张睢阳庙庭飨其半。彼辈既得饭，其出示安民耶？"耀宗禀性鲁，而箪食壶浆以迎王师之术，则有家训。王翁曾言其父尝遇长毛，伏地乞命，叩额赤肿如鹅，得弗杀，为之治庖侑食，因获殊宠，得多金。逮长毛败，以术逃归，渐为富室，居芜市云。时欲以一饭博安民，殊不如乃父智。

"此种乱人，运必弗长，试搜尽《纲鉴易知录》，岂见有成者？……特特亦间不无成功者。饭之，亦可也。虽然，耀宗兄！足下切勿自列名，委诸地甲可耳。"

"然！先生能为书顺民二字乎？"

"且勿且勿，此种事殊弗宜急，万一竟来，书之未晚。且耀宗兄！尚有一事奉告，此种人之怒，固不可撄，然亦不可太与亲近。昔发逆反时，户贴顺民字样者，间亦无效；贼退后，又窘于官军，故此事须待贼薄芜市时再议。惟尊眷却宜早避，特不必过远耳。"

"良是良是，我且告张睢阳庙道人去耳。"

耀宗似解非解，大感佩而去。人谓遍搜芜市，当以我秃先生为第一智者，语良不诬。先生能处任何时世，而使己身无几微之疴，故虽自盘古开辟天地后，代有战争杀伐治乱兴衰，而仰圣先生一家，独不殉难而亡，亦未从贼而死，绵绵至今，犹巍然拥皋比为予顽弟子讲七十而从心所欲不逾矩。若由今日天演家言之，或曰由宗祖之遗传；顾自我言之，则非从读书得来，必不有是。非然，则我与王翁李媪，岂独不受遗传，而思虑之密，不如此也。

耀宗既去，秃先生亦止书不讲，状颇愁苦，云将返其家，令子废读。予大喜，跃出桐树下，虽夏日炙吾头，亦弗恤，意桐下为我领地，独此一时矣。少顷，见秃先生急去，挟衣一大缚。先生往日，惟遇令节或年暮一归，归必持《八铭塾钞》数卷；今则全帙俨然在案，但携破篑中衣履去耳。

予窥道上，人多于蚁阵，而人人悉函惧意，惘然而行。手多有挟持，或徒其手，王翁语予，盖图逃难者耳。中多何墟人，来奔芜市；而芜市居民，则争走何墟。王翁自云前经患难，止吾家勿仓皇。李媪亦至金氏问讯，云仆犹弗归，独见众如夫人，方检脂粉芗泽纨扇罗衣之属，纳行篑中。此富家姨太太，似视逃难亦如春游，不可废口红眉黛者。予不暇问长毛事，自扑青蝇诱蚁出，践杀之，又舀水灌其穴，以窨蚁禹。未几见日脚遽去木末，李媪呼予饭。予殊弗解今日何短，若在平日，则此时正苦思属对，看秃先生作倦面也。饭已，李媪挈予出。王翁亦已出而纳凉，弗改常度。惟环而立者极多，张其口如睹鬼怪，月光娟娟，照见众齿，历落如排朽琼，王翁吸烟，语甚缓。

"……当时，此家门者，为赵五叔，性极憨。主人闻长毛来，令逃，则曰：'主人去，此家虚，我不留守，不将为贼占耶？'……"

"唉，蠢哉！……"李媪斗作怪叫，力斥先贤之非。

"而司爨之吴妪亦弗去，其人盖七十余矣，日日伏厨下不敢出。数日以来，但闻人行声，犬吠声，入耳惨不可状。既而人行犬吠亦绝，阴森如处冥中。一日远远闻有大队步声，经墙外而去。少顷少顷，突有数十长毛入厨下，持刀牵吴妪出，语格磔不甚可辨，似曰：'老妇！尔主人安在？趣将钱来！'吴妪拜曰：'大王，主人逃矣。老妇饿已数日，且乞大王食我，安有钱奉大王。'一长毛笑曰：'若欲食耶？当食汝。'斗以一圆物掷吴妪怀中，血模糊不可视，则赵五叔头也……"

"啊，吴妪不几吓杀耶？"李媪又大惊叫，众目亦益瞠，口亦益张。

"盖长毛叩门，赵五叔坚不启，斥曰：'主人弗在，若辈强欲入盗耳。'长……"

"将得真消息来耶？……"则秃先生归矣。予大窨，然察其颜色，颇不似前时严厉，因亦弗逃。思倘长毛来，能以秃先生头掷李媪怀中者，余可日日灌蚁穴，弗读《论语》矣。

"未也……长毛遂毁门，赵五叔亦走出，见状大惊，而长

26

毛……"

"仰圣先生！我底下人返矣。"耀宗竭尽全力作大声，进且语。

"如何？"秃先生亦问且出，睁其近眼，逾于余常见之大。余人亦竞向耀宗。

"三大人云长毛者谎，实不过难民数十人，过何墟耳。所谓难民，盖犹常来我家乞食者。"耀宗虑人不解难民二字，因尽其所知，为作界说，而界说只一句。

"哈哈！难民耶！……呵……"秃先生大笑，似自嘲前此仓皇之愚，且嗤难民之不足惧。众亦笑，则见秃先生笑，故助笑耳。

众既得三大人确消息，一哄而散，耀宗亦自归，桐下顿寂，仅留王翁辈四五人。秃先生踱良久，云："又须归慰其家人，以明晨返。"遂持其《八铭塾钞》去。临去顾余曰："一日不读，明晨能熟背否？趣去读书，勿恶作剧。"余大忧，目注王翁烟火不能答，王翁则吸烟不止。余见火光闪闪，大类秋萤堕草丛中，因忆去年扑萤误堕芦荡事，不复虑秃先生。

"唉，长毛来，长毛来，长毛初来时良可恐耳，顾后则何有。"王翁辍烟，点其首。

"翁盖曾遇长毛者，其事奈何？"李媪随急询之。

"翁曾作长毛耶？"余思长毛来而秃先生去，长毛盖好人，王翁善我，必长毛耳。

"哈哈！未也——李媪，时而年几何？我盖二十余矣。"

"我才十一，时吾母挈我奔平田，故不之遇。"

"我则奔幌山——当长毛至吾村时，我适出走。邻人牛四，及我两族兄稍迟，已为小长毛所得，牵出太平桥上，——以刀斫其颈，皆不殊，推入水，始毙。牛四多力，能负米二石五升走半里，今无如是人矣。我走及幌山，已垂暮，山巅乔木，虽略负日脚，而山趺之田禾，已受夜气，色较白日为青。既达山趺，后顾幸无追骑，心稍安。而前瞻不见乡人，则凄寂悲凉之感，亦与并作。久之神定，夜渐深，寂亦弥甚，入耳绝无人声，但有吱吱！汪汪汪！……"

"汪汪？"余大惑，问题不觉脱口。李媪则力握余手禁余，一若余之怀疑，能贻大祸于媪者。

"蛙鸣耳。此外则猫头鹰，鸣极惨厉……唉，李媪，尔知孤木立黑暗中，乃大类人耶？……哈哈，顾后则何有，长毛退时，我村人皆操锹锄逐之，逐者仅十余人，而彼虽百人不敢返斗。此后每日必去打宝，何墟三大人，不即因此发财者耶。"

"打宝何也？"余又惑。

"唔，打宝行宝，凡我村人穷追，长毛必投金银珠宝少许，令村人争拾，可以缓追。余曾得一明珠，大如戎菽，方在惊喜，牛二突以棍击吾脑，夺珠去；不然纵不及三大人，亦可作富家翁矣。彼三大人之父何狗保，亦即以是时归何墟，见有打大辫子之小长毛，伏其家破柜中……"

"啊！雨矣，归休乎。"李媪见雨，便生归心。

"否否，且住。"余殊弗愿，大类读小说者，见作惊人之笔后，继以欲知后事如何且听下回分解；则偏欲急看下回，非尽全卷不止，而李媪似不然。

"咦！归休耳，明日晏起，又要吃先生界尺矣。"

雨益大，打窗前芭蕉巨叶，如蟹爬沙，余就枕上听之，渐不闻。

"啊！先生！我下次用功矣……"

"啊！甚事？梦耶？……我之噩梦，亦为汝吓破矣……梦耶？何梦？"李媪趋就余榻，拍余背者屡。

"梦耳！……无之……媪何梦？"

"梦长毛耳！……明日当为汝言，今夜将半，睡矣，睡矣。"

（本篇最初发表于一九一三年四月二十五日上海《小说月报》第四卷第一号，署名周逴）

对于《新潮》一部分的意见

孟真先生：

来信收到了。现在对于《新潮》没有别的意见：倘以后想到什么，极愿意随时通知。

《新潮》每本里面有一二篇纯粹科学文，也是好的。但我的意见，以为不要太多；而且最好是无论如何总要对于中国的老病刺他几针，譬如说天文忽然骂阴历，讲生理终于打医生之类。现在的老先生听人说"地球椭圆"，"元素七十七种"，是不反对的了。《新潮》里装满了这些文章，他们或者还暗地里高兴（他们有许多很鼓吹少年专讲科学，不要议论，《新潮》三期通信内有史志元先生的信，似乎也上了他们的当）。现在偏要发议论，而且讲科学，讲科学而仍发议论，庶几乎他们依然不得安稳，我们也可告无罪于天下了。总而言之，从三皇五帝时代的眼光看来，讲科学和发议论都是蛇，无非前者是青梢蛇，后者是蝮蛇罢了；一朝有了棍子，就都要打死的。既然如此，自然还是毒重的好——但蛇自己不肯被打，也自然不消说得。

《新潮》里的诗写景叙事的多，抒情的少，所以有点单调。此后能多有几样作风很不同的诗就好了。翻译外国的诗歌也是一种要事，可惜这事很不容易。

《狂人日记》很幼稚，而且太逼促，照艺术上说，是不应该的。来信说好，大约是夜间飞禽都归巢睡觉，所以单见蝙蝠能干了。我自己知道实在不是作家，现在的乱嚷，是想闹出几个新的创作家来——我想中国总该有天才，被社会挤倒在底下——破破中国的寂寞。

《新潮》里的《雪夜》、《这也是一个人》、《是爱情还是苦痛》（起首有点小毛病），都是好的。上海的小说家梦里也没有想到过。这样下去，创作很有点希望。《扇误》译得很好。《推霞》实在不敢恭维。

鲁迅四月十六日

（本篇最初发表于一九一九年五月北京
《新潮》月刊第一卷第五号）

又是"古已有之"

太炎先生忽然在教育改进社年会的讲坛上"劝治史学"以"保存国性"，真是慨乎言之。但他漏举了一条益处，就是一治史学，就可以知道许多"古已有之"的事。

衣萍先生大概是不甚治史学的，所以将多用惊叹符号应该治罪的话，当作一个"幽默"。其意盖若曰，如此责罚，当为世间之所无有者也。而不知"古已有之"矣。

我是毫不治史学的，所以于史学很生疏。但记得宋朝大闹党人的时候，也许是禁止元祐学术的时候罢，因为党人中很有几个是有名的诗人，便迁怒到诗上面去，政府出了一条命令，不准大家做诗，违者笞二百！

而且我们应该注意，这是连内容的悲观和乐观都不问的，即使乐观，也仍然笞一百！

那时大约确乎因为胡适之先生还没有出世的缘故罢，所以诗上都没有用惊叹符号，如果用上，那可就怕要笞一千了，如果用上而又在"唉""呵呀"的下面，那一定就要笞一万了，加上"缩小像细菌放大像炮弹"的罪名，至少也得笞十万。衣萍先生所拟的区区打几百关几年，未免过于从轻发落，有姑容之嫌，但我知道他如果去做官，一定是一个很宽大的"民之父母"，只是想学心理学是不很相宜的。

然而做诗又怎么开了禁呢？听说是因为皇帝先做了一首，于是大家便又动手做起来了。

可惜中国已没有皇帝了，只有并不缩小的炮弹在天空里飞，哪有谁来用这还未放大的炮弹呢？

呵呀！还有皇帝的诸大帝国皇帝陛下呀，你做几首诗，用些惊叹符号，使敝国的诗人不至于受罪罢！唉！！！

这是奴隶的声音，我防爱国者要这样说。

诚然，这是对的，我在十三年之前，确乎是一个他族的奴隶，国性还保存着，所以"今尚有之"，而且因为我是不甚相信历史的进化的，所以还怕未免"后仍有之"。旧性是总要流露的，现在有几位上海的青年批评家，不是已经在那里主张"取缔文人"，不许用"花呀""吾爱呀"了么？但还没有定出"笞令"来。

倘说这不定"笞令"，比宋朝就进化；那么，我也就可以算从他族的奴隶进化到同族的奴隶，臣不胜屏营欣忭之至！

《晨报副刊》，署名谋生者）

通 讯

（致郑孝观）孝观先生：

我的无聊的小文，竟引出一篇大作，至于将记者先生打退，使其先"敬案"而后"道歉"，感甚佩甚。

我幼时并没有见过《涌幢小品》；回想起来，所见的似乎是《西湖游览志》及《志余》，明嘉靖中田汝成作。可惜这书我现在没有了，所以无从复案。我想，在那里面，或者还可以得到一点关于雷峰塔的材料罢。

鲁迅 二十四日

案：我在《论雷峰塔的倒掉》中，说这就是保砲塔，而伏园以为不然。郑孝观先生遂作《雷峰塔与保砲塔》一文，据《涌幢小品》等书，证明以这为保砲塔者盖近是。文载二十四日副刊中，甚长，不能具引。

一九三五年二月十三日，补记

（本篇最初发表于一九二四年十二月二十七日北京《京报副刊》）

32

诗歌之敌

大前天第一次会见"诗孩"，谈话之间，说到我可以对于《文学周刊》投一点什么稿子。我暗想倘不是在文艺上有伟大的尊号如诗歌小说评论等，多少总得装一些门面，使与尊号相当，而是随随便便近于杂感一类的东西，那总该容易的罢，于是即刻答应了。此后玩了两天，食粟而已，到今晚才向书桌坐下来预备写字，不料连题目也想不出，提笔四顾，右边一个书架，左边一口衣箱，前面是墙壁，后面也是墙壁，都没有给我少许灵感之意。我这才知道：大难已经临头了。

幸而因"诗孩"而联想到诗，但不幸而我于诗又偏是外行，倘讲些什么"义法"之流，岂非"鲁班门前掉大斧"？记得先前见过一位留学生，听说是大有学问的。他对我们喜欢说洋话，使我不知所云，然而看见洋人却常说中国话。这记忆忽然给我一种启示，我就想在《文学周刊》上论打拳；至于诗呢？留待将来遇见拳师的时候再讲。但正在略略踌躇之际，却又联想到较为妥当的，曾在《学灯》——不是上海出版的《学灯》——上见过的一篇春日一郎的文章来了，于是就将他的题目直抄下来：《诗歌之敌》。

那篇文章的开首说，无论什么时候，总有"反诗歌党"的。编成这一党派的分子：一、是凡要感得专诉于想象力的或种艺术的魅力，最要紧的是精神的炽烈的扩大，而他们却已完全不能扩大了的固执的智力主义者；二、是他们自己曾以媚态奉献于艺术神女，但终于不成功，于是一变而攻击诗人，以图报复的著作者；三、是以为诗歌的热烈的感情的奔进，足以危害社会的道德与平和的那些怀着宗教精神的人们。但这自然是专就西洋而论。

诗歌不能凭仗了哲学和智力来认识，所以感情已经冰结的思想家，即对于诗人往往有谬误的判断和隔膜的揶揄。最显著的例是洛克，他观作诗，就和踢球相同。在科学方面发扬了伟大的天才的巴士凯尔，于诗美也一点不懂，曾以几何学者的口吻断结说："诗者，非有少许稳定者也。"凡是科学底的人们，这样的很不少，因为他们精细地研钻着一点有限的视野，便绝不能和博大的诗人的感得全人间世，而同时又领会天国之极乐和地狱之大苦恼的精神相通。近来的科学者虽然对于文艺稍稍加以重视了，但如意大利的伦勃罗梭一流总想在大艺术中发见疯狂，奥国的佛罗特一流专一用解剖刀来分割文艺，冷静到入了迷，至于不觉得自己的过度的穿凿附会者，也还是属于这一类。中国的有些学者，我不能妄测他们于科学究竟到了怎样高深，但看他们或者至于诧异现在的青年何以要介绍被压迫民族文学，或者至于用算盘来算定新诗的乐观或悲观，即以决定中国将来的运命，则颇使人疑是对于巴士凯尔的冷嘲。因为这时可以改篡他的话："学者，非有少许稳定者也。"

但反诗歌党的大将总要算柏拉图。他是艺术否定论者，对于悲剧喜剧，都加攻击，以为足以灭亡我们灵魂中崇高的理性，鼓舞劣等的情绪，凡有艺术，都是模仿的模仿，和"实在"尚隔三层；又以同一理由，排斥荷马。在他的《理想国》中，因为诗歌有能鼓动民心的倾向，所以诗人是看作社会的危险人物的，所许可者，只有足供教育资料的作品，即对于神明及英雄的颂歌。这

34

一端，和我们中国古今的道学先生的意见，相差似乎无几。然而柏拉图自己却是一个诗人，著作之中，以诗人的感情来叙述的就常有；即《理想国》，也还是一部诗人的梦书。他在青年时，又曾委身于艺圃的开拓，待到自己知道胜不过无敌的荷马，却一转而开始攻击，仇视诗歌了。但自私的偏见，仿佛也不容易支持长久似的，他的高足弟子亚里士多德做了一部《诗学》，就将为奴的文艺从先生的手里一把抢来，放在自由独立的世界里了。

第三种是中外古今触目皆是的东西。如果我们能够看见罗马法皇宫中的禁书目录，或者知道旧俄国教会里所诅咒的人名，大概可以发现许多意料不到的事的罢，然而我现在所知道的却都是耳食之谈，所以竟没有写在纸上的勇气。总之，在普通的社会上，历来就骂杀了不少的诗人，则都有文艺史实来作证的了。中国的大惊小怪，也不下于过去的西洋，绰号似的造出许多恶名，都给文人负担，尤其是抒情诗人。而中国诗人也每未免感得太浅太偏，走过宫人斜就做一首"无题"，看见树丫叉就赋一篇"有感"。和这相应，道学先生也就神经过敏之极了：一见"无题"就心跳，遇"有感"则立刻满脸发烧，甚至于必以学者自居，生怕将来的国史将他附入文苑传。

说文学革命之后而文学已有转机，我至今还未明白这话是否真实。但戏曲尚未萌芽，诗歌却已奄奄一息了，即有几个人偶然呻吟，也如冬花在严风中颤抖。听说前辈老先生，还有后辈而少年老成的小先生，近来尤厌恶恋爱诗；可是说也奇怪，咏叹恋爱的诗歌果然少见了。从我似的外行人看起来，诗歌是本以发抒自己的热情的，发讫即罢；但也愿意有共鸣的心弦，则不论多少，有了也即罢；对于老先生的一颦蹙，殊无所用其惭惶。纵使稍稍带些杂念，即所谓意在撩拨爱人或是"出风头"之类，也并非大悖人情，所以正是毫不足怪，而且对于老先生的一颦蹙，即更无所用其惭惶。因为意在爱人，便和前辈老先生犹如风马牛之不相及，倘因他们一摇头而慌忙辍笔，使他高兴，那倒像撩拨老先生，反而失敬了。

倘我们赏识美的事物，而以伦理学的眼光来论动机，必求其"无所为"，则第一先得与生物离绝。柳荫下听黄鹂鸣，我们感得天地间春气横溢，见流萤明灭于丛草里，使人顿怀秋心。然而鹂歌萤照是"为"什么呢？毫不客气，那都是所谓"不道德"的，都正在大"出风头"，希图觅得配偶。至于一切花，则简直是植物的生殖机关了。虽然有许多披着美丽的外衣，而目的则专在受精，比人们的讲神圣恋爱尤其露骨。即使清高如梅菊，也逃不出例外——而可怜陶潜林逋，却都不明白那些动机。

一不小心，话又说得不甚驯良了，倘不急行检点，怕难免真要拉到打拳。但离题一远，也就很不容易勒转，只好再举一种近似的事，就此收场罢。

豢养文士仿佛是赞助文艺似的，而其实也是敌。宋玉司马相如之流，就受着这样的待遇，和后来的权门的"清客"略同，都是位在声色狗马之间的玩物。查理九世的言动，更将这事十分透彻地证明了的。他是爱好诗歌的，常给诗人一点酬报，使他们肯做一些好诗，而且时常说："诗人就像赛跑的马，所以应该给吃一点好东西。但不可使他们太肥；太肥，他们就不中用了。"这虽然对于胖子而想兼做诗人的，不算一个好消息，但也确有几分

36

真实在内。匈牙利最大的抒情诗人彼象飞（A. Petofi）有题 B. Sz. 夫人照相的诗，大旨说："听说你使你的丈夫很幸福，我希望不至于此，因为他是苦恼的夜莺，而今沉默在幸福里了。苛待他罢，使他因此常常唱出甜美的歌来。"也正是一样的意思。但不要误解，以为我是在提倡青年要做好诗，必须在幸福的家庭里和令夫人天天打架。事情也不尽如此的。相反的例并不少，最显著的是勃朗宁和他的夫人。

一九二五年一月一日

（本篇最初发表于一九二五年一月十七日

《京报》附刊《文学周刊》第五期）

关于《苦闷的象征》

王铸先生：

我很感谢你远道而至的信。

我看见厨川氏关于文学的著作的时候，已在地震之后，《苦闷的象征》是第一部，以前竟没有留心他。那书的末尾有他的学生山本修二氏的短跋，我翻译时，就取跋文的话做了几句序。跋的大意是说这书的前半部原在《改造》杂志上发表过，待到地震后掘出遗稿来，却还有后半，而并无总名，所以自己便依据登在《改造》杂志上的端绪，题为《苦闷的象征》，付印了。

照此看来，那书的经历已经大略可以明了。（1）作者本要做一部关于文学的书——未题总名的——先成了《创作论》和《鉴赏论》两篇，便登在《改造》杂志上；《学灯》上明权先生的译文，当即从《改造》杂志翻出。（2）此后他还在做下去，成了第三第四两篇，但没有发表，到他遭难之后，这才一起发表出来，所以前半是第二次公开，后半是初次。（3）四篇的稿子本是一部书，但作者自己并未定名，于是他的学生山本氏只好依了第一次公表时候的端绪，给他题为《苦闷的象征》。至于怎样的端绪，他却并未说明，或者篇目之下，本有这类文字，也说不定的，但我没有《改造》杂志，所以无从查考。

就全体的结构看起来，大约四篇已算完具，所缺的不过是修饰补缀罢了。我翻译的时候，听得丰子恺先生也有译本，现则闻已付印，为《文学研究会丛书》之一；上月看见《东方杂志》第二十号，有仲云先生译的厨川氏一篇文章，就是《苦闷的象征》的第三篇；现得先生来信，才又知道《学灯》上也早经登载过，这书之为我国人所爱重，居然可知。现在我所译的也已经付印，中国就有两种全译本了。

鲁迅　一月九日

【附】

给鲁迅先生的一封信

鲁迅先生：

我今天写这封信给你，也许像你在《杨树达君的袭来》中所说的，"我们并不曾认识了哪"；但是我这样的意见，忍耐得好久了，终于忍不住地说出来，这在先生也可以原谅的罢。

先生在《晨报》副镌上所登的《苦闷的象征》，在这篇的文字的前面，有了你的自序；记不切了，也许是像这样的说吧！

"它本是厨川君劫后的作品，由了烧失的故纸堆中，发出来的，是一包未定稿。本来没有什么名字，他的友人，径直的给他定下了——叫作《苦闷的象征》。"先生这样的意见，或者是别有所见而云然。但以我在大前年的时候，所见到的这篇东西的译稿，像与这里所说的情形，稍有出入；先生，让我在下面说出了吧。

在《学灯》上，有了一位叫明权的，曾译载过厨川君的一篇东西，叫作《苦闷的象征》。我曾经拿了他的译文与先生的对照，觉得与先生所译的一毫不差。不过他只登了《创作论》与《鉴赏论》，下面是甚么也没有了，大约原文是这样的吧。这篇译文，是登在一九二一年的，那时日本还没地震，厨川君也还健在；这篇东西，既然有了外国人把它翻译过，大概原文也已揭载过了罢。这篇东西的命名，自然也是厨川君所定的，不是外国人所能杜撰出来的。若然，先生在自序上所说的，他友人给他定下了这个名字——《苦闷的象征》——至少也有了部分的错误了罢。

这个理由，是很明白的；因为那时候日本还没有地震，厨川君也还没有死，这篇名字，已经出现过而且发表的了。依我的愚见，这篇东西，是厨川君的未定稿，大约是靠底住的；厨川君先前有了《创作论》和《鉴赏论》，又已发表过，给他定下了名字，叫作《苦闷的象征》。后来《文艺上的几个根本问题的考察》《文艺的起源》，又先后的做成功了。或者也已发表过，这在熟于日本文坛事实的，自然知道，又把它摒集在一块去。也许厨川君若没有死，还有第五第六的几篇东西，也说不定呢！但是不幸厨川君是死了，而且是死于地震的了；他的友人，就把他这一包劫后的遗稿，已经命名过的——《苦闷的象征》——发表出来，这个名字，不是他的友人——编者——所臆定的，是厨川君自己定

下的；这个假定，大约不至有了不对了罢。

以上几则，是我的未曾作准的见解，先生看见了它，可以给我个明白而且彻底的指导么？

先生，我就在这里止住了罢？

王　铸

（本篇最初发表于一九二五年一月十三日《京报副刊》）

聊答"……"

柯先生：

我对我对于你们一流人物，退让得够了。我那时的答话，就先不写在"必读书"栏，还要一则曰"若干"，再则曰"参考"，三则曰"或"，以见我并无指导一切青年之意。我自问还不至于如此之昏，会不知道青年有各式各样。那时的聊说几句话，乃是但以寄几个曾见和未见的或一种改革者，愿他们知道自己并不孤独而已。如先生者，倘不是"喂"的指名叫了我，我就毫没有和你攀谈的必要的。

照你大作的上文看来，你的所谓"……"，该是"卖国"。到我死掉为止，中国被卖与否未可知，即使被卖，卖的是否是我也未可知，这是未来的事，我无须对你说废话。但有一节要请你明鉴：宋末、明末，送掉了国家的时候；清朝割台湾、旅顺等地的时候，我都不在场；在场的也不如你所"尝听说"似的，"都是留学外国的博士硕士"；达尔文的书还未介绍，罗素也还未来华，而"老子、孔子、孟子、荀子辈"的著作却早经行世了。钱能训扶乱则有之，却并没有要废中国文字，你虽然自以为"哈哈！我知道了"，其实是连近时近地的事都很不了了的。

你临末，又说对于我的经验，"真的百思不得其解"。那么，你不是又将自己的判决取消了么？判决一取消，你的大作就只剩了几个"啊""哈""唉""喂"了。这些声音，可以吓洋车夫，但是无力保存国粹的，或者倒反更丢国粹的脸。

鲁　迅

【附】

偏见的经验

柯柏森

我自读书以来，就很信"开卷有益"这句话是实在话，因为不论什么书，都有它的道理，有它的事实，看它总可以增广些智识，所以《京副》上发表"青年必读书"的征求时，我就发生"为什么要分青年必读的书"的疑问，到后来细思几次，才得一个"假定"的回答，就是说：青年时代，"血气未定，经验未深"，分别是非能力，还没有充足，随随便便买书来看，恐怕引导入于迷途；有许多青年最爱看情书，结果坠入情网的不知多少，现在把青年应该读的书选出来，岂不很好吗？

因此，看见胡适之先生选出"青年必读书"后，每天都要先看"青年必读书"才看"时事新闻"，不料二月二十一日看到鲁迅先生选的，吓得我大跳。鲁迅先生说他"从来没有留心过，所以现在说不出"，这也难怪。但是，他附注中却说"要趁这机会，略说自己的经验，以供若干读者的参考"云云，他的经验怎样呢？他说：

我看中国书时，总觉得就沉静下去，与实人生离开；读外国书时（但除了印度），往往就与人生接触，想做点事。

中国书中虽有劝人入世的话，也多是僵尸的乐观，外国书即使是颓唐和厌世的，但却是活人的颓唐和厌世。

我以为要少——或者竟不——看中国书，多看外国书。

少看中国书，其结果不过不能作文而已，但现在的青年最要紧的是"行"，不是"言"，只要是活的，不能作文算什么大不了的事呢。

啊！的确，他的经验真巧妙，"看中国书就沉静下去，与实人生离开；读外国书，就与人生接触，想做点事。中国书虽有劝人入世的话，也多是僵尸的乐观，外国书即使是颓唐和厌世的，但却是活人的颓唐和厌世"。这种经验，虽然钱能训要废中国文字不得专美于前，却是"万绿丛中一点红"的经验了。

唉！是的！"看中国书就沉静下去，与实人生离开，读外国书，就与人生接触，想做点事"，所谓"人生"，究竟是什么的人生呢？"欧化"的人生哩？抑"美化"的人生呢？尝听说：卖国贼们，都是留学外国的博士硕士。大概鲁迅先生看了活人的颓唐和厌世的外国书，就与人生接触，想做点……事吗？

哈哈！我知道了，鲁迅先生是看了达尔文、罗素等外国书，即忘了梁启超、胡适之等的中国书了。不然，为什么要说中国书是僵死的？假使中国书是僵死的，为什么老子、孔子、孟子、荀子辈，尚有他的著作遗传到现在呢？

喂！鲁迅先生！你的经验……你自己的经验，我真的百思不得其解，无以名之，名之曰"偏见的经验"。

十四，二，二十三。（自警官高等学校寄）

（本篇最初发表于一九二五年三月五日《京报副刊》）

报《奇哉所谓……》

有所谓熊先生者，以似论似信的口吻，惊怪我的"浅薄无知识"和佩服我的胆量。我可是大佩服他的文章之长。现在只能略答几句。

一，中国书都是好的，说不好即不懂；这话是老得生了锈的老兵器。讲《易经》的就多用这方法："易"，是玄妙的，你以为非者，就因为你不懂。我当然无凭来证明我能懂得任何中国书，和熊先生比赛；也没有读过什么特别的奇书。但于你所举的几种，也曾略略一翻，只是似乎本子有些两样，例如我所见的《抱朴子》外篇，就不专论神仙的。杨朱的著作我未见；《列子》就有假托的嫌疑，而况他所称引。我自愧浅薄，不敢据此来衡量杨朱先生的精神。

二，"行要学来辅助"，我知道的。但我说：要学，须多读外国书。"只要行，不要读书"，是你的改本，你虽然就此又发了一大段牢骚，我可是没有再说废话的必要了。但我不解青年何以就不准做代表，当主席，否则就是"出锋头"？莫非必须老头子如赵尔巽者，才可以做代表当主席么？

44

三，我说，"多看外国书"，你却推演为将来都说外国话，变成外国人了。你是熟精古书的，现在说话的时候就都用古文，并且变了古人，不是"中华民国"国民了么？你也自己想想去。我希望你一想就通，这是只要有常识就行的。

　　四，你所谓"五胡中国化……满人读汉文，现在都读成汉人了"这些话，大约就是因为懂得古书而来的。我偶翻几本中国书时，也常觉得其中含有类似的精神——或者就是足下之所谓"积极"。我或者"把根本忘了"也难说，但我还只愿意和外国以宾主关系相通，不忍见再如五胡乱华以至满洲人关那样，先以主奴关系而后有所谓"同化"！假使我们还要依据"根本"的老例，那么，大日本进来，被汉人同化，不中用了，大美国进来，被汉人同化，又不中用了……以至黑种红种进来，都被汉人同化，都不中用了。此后没有人再进来，欧美非澳和亚洲的一部都成空地，只有一大堆读汉文的杂种挤在中国了。这是怎样的美谈！

　　五，即如大作所说，读外国书就都讲外国话罢，但讲外国话却也不即变成外国人。汉人总是汉人，独立的时候是国民，覆亡之后就是"亡国奴"，无论说的是那一种话。因为国的存亡是在政权，不在语言文字的。美国用英文，并非英国的隶属；瑞士用德法文，也不被两国所瓜分；比国用法文，没有请法国人做皇帝。满洲人是"读汉文"的，但革命以前，是我们的征服者，以后，即五族共和，和我们共存同在，何尝变了汉人？但正因为"读汉文"，传染上了"僵尸的乐观"，所以不能如蒙古人那样，来蹂躏一通之后就跑回去，只好和汉人一同恭候别族的进来，使他同化了。但假如进来的又像蒙古人那样，岂不又折了很大的资本么？

大作又说我"大声疾呼"之后，不过几年，青年就只能说外国话。我以为是不省人事之谈。国语的统一鼓吹了这些年了，不必说一切青年，便是在学校的学生，可曾都忘却了家乡话？即使只能说外国话了，何以就"只能爱外国的国"？蔡松坡反对袁世凯，因为他们国语不同之故么？满人入关，因为汉人都能说满洲话，爱了他们之故么？清末革命，因为满人都忽而不读汉文了，所以我们就不爱他们了之故么？浅显的人事尚且不省，谈什么光荣，估什么价值。

六，你也同别的一两个反对论者一样，很替我本身打算利害，照例是应该感谢的。我虽不学无术，而于相传"处于才与不才之间"的不死不活或入世妙法，也还不无所知，但我不愿意照办。所谓"素负学者声名""站在中国青年前面"这些荣名，都是你随意给我加上的，现在既然觉得"浅薄无知识"了，当然就可以仍由你随意革去。我自愧不能说些讨人喜欢的话，尤其是合于你先生一流人的尊意的话。但你所推测的我的私意，是不对的，我还活着，不像杨朱、墨翟们的死无对证，可以确定为只有你一个懂得。我也没有做什么《阿鼠传》，只做过一篇《阿 Q 正传》。

到这里，就答你篇末的诘问了："既说'从来没有留心过'"者，指"青年必读书"，写在本栏内；"何以果决地说这种话"者，以供若干读者的参考，写在"附记"内。虽然自歉句子不如古书之易懂，但也就可以不理你最后的要求。而且，也不待你们论定。纵使论定，不过空言，决不会就此通行天下，何况照例是永远论不定，至多不过是"中虽有坏的，而亦有好的；西虽有好的，而亦有坏的"之类的微温说而已。我虽至愚，亦何至呈书目于如先生者之前乎？

临末，我还要"果决地"说几句：我以为如果外国人来灭中国，是只教你略能说几句外国话，却不至于劝你多读外国书，因为那书是来灭的人们所读的。但是还要奖励你多读中国书，孔子也还要更加崇奉，像元朝和清朝一样。

【附】

奇哉！所谓鲁迅先生的话

熊以谦

奇怪！真的奇怪！奇怪素负学者声名，引起青年瞻仰的鲁迅先生说出这样浅薄无知识的话来了！鲁先生在《京报副刊》征求青年必读书里面说：

我看中国书时，总觉得就沉静下去，与实人生离开；读外国书——但除了印度书——时，往往就与人生接触，想做点事。

鲁先生！这不是中国书贻误了你，是你糟蹋了中国书。我不知道先生平日读的中国书是些什么书？或者先生所读的中国书——使先生沉静下去，与实人生离开的书——是我们一班人所未读到的书。以我现在所读到的中国书，实实在在没有一本书是和鲁先生所说的那样。鲁先生！无论古今中外，凡是能够著书立说的，都有他一种积极的精神；他所说的话，都是现世人生的话。他如若没有积极的精神，他决不会作千言万语的书，决不会立万古不变的说。后来的人读他的书，不懂他的文辞，不解他的理论则有之，若说他一定使你沉静，一定使你与人生离开，这恐怕太冤枉中国书了，这恐怕是明白说不懂中国书，不解中国书。不懂就不懂，不解就不解，何以要说这种冤枉话、浅薄话呢？古

47

人的书，贻留到现在的，无论是经，是史，是子，是集，都是说的实人生的话。舍了实人生，再没有话可说了。不过各人对于人生的观察点有不同。因为不同，说他对不对是可以的，说他离开了实人生是不可以的。鲁先生！请问你，你是爱做小说的人，不管你做的是写实的也好，是浪漫的也好，是《狂人日记》也好，是《阿鼠传》也好，你离开了实人生做根据，你能说出一句话来吗？所以我读中国书——外国书也一样，适与鲁先生相反。我以为鲁先生只管自己不读中国书，不应教青年都不读；只能说自己不懂中国书，不能说中国书都不好。

鲁迅先生又说：

中国书中虽有劝人入世的话，也多是僵尸的乐观；外国书即使是颓唐和厌世的，但却是活人的颓唐和厌世。

我承认外国书即是颓唐和厌世的，也是活人的颓唐和厌世。但是，鲁先生，你独不知道中国书也是即是颓唐和厌世的，也是活人的颓唐和厌世吗？不有活人，那里会有书？既有书，书中的颓唐和厌世，当然是活人的颓唐和厌世。难道外国的书，是活人的书，中国的书，是死人的书吗？死人能著书吗？鲁先生！说得通吗？况且中国除了几种谈神谈仙的书之外，没有那种有价值的书不是入世的。不过各人入世的道路不同，所以各人说的话不同。我不知鲁先生平日读的什么书，使他感觉虽有劝人入世的话，也多是僵尸的乐观。我想除了葛洪的《抱朴子》这类的书，像关于儒家的书，没有一本书，每本书里没有一句话不是入世的。墨家不用说，积极入世的精神更显而易见。道家的学说以老子《道德经》及《庄子》为主，而这两部书更有它们积极的精神，入世的精神，可惜后人学它们学错了，学得像鲁先生所说的颓唐和厌世了。然而即就学错了的人说，也怕不是死人的颓唐和厌世吧！杨朱的学说似乎是鲁先生所说的"虽有劝人入世的话，也多是僵尸的乐观"。但是果真领略到杨朱的精神，也会知道杨朱的精神是积极的，是入世的，不过他积极的方向不同，入世的道路不同就是了。我不便多引证了，更不便在这篇短文里实举书的例。我只要请教鲁先生！先生所读的是那类中国书，这些书都是僵尸的乐观，都是死人的颓唐和厌世。

我佩服鲁先生的胆量！我佩服鲁先生的武断！鲁先生公然有胆子武断这样说：

我以为要少——或者竟不——看中国书，多看外国书。

鲁先生所以有这胆量武断的理由是：

少看中国书，其结果不过不能作文而已。但现在的青年最要紧的是"行"，不是"言"……

鲁先生：你知道青年最要紧的是行，但你也知道行也要学来辅助么？古人已有"不学无术"的讥言。但古人做事——即使做国家大事——有一种家庭和社会的传统思想做指导，纵不从书本子上学，误事的地方还少？时至今日，世界大变，人事大改，漫说家庭社会里的传统思想多成了过去的，即圣经贤传上的嘉言懿行，我们也要从新估定它的价值，然后才可以拿来做我们的指导。夫有古人的嘉言懿行做指导，犹恐行有不当，要从新估定，今鲁先生一口抹杀了中国书，只要行，不要读书，那种行，明白点说，怕不是胡闹，就是横闯吧！鲁先生也看见现在不爱读书专爱出锋头的青年么？这种青年，做代表、当主席是有余，要他拿出见解，揭明理由就见鬼了。倡破坏，倡捣乱就有余，想他有什么建设，有什么成功就失望了。青年出了这种流弊，鲁先生乃青年前面的人，不加以挽救，还要推波助澜地说要少或竟不读中国书，因为要紧的是行，不是言。这种贻误青年的话，请鲁先生再少说吧！鲁先生尤其说得不通的是"少看中国书，其结果不过不能作文而已"。难道中国古今所有的书都是教人作文，没有教人做事的吗？鲁先生！我不必多说，请你自己想，你的说话通不通？

好在鲁先生虽教青年不看中国书，还教青年看外国书。以鲁先生最推尊的外国书，当然也就是人们行为的模范。读了外国书，再来做事，当然不是胸无点墨，不是不学无术。不过鲁先生要知道，一国有一国的国情，一国有一国的历史。你既是中国人，你既想替中国做事，那么，关于中国的书，还是请你要读吧！你是要做文学家的人，那么，请你还是要做中国的文学家吧！即使先生之志不在中国，欲做世界的文学家，那么，也请你做个中国的世界文学家吧！莫从大处希望，就把根本忘了吧！从前的五胡人不读他们五胡的书，要读中国书，五胡的人都中国化了。回纥人不读他们回纥的书，要读中国书，回纥人也都中国化了。满洲人不读他们的满文，要入关来读汉文，现在把满人也都读成汉人了。日本要灭朝鲜，首先就要朝鲜人读日文。英国要灭印度，首先就要印度人读英文。好了，现在外国人都要灭中国，外国人方挟其文字作他们灭中国的利器，唯恐一时生不出急效，现在站在中国青年前面的鲁迅先生来大声疾呼，中国青年不要读中国书，只多读外国书，不过几年，所有青年，字只能认外国的字，书只能读外国的书，文只能作外国的文，话只能说外国的话，推到极点，事也只能做外国的事，国也只能爱外国的国，古先圣贤都只知尊崇外国的，学理主义都只知道信仰外国的，换句话说，就是外国的人不费丝毫的力，你自自然然会变成一个外国人，你不称我们大日本，就会称我们大美国，否则就大英国、大德国、大意国地大起来，这还不光荣吗，不做弱国的百姓，做强国的百姓!?

我最后要请教鲁先生一句：鲁先生既说"从来没有留心过"，何以有这样果决说这种话？既说了这种话，可不可以把先生平日看的中国书明白指示出来，公诸大家评论，看到底是中国书误害了先生呢？还是先生冤枉了中国书？

十四，二，二十一，北京

（本篇最初发表于一九二五年三月八日《京报副刊》）

《陶元庆氏西洋绘画展览会目录》序

陶璇卿君是一个潜心研究了二十多年的画家，为艺术上的修养起见，去年才到这暗赭色的北京来的。到现在，就是有携来的和新制的作品二十余种藏在他自己的卧室里，谁也没有知道——但自然除了几个他熟识的人们。

在那黯然埋藏着的作品中，却满显出作者个人的主观和情绪，尤可以看见他对于笔触、色彩和趣味，是怎样的尽力与经心，而且，作者是夙擅中国画的，于是固有的东方情调，又自然而然地从作品中渗出，融成特别的丰神了，然而又并不由于故意的。

将来，会当更近于神化之域罢，但现在他已经要回去了。几个人惜其独往独来，因将那不多的作品，作一个小结构的短时期的展览会，以供有意于此的人的一览。但是，在京的点缀和离京

51

的纪念，当然也都可以说得的罢。

一九二五年三月一六日，鲁迅

（本篇最初发表于一九二五年三月十八日《京报副刊》）

这是这么一个意思

从赵雪阳先生的通信（三月三十一日本刊）里，知道对于我那篇"青年必读书"的答案曾有一位学者向学生发议论，以为我"读得中国书非常的多……如今偏不让人家读，这是什么意思呢！"

我读确是读过一点中国书，但没有"非常的多"；也并不"偏不让人家读"。有谁要读，当然随便。只是倘若问我的意见，就是：要少——或者竟不——看中国书，多看外国书。

这是这么一个意思——

我向来是不喝酒的，数年之前，带些自暴自弃的气味地喝起酒来了，当时倒也觉得有点舒服。先是小喝，继而大喝，可是酒量愈增，食量就减下去了，我知道酒精已经害了肠胃。现在有时戒除，有时也还喝，正如还要翻翻中国书一样。但是和青年谈起饮食来，我总说：你不要喝酒。听的人虽然知道我曾经纵酒，而都明白我的意思。

我即使自己出的是天然痘，决不因此反对牛痘；即使开了棺材铺，也不来讴歌瘟疫的。

就是这么一个意思。

还有一种顺便而不相干的声明。一个朋友告诉我，《晨报副刊》

上有评玉君的文章，其中提起我在《民众文艺》上所载的《战士和苍蝇》的话。其实我做那篇短文的本意，并不是说现在的文坛。所谓战士者，是指中山先生和民国元年前后殉国而反受奴才们讥笑糟蹋的先烈；苍蝇则当然是指奴才们。至于文坛上，我觉得现在似乎还没有战士，那些批评家虽然其中也难免有有名无实之辈，但还不至于可厌到像苍蝇。现在一并写出，庶几乎免于误会。

【附】

青年必读书

伏园先生：

青年必读十部书的征求，先生费尽苦心为青年求一指导。各家所答，依各人之主观，原是当然的结果；富于传统思想的，贻误青年匪浅。鲁迅先生缴白卷，在我看起来，实比选十部书得的教训多，不想竟惹起非议。发表过的除掉副刊上熊以谦先生那篇文章，我还听说一位学者关于这件事向学生发过议论，则熊先生那篇文章实在不敢过责为浅薄，不知现在青年多少韫藏那种思想而未发呢！兹将那位学者的话录后，多么令人可惊呵！

他们弟兄（自然连周二先生也在内了）读的中国书非常的多。他家中藏的书很多，家中又便易，凡想着看而没有的书，总要买到。中国书好的很多，如今他们偏不让人家读，而自家读得那么多，这是什么意思呢！

这真是什么意思呢！试过的此路不通行，宣告了还有罪么？鲁迅先生那一点革命精神，不够他这几句话扑灭，这是多么可悲呵！

这几年以来，各种反动的思想，影响于青年，实在不堪设想；其腐败较在《新青年》杂志上思想革命以前还甚；腐朽之上，还加以麻木的外套，这比较的要难于改革了。偏僻之地还不晓得"新"是什么，譬如弹簧之一伸，他们永远看那静的故态吧。请不要动气，不要自饰，不要闭户空想，实地去观察，看看得的结果惊人不惊？（下略）

赵雪阳　三月二十七日

一九二五年三月三十一日《京报副刊》

《苏俄的文艺论战》前记

俄国既经一九一七年十月的革命，遂入战时共产主义时代，其时的急务是铁和血，文艺简直可以说在麻痹状态中。但也有 Magin-ist（想像派）和 Futurist（未来派）试行活动，一时执了文坛的牛耳。待到一九二一年，形势就一变了，文艺顿有生气，最兴盛的是左翼未来派，后有机关杂志曰《烈夫》——即连结 Levy Frontskust-va 的头字的略语，意义是艺术的左翼战线——就是专一猛烈地宣传 Construc – tism（构成主义）的艺术和革命底内容的文学的。

但《烈夫》的发生，也很经过许多波澜和变迁。一九〇五年第一次革命的反动，是政府和工商阶级的严酷的迫压，于是特殊的艺术也出现了：象征主义，神秘主义，变态性欲主义。又四五年，为改革这一般的趣味起见，印象派终于出而开火，在战斗状态中者三整年，末后成为未来派，对于旧的生活组织更加以激烈的攻击，第一次的杂志在一九一四年出版，名曰《批社会趣味的嘴巴》！

旧社会对于这一类改革者，自然用尽一切手段，给以骂詈和诬谤；政府也出而干涉，并禁杂志的刊行；但资本家，却其实毫未觉到这批颣的痛苦。然而未来派依然继续奋斗，至二月革命后，始分为左右两派。右翼派与民主主义者共鸣了。左翼派则在十月革命时受了波尔雪维艺术的洗礼，于是编成左翼队，守着新艺术的左翼战线，以十月二十五日开始活动，这就是"烈夫"的起源。

但"烈夫"的正式除幕——机关杂志的发行，是在一九二三年二月一日；此后即动作日加活泼了。那主张的要旨，在推倒旧来的传统，毁弃那欺骗国民的耽美派和古典派的已死的资产阶级艺术，而建设起现今的新的活艺术来。所以他们自称为艺术即生活的创造者，诞生日就是十月，在这日宣言自由的艺术；名之曰无产阶级的革命艺术。

不独文艺，中国至今于苏俄的新文化都不了然，但间或有人欣幸他资本制度的复活。任国桢君独能就俄国的杂志中选译文论三篇，使我们借此稍稍知道他们文坛上论辩的大概，实在是最为有益的事——至少是对于留心世界文艺的人们。别有《蒲力汗诺夫与艺术问题》一篇，是用 Marxism 于文艺的研究的，因为可供读者连类的参考，也就一并附上了。

一六二五年四月十二日之夜，鲁迅记

（本篇最初印入一九二五年八月北京北新书局出版的

《苏俄的文艺论战》）

通讯（复高歌）

高歌兄：

来信收到了。

你的消息，长虹告诉过我几句，大约四五句罢，但也可以说是知道大概了。

"以为自己抢人是好的，抢我就有点不乐意"，你以为这是变坏了的性质么？我想这是不好不坏，平平常常。所以你终于还不能证明自己是坏人。看看许多中国人罢，反对抢人，说自己愿意施舍；我们也毫不见他去抢，而他家里有许许多多别人的东西。

迅四月二十三日

（本篇最初发表于一九二五年五月八日开封《豫报》副刊）

通讯（复吕蕴儒）

蕴儒兄：

得到来信了。我极快慰于开封将有许多骂人的嘴张开来，并且祝你们"打将前去"的胜利。

我想，骂人是中国极普通的事，可惜大家只知道骂而没有知道何以该骂，谁该骂，所以不行。现在我们须得指出其可骂之道，而又继之以骂。那么，就很有意思了，于是就可以由骂而生出骂以上的事情来的罢。

（下略）

迅四月二十三日

（本篇最初发表于一九二五年五月六日《豫报》副刊）

通讯（致向培良）

培良兄：

　　我想，河南真该有一个新一点的日报了；倘进行顺利，就好。我们的《莽原》于明天出版，统观全稿，殊觉未能满足。但我也不知道是真不佳呢，还是我的希望太奢。

　　"琴心"的疑案揭穿了，这人就是欧阳兰。以这样手段为自己辩护，实在可鄙；而且"听说雪纹的文章也是他做的"。想起孙伏园当日被红信封绿信纸迷昏，深信一定是"一个新起来的女作家"的事来，不觉发一大笑。

　　《莽原》第一期上，发了《槟榔集》两篇。第三篇斥朱湘的，我想可以删去，而移第四为第三。因为朱湘似乎也已掉下去，没人提他了——虽然是中国的济慈。我想你一定很忙，但仍极希望你常常有作品寄来。

迅　四月二十三日

（本篇最初发表于一九二五年五月六日《豫报》副刊）

通讯（致孙伏园）

伏园兄：

　　今天接到向培良兄的一封信，其中的有几段，是希望公表的，现在就粘在下面——

　　"我来开封后，觉得开封学生智识不大和时代相称，风气也锢蔽，很想尽一点力，而不料竟有《晨报》造谣生事，作糟蹋女生之新闻！

《晨报》二十日所载开封军士，在铁塔奸污女生之事，我可以下列二事证明其全属子虚。

一：铁塔地处城北，隔中州大学及省会不及一里，既有女生登临，自非绝荒僻。军士奸污妇女，我们贵国本是常事，不必讳言，但绝不能在平时，在城中，在不甚荒僻之地行之。况且我看开封散兵并不很多，军纪也不十分混乱。

二：《晨报》载军士用刺刀割开女生之衣服，但现在并无逃兵，外出兵士，非公干不得带刺刀。说是行这事的是外出公干的兵士，我想谁也不肯信的。

其实，在我们贵国，杀了满城人民，烧了几十村房子，兵大爷高兴时随便干干，并不算什么大不了的事。但是，号为有名的报纸，却不应该这样无风作浪。本来女子在中国并算不了人，新闻记者随便提起笔来写一两件奸案逃案，或者女学生拆白等等，以娱读者耳目，早已视若当然，我也不过就耳目之所及，说说罢了。报馆为销行计，特约访员为稿费计，都是所谓饭的问题，神圣不可侵犯的。我其奈之何？"

其实，开封的女学生也太不应该了。她们只应该在深闺绣房，到学校里已经十分放肆，还要"出校散步，大动其登临之兴"，怪不得《晨报》的访员要警告她们一下了，说："你看，只要一出门，就有兵士要来奸污你们了！赶快回去，躲在学校里，不妥，还是躲到深闺绣房里去吧。"

其实，中国本来是撒谎国和造谣国的联邦，这些新闻并不足怪。即在北京，也层出不穷：什么"南下洼的大老妖"，什么

"借尸还魂"，什么"拍花"，等等。非"用刺刀割开"他们的魂灵，用净水来好好地洗一洗，这病症是医不好的。

但他究竟是好意，所以我便将它寄奉了。排了进去，想不至于像我去年那篇打油诗《我的失恋》一般，恭逢总主笔先生白眼，赐以驱除，而且至于打破你的饭碗的罢。但占去了你所赏识的琴心女士的"啊呀体"诗文的纸面，却实在不胜抱歉之至，尚祈恕之。不宣。请了。

鲁迅　四月二十七日于灰棚

【附】

并非《晨报》造谣

素　昧

昨日本刊《来信》的标题之下，叙及开封女生被兵士怎么的新闻，因系《晨报》之所揭载，似疑《晨报》造谣，或《晨报》访员报告不实，其实皆不然的，我可以用事实来证明。

上述开封女学生被兵士污辱的新闻，是一种不负责任捏名投稿，这位投稿的先生，大约是同时发两封信，一给《京报》，一给《晨报》（或者尚有他报），我当时看了这封信，用观察新闻的眼光估量，似乎有些不对，就送他到字纸篓中去了。《晨报》所揭载的，一字不差，便是这样东西，我所以说并不是《晨报》造谣，也不是《晨报》访员报告不实，至多可以说他发这篇稿欠郑重斟酌罢了。

一九二五年五月五日《京报副刊》

（本篇最初发表于一九二五年五月四日《京报副刊》）

一个"罪犯"的自述

《民众文艺》虽说是民众文艺，但到现在印行的为止，却没有真的民众的作品，执笔的都还是所谓"读书人"。民众不识字的多，怎会有作品？一生的喜怒哀乐，都带到黄泉里去了。

但我竟有了介绍这一类难得的文艺的光荣。这是一个被获的"抢犯"做的；我毋庸说出他的姓名，也不想借此发什么议论。总之，那篇的开首是说不识字之苦，但怕未必是真话，因为那文章是说给教他识字的先生看的；其次，是说社会如何欺侮他，使他生计如何失败；其次，似乎说他的儿子也未必能比他更有多大的希望。但关于抢劫的事，却一字不提。

原文本有圈点，今都仍旧；错字也不少，则将猜测出来的本字用括弧注在下面。

四月七日，附记于没有雅号的屋子里

我们不认识字的。吃了好多苦。光绪二十九年。八月十二日。我进京来。卖猪。走平字们（则门）外。我说大庙堂们口（门口）。多坐一下。大家都见我笑。人家说我事（是）个王八但（蛋）。我就不之到（知道）。人上头写折（着）。清真里白四（礼拜寺）。我就不之到（知道）。人打骂。后来我就打猪。白（把）猪都打。不吃东西了。西城郭九猪店。家里。人家给。一百八十大洋元。不卖。我说进京来卖。后来卖了。一百四十元钱。家里都说我不好。后来我的。曰（岳）母。他只有一个女。他没有学生

（案：谓儿子）。他就给我钱。给我一百五十大洋元。他的女。就说买地。买了十一母（亩）地（原注：一个六母一个五母洪县元年十。三月二十四日）。白（把）六个母地文曰（又白？）丢了。后来他又给钱。给了二百大洋。我万（同？）他说。做个小买卖（原注：他说好我也说好。你就给钱。）。他就（案：脱一字）了一百大洋元。我上集买卖（麦）子。买了十石（担）。我就卖白面（面）。长辛店。有个小买卖。他吃白面。吃来吃去吃了。一千四百三十七斤（原注：中华民国六年卖白面）。算一算。五十二元七毛。到了年下。一个钱也没有。长新店。人家后来。白都给了。露娇。张十石头。他吃的。白面钱。他没有给钱。三十六元五毛。他的女说。你白（把）钱都丢了。你一个字也不认的。他说我没有处（？）后来。我们家里的。他说等到。他的儿子大了。你看一看。我的学生大了。九岁。上学。他就万（同？）我一个样的。

（本篇最初发表于一九二五年五月五日

《民众文艺》周刊第二十期）

启　事

我于四月二十七日接到向君来信后，以为造谣是中国社会上的常事，我也亲见过厌恶学校的人们，用了这一类方法来中伤各方面的，便写好一封信，寄到《京副》去。次日，两位 C 君来访，说这也许并非谣言，而本地学界中人为维持学校起见，倒会虽然受害，仍加隐瞒，因为倘一张扬，则群众不责加害者，而反指摘被害者，从此学校就会无人敢上；向君初到开封，或者不知底细；现在切实调查去了。我便又发一信，请《京副》将前信暂勿发表。五月二日Y君来，通知我开封的信已转，那确乎是事实。这四位都是我所相信的诚实的朋友，我又未曾亲自调查，现既所闻不同，自然只好姑且存疑，暂时不说什么。但当我又写信，去抽回前信时，则已经付印，来不及了。现在只得在此声明我所续得的矛盾的消息，以供读者的参考。

鲁迅　五月四日

【附】

那几个女学生真该死

荫　棠

　　开封女师范的几个学生被奸致命的事情，各报上已经登载了。而开封教育界对于此毫无一点表示，大概为的是她们真该死吧！

　　她们的校长钦定的规则，是在平常不准她们出校门一步；到星期日与纪念日也只许她们出门两点钟。她们要是恪守规则，在闷的时候就该在校内大仙楼上凭览一会，到后操场内散散步，谁教她们出门？即令出门了，去商场买东西是可以的，去朋友家瞧一瞧是可以的，是谁教她们去那荒无人迹的地方游铁塔？铁塔虽则是极有名的古迹，只可让那督军省长去凭览，只可让名人学士去题名；说得低些，只让那些男学生们去顶上大呼小叫，她们女人那有游览的资格？以无资格去游的人，而竟去游，实属僭行非分，岂不该死？

　　"饿死事小，失节事大"，她们虽非为吃饭而失节，其失节则一，也是该死的！她们不幸遭到丘八的凌辱，即不啻她们的凶门

62

上打上了"该死"的印子。回到学校，她们的师长，也许在表面上表示可怜的样子，而他们的内眼中便不断头的映着那"该死"的影子，她们的同学也许规劝她们别生气，而在背后未必不议着她们"该死"。设若她们不死，父母就许不以为女，丈夫就许不以为妻，仆婢就许不以为主；一切，一切的人，就许不以为人。她们处在这样的环境之中，抬头一看，是"该死"，低头一想，是"该死"。"该死"的空气使她们不能出气，她们打算好了，唯有一死干净，唯有一死方可涤滤耻辱。所以，所以，就用那涩硬的绳子束在她们那柔软的脖颈上，结了她们的性命。当她们的舌头伸出，眼睛僵硬，呼吸断绝时，社会的群众便鼓掌大呼曰："好，好！巾帼丈夫！"

可怜的她们竟死了！而她们是"该死"的！但不有丘八，她们怎能死？她们一死，倒落巾帼好汉。是她们的名节，原是丘八们成的。那么，校长先生就可特别向丘八们行三鞠躬礼了，那还有为死者雪耻涤辱的勇气呢？校长先生呵！我们的话都气得说不出了，你也扭着你那两缕胡子想一想么？你以前在学校中所读过的教育书上，就是满印着"吃人，吃人"，"该死，该死"么？或者你所学的只有"保饭碗"的方子么？不然，你为什么不把这项事情宣诸全国，激起舆论，攻击军阀，而为死者鸣冤呢？想必是为的她们该死吧！

末了，我要问河南的掌兵权的人。禹县的人民，被你们的兵士所焚掠，屠杀，你们推到土匪军队憨玉琨的头上，这铁塔上的奸杀案，难道说也是憨的土匪兵跑到那里所办的么？伊洛间人民所遭的灾难你们可以委之于未见未闻，这发现在你们的眼皮底

63

下，耳朵旁边的事情，你们还可以装聋卖哑么？而此事发生了十余日了，未闻你们斩一兵，杀一卒，我想着你们也是为的她们该死吧！呀！

（一九二五年五月六日《京报》《妇女周刊》第二十一期。）

谣言的魔力

编辑先生：

前为河南女师事，曾撰一文，贵刊慨然登载，足见贵社有公开之态度，感激，感激。但据近数日来调查，该事全属子虚，我们河南留京学界为此事，牺牲光阴与金钱，皆此谣言之赐与。刻我接得友人及家属信四五封，皆否认此事。有个很诚实的老师的信中有几句话颇扼要：

"……平心细想，该校长岂敢将三个人命秘而不宣！被害学生的家属岂能忍受？兄在该校兼有功课，岂能无一点觉察？此事本系'是可忍孰不可忍'之事，关系河南女子教育，全体教育，及住家的眷属俱甚大，该校长胆有多大，岂敢以一手遮天？……"

我们由这几句话看起来，河南女师没有发生这种事情，已属千真万确，我的女人在该校上学，来信中又有两个反证：

"我们的心理教员周调阳先生闻听此事，就来校暗察。而见学生游戏的游戏，看书的看书，没有一点变异，故默默而退。历史教员王钦斋先生被许多人质问，而到校中见上堂如故，人数不差，故对人说绝无此事，这都是后来我们问他们，他们才对我们说的。"

据她这封信看来，河南女师并无发生什么事，更足征信。

现在谣言已经过去，大家都是追寻谣言的起源。有两种说

64

法：一说是由于恨军界而起的。就是我那位写信的老师也在那封信上说：

"近数月来，开封曾发生无根的谣言，求其同一之点，皆不利于军事当局。"

我们由此满可知道河南的军人是否良善？要是"基督将军"在那边，绝不会有这种谣言；就是有这种谣言，人也不会信它。

又有一说，这谣言是某人为争饭碗起见，并且他与该校长有隙，而造的。信此说者甚多。昨天河南省议员某君新从开封来，他说开封教育界许多人都是这样的猜度。

但在京的同乡和别的关心河南女界的人，还是在半信半疑的态度。有的还硬说实在真有事，有的还说也许是别校的女生被辱了。咳，这种谣言，在各处所发生的真数见不鲜了。到末后，无论怎样证实它的乌有，而有一部分人总还要信它，它的魔力，真正不少！

我为要使人明白真相，故草切的写这封信。不知先生还肯登载贵刊之末否？

即颂著安！

弟赵荫棠上。八日

一九二五年五月十三日

（《京报》《妇女周刊》第二十二期）

铁塔强奸案的来信 S. M.

丁人：

……你说军队奸杀女生案，我们国民党更应游行示威，要求惩办其团长、营长等。我们未尝不想如此。当此事发生以后，我们即质问女师校长有无此事，彼力辩并无此事。敝校地理教员王钦斋先生，亦在女师授课，他亦说没有，并言该校既有自杀女生二人，为何各班人数皆未缺席，灵柩停于何处？于是这个提议，才取消了。后来上海大学河南学生亦派代表到汴探听此事，女师校长，又力白其无，所以开封学生会亦不便与留京学生通电，于是上海的两个代表回去了。关于此事，我从各方面调查，确切已成事实，万无疑议，今将调查的结果，写在下面：

A．铁塔被封之铁证

我听了这事以后，于是即往铁塔调查，铁塔在冷静无人的地方，宪兵营稽查是素不往那里巡查的，这次我去到那里一看，宪兵营稽查非常多，并皆带手枪。看见我们学生，很不满意，又说："你们还在这里游玩呢！前天发生那事您不知道么？你没看铁塔的门，不是已封了么？还游什么？"丁人！既没这事，铁塔为何被封，宪兵营为何说出这话？这不是一个确实证据么？

B．女师学生之自述

此事发生以后，敝班同学张君即向女师询其姑与嫂有无此事，他们总含糊不语。再者我在刷绒街王仲元处，遇见霍君的妻，Miss W. T. Y.（女师的学生），我问她的学校有"死人"的事否？她说死二人，系有病而死，亦未说系何病。她说话间，精神很觉不安，由此可知确有此事。你想彼校长曾言该校学生并未缺席，王女士说该校有病死者二人，这不是自相矛盾吗？这不是确有此事的又一个铁证么？

总而言之，军队奸杀女生，确切是有的，至于详情，由同学朱君在教育厅打听得十分详细，今我略对你叙述一下：

66

四月十二号（星期日），女师学生四人去游铁塔，被六个丘八看见，等女生上塔以后，他们就二人把门，四人上塔奸淫，并带有刺刀威吓，使她们不敢作声，于是轮流行污，并将女生的裙，每人各撕一条以作纪念。淫毕复将女生之裤放至塔之最高层。乘伊等寻裤时，丘八才趁隙逃走……然还有一个证据：从前开封齐鲁花园，每逢星期，女生往游如云，从此事发生后，各花园，就连龙亭等处再亦不睹女生了。关于此事的真实，已不成问题，所可讨论的就是女师校长对于此事，为什么谨守秘密？据我所知，有几种原因：

1. 女师校长头脑之顽固

女师校长系武昌高师毕业，头脑非常顽固。对于学生，全用压迫手段，学生往来通信，必经检查，凡收到的信，皆交与教务处，若信无关系时，才交本人，否则立时焚化，或质问学生。所以此事发生，他恐丑名外露，禁止职员学生关于此事泄露一字。假若真无此事，他必在各报纸力白其无。那么，开封男生也不忍摧残女界同胞。

2. 与国民军的密约

此事既生，他不得不向督署声明，国民军一听心内非常害怕，以为此事若被外人所知，对于该军的地盘军队很受影响，于是极力安慰女师校长，使他不要发作，他自尽力去办，于两边面子都好看。听说现在铁塔下正法了四人，其余二人，尚未查出，这亦是他谨守秘密的一种原因。

我对于此事的意见，无论如何，是不应守秘密的。况女生被强奸，并不是什么可耻，与她们人格上、道德上，都没有什么损失，应极力宣传，以表白豺狼丘八之罪恶，女同胞或者因此觉悟，更可使全国军队、官僚，知道女性的尊严，那么女界的前途才有一线光明。我对于这个问题，早已骨鲠在喉，不得不吐，今得痛痛快快全写出来，我才觉着心斗很舒宁。

S. M. 十四，五，九，夜十二点，开封一中。

（一九二五年五月二十一日《旭光周刊》第二十四期。）

铁塔强奸案中之最可恨者

我于女师学生在铁塔被奸之次日离开开封，当时未闻此事，所以到了北京，有许多人问我这件事确否，我仅以"不知道"三个字回答。停了几天旅京同学有欲开会讨论要求当局查办的提议，我说：警告他们一下也好。这件事已经无法补救了，不过防备将来吧。后来这个提议就无声无臭的消灭了。我很疑惑。不久看见报纸上载有与此事相反的文字，我说，无怪，本来没有，怎么能再开会呢。心里却很怨那些造谣者的多事。现在S. M. 君的信发表了（五月二十一的《旭光》和五月二十七的《京报》附设之《妇女周刊》）。别说一般人看了要相信，恐怕就是主张绝对没有的人也要相信了。

呀！何等可怜呵！被人骂一句，总要还一句。被人打一下，还要复一拳。甚至猫狗小动物，无故踢一脚，它也要喊几声表示它的冤枉。这几位女生呢？被人奸污以后忍气含声以至于死了，她们的冤枉不能曝露一点！这都是谁的罪过呢？

唉！女师校长的头脑顽固，我久闻其名了。以前我以为他不过检查检查学生的信件和看守着校门罢了。那知道，别人不忍做的事，他竟做了出来！他掩藏这件事，如果是完全为他的头脑顽固的牵制，那也罢了。其实按他守秘密的原因推测起来：（一）恐丑名外露——这却是顽固的本态——受社会上盲目的批评，影响到学校和自己。（二）怕得罪了军人，于自己的位置发生关系。

总而言之，是为保守饭碗起见。因为保守饭碗，就昧没了天良，那也是应该的。天良那有生活要紧呢。现在社会上像这样的事情还少吗？但是那无知识的动物做出那无知识的事情，却是很平常的。可是这位校长先生系武昌高等师范毕业，受过高等国民之师表的教育，竟能做出这种教人忍无可忍的压迫手段！我以为他的罪恶比那六个强奸的丘八还要重些！呀！女师同学们住在这样专制的学校里边！

唯亭。十四，五，二十七，北京
（本篇最初发表于一九二五年五月六日《京报副刊》）

我才知道

时常看见些讣文，死的不是"清封什么大夫"便是"清封什么人"。我才知道中华民国国民一经死掉，就又去降了清朝了。

时常看见些某封翁某太夫人几十岁的征诗启，儿子总是阔人或留学生。我才知道一有这样的儿子，自己就像"中秋无月""花下独酌大醉"一样，变成做诗的题目了。

（本篇最初发表于一九二五年六月九日
《民众文艺》周刊第二十三期）

女校长的男女的梦

我不知道事实如何，从小说上看起来，上海洋场上恶虔婆的逼勒良家妇女，都有一定的程序：冻饿，吊打。那结果，除被虐杀或自杀之外，是没有一个不讨饶从命的；于是乎她就为所欲为，造成黑暗的世界。

这一次杨荫榆的对付反抗她的女子师范大学学生们，听说是先以率警殴打，继以断绝饮食的，但我却还不为奇，以为还是她从哥仑比亚大学学来的教育的新法，待到看见今天报上说杨氏致书学生家长，使再填入学愿书，"不交者以不愿再入学校论"，这才恍然大悟，发生无限的哀感，知道新妇女究竟还是老妇女，新方法究竟还是老方法，去光明非常辽远了。

女师大的学生，不是各省的学生么？那么故乡就多在远处，家长们怎么知道自己的女儿的境遇呢？怎么知道这就是威逼之后的勒令讨饶乞命的一幕呢？自然，她们可以将实情告诉家长的；然而杨荫榆已经以校长之尊，用了含胡的话向家长们撒下网罗了。

为了"品性"二字问题，曾有六个教员发过宣言，证明杨氏的诬妄。这似乎很触着她的致命伤了，"据接近杨氏者言"，她说"风潮内幕，现已暴露，前如北大教员□□诸人之宣言，近如所谓'市民'之演说……"（六日《晨报》）直到现在，还以诬蔑学生的老手段，来诬蔑教员们。但仔细看来，是无足怪的，因为诬蔑是她的教育法的根源，谁去摇动它，自然就要得到被诬蔑的恶报。

最奇怪的是杨荫榆请警厅派警的信，"此次因解决风潮改组各班

学生，诚恐某校男生来校援助，恳请准予八月一日照派保安警察三四十名来校借资防护"云云，发信日是七月三十一日。入校在八月初，而她已经在七月底做着"男生来帮女生"的梦，并且将如此梦话，叙入公文，倘非脑里有些什么贵恙，大约总该不至于此的罢。我并不想心理学者似的来解剖思想，也不想道学先生似的来诛心，但以为自己先设立一个梦境，而即以这梦境来诬人，倘是无意的，未免可笑，倘是有意，便是可恶，卑劣；"学笈重洋，教鞭十载"，都白糟蹋了。我真不解何以一定是男生来帮女生。因为同类么？那么，请男巡警来帮的，莫非是女巡警？给女校长代笔的，莫非是男校长么？

"对于学生品性学业，务求注重实际"，这实在是很可佩服的。但将自己夜梦里所做的事，都诬栽在别人身上，却未免和实际相差太远了。可怜的家长，怎么知道你的孩子遇到了这样的女人呢！

我说她是梦话，还是忠厚之辞；否则，杨荫榆便一钱不值；更不必说一群躲在黑幕里的无名的蛆虫！

八月六日

（本篇最初发表于一九二五年八月十日《京报副刊》）

中山先生逝世后一周年

中山先生逝世后无论几周年，本用不着什么纪念的文章。只要这先前未曾有的中华民国存在，就是他的丰碑，就是他的纪念。

凡是自承为民国的国民，谁有不记得创造民国的战士，而且是第一人的？但我们大多数的国民实在特别沉静，真是喜怒哀乐不形于色，而况吐露他们的热力和热情。因此就更应该纪念了；因此也更可见那时革命有怎样的艰难，更足以加增这纪念的意义。

记得去年中山先生逝世后不很久，甚至于就有几个论客说些风凉话。是憎恶中华民国呢，是所谓"责备贤者"呢，是卖弄自己的聪明呢，我不得而知。但无论如何，中山先生的一生历史具在，站出世间来就是革命，失败了还是革命；中华民国成立之后，也没有满足过，没有安逸过，仍然继续着进向近于完全的革命的工作。直到临终之际，他说道：革命尚未成功，同志仍须努力！

那时新闻上有一条琐载，不下于他一生革命事业地感动过我，据说当西医已经束手的时候，有人主张服中国药了；但中山先生不赞成，以为中国的药品固然也有有效的，诊断的知识却缺如。不能诊断，如何用药？毋须服。人当濒危之际，大抵是什么也肯尝试的，而他对于自己的生命，也仍有这样分明的理智和坚定的意志。

他是一个全体，永远的革命者。无论所做的那一件，全都是革命。无论后人如何吹求他，冷落他，他终于全都是革命。

为什么呢？托洛斯基曾经说明过什么是革命艺术。是：即使主题不谈革命，而有从革命所发生的新事物藏在里面的意识一贯着者是；否则，即使以革命为主题，也不是革命艺术。中山先生逝世已经一年了，"革命尚未成功"，仅在这样的环境中作一个纪念。然而这纪念所显示，也还是他终于永远带领着新的革命者前行，一同努力于进向近于完全的革命的工作。

三月十日晨

（本篇最初发表于一九二六年三月十二日北京
《国民新报》的"孙中山先生逝世周年纪念特刊"）

《何典》题记

　　《何典》的出世，至少也该有四十七年了，有光绪五年的《申报馆书目续集》可证。我知道那名目，却只在前两三年，向来也曾访求，但到底得不到。现在半农加以校点，先示我印成的样本，这实在使我很喜欢。只是必须写一点序，却正如阿Q之画圆圈，我的手不免有些发抖。我是最不擅长于此道的，虽然老朋友的事，也还是不会捧场，写出洋洋大文，俾于书，于店，于人，有什么涓埃之助。

　　我看了样本，以为校勘有时稍迁，空格令人气闷，半农的士大夫气似乎还太多。至于书呢？那是，谈鬼物正像人间，用新典一如古典。三家村的达人穿了赤膊大衫向大成至圣先师拱手，甚而至于翻筋斗，吓得"子曰店"的老板昏厥过去；但到站直之后，究竟都还是长衫朋友。不过这一个筋斗，在那时，敢于翻的人的魄力，可总要算是极大的了。

　　成语和死古典又不同，多是现世相的神髓，随手拈掇，自然使文字分外精神，又即从成语中，另外抽出思绪：既然从世相的种子出，开的也一定是世相的花。于是作者便在死的鬼画符的鬼打墙中，展示了活的人间相，或者也可以说是将活的人间相，都看作了死的鬼画符和鬼打墙。便是信口开河的地方，也常能令人仿佛有会于心，禁不住不很为难的苦笑。

　　够了。并非博士般角色，何敢开头？难违旧友的面情，又该动手。应酬不免，圆滑有方；只作短文，庶无大过云尔。

（本篇最初印入一九二六年六月北新书局出版的《何典》）

《十二个》后记

俄国在一九一七年三月的革命，算不得一个大风暴；到十月，才是一个大风暴，怒吼着，震荡着，枯朽的都拉杂崩坏，连乐师画家都茫然失措，诗人也沉默了。

就诗人而言，他们因为禁不起这连底的大变动，或者脱出国界，便死亡，如安得列夫；或者在德法做侨民，如梅垒什珂夫斯奇、巴理芒德；或者虽然并未脱走，却比较的失了生动，如阿尔志跋绥夫。但也有还是生动的，如勃留梭夫和戈理奇、勃洛克。

但是，俄国诗坛上先前那样盛大的象征派的衰退，却并不只是革命之赐；从一九一一年以来，外受未来派的袭击，内有实感派、神秘底虚无派、集合底主我派们的分离，就已跨进了崩溃时期了。至于十月的大革命，那自然，也是额外的一个沉重的打击。

梅垒什珂夫斯奇们既然作了侨民，就常以痛骂苏俄为事；别的作家虽然还有创作，然而不过是写些"什么"，颜色很黯淡，衰弱了。象征派诗人中，收获最多的，就只有勃洛克。

勃洛克名亚历山大，早就有一篇很简单的自叙传——

"一八八〇年生在彼得堡。先学于古典中学，毕业后进了彼得堡大学的言语科。一九〇四年才作《美的女人之歌》这抒情诗，一九〇七年又出抒情诗两本，曰《意外的欢喜》，曰《雪的假面》。抒情悲剧《小游览所的主人》、《广场的王》、《未知之女》，不过才脱稿。现在担当着《梭罗武亚卢拿》的批评栏，也和别的几种新闻杂志关系着。"

此后，他的著作还很多：《报复》、《文集》、《黄金时代》、《从心中涌出》、《夕照是烧尽了》、《水已经睡着》、《运命之歌》。当革命时，将最强烈的刺戟给与俄国诗坛的，是《十二个》。

他死时是四十二岁，在一九二一年。

从一九〇四年发表了最初的象征诗集《美的女人之歌》起，勃洛克便被称为现代都会诗人的第一人了。他之为都会诗人的特色，是在用空想，即诗底幻想的眼，照见都会中的日常生活，将那朦胧的印象，加以象征化。将精气吹入所描写的事象里，使它苏生；也就是在庸俗的生活，尘嚣的市街中，发见诗歌底要素。所以勃洛克所擅长者，是在取卑俗、热闹、杂沓的材料，造成一篇神秘底写实的诗歌。

中国没有这样的都会诗人。我们有馆阁诗人，山林诗人，花月诗人……没有都会诗人。

能在杂沓的都会里看见诗者，也将在动摇的革命中看见诗。所以勃洛克做出《十二个》，而且因此"在十月革命的舞台上登场了"。但他的能上革命的舞台，也不只因为他是都会诗人；乃是，如托洛斯基言，因为他"向着我们这边突进了。突进而受伤了"。

《十二个》于是便成了十月革命的重要作品，还要永久地流传。

旧的诗人沉默，失措，逃走了，新的诗人还未弹他的奇颖的琴。勃洛克独在革命的俄国中，倾听"咆哮狞猛，吐着长太息的破坏的音乐"。他听到黑夜白雪间的风，老女人的哀怨，教士和富翁和太太的彷徨，会议中的讲嫖钱，复仇的歌和枪声，卡基卡的血。然而他又听到癫皮狗似的旧世界：他向着革命这边突进了。

然而他究竟不是新兴的革命诗人，于是虽然突进，却终于受伤，他在"十二个"之前，看见了戴着白玫瑰花圈的耶稣基督。

但这正是俄国十月革命"时代的最重要的作品"。

呼唤血和火的，咏叹酒和女人的，赏味幽林和秋月的，都要真的神往的心，否则一样是空洞。人多是"生命之川"之中的一滴，承着过去，向着未来，倘不是真的特出到异乎寻常的，便都不免并含着向前和反顾。诗《十二个》里就可以看见这样的心：他向前，所以向革命突进了，然而反顾，于是受伤。

篇末出现的耶稣基督，仿佛可有两种的解释：一是他也赞同，一是还须靠他得救。但无论如何，总还以后解为近是。故十月革命中的这大作品《十二个》，也还不是革命的诗。

然而也不是空洞的。

这诗的体式在中国很异样；但我以为很能表现着俄国那时的神情；细看起来，也许会感到那大震撼、大咆哮的气息。可惜翻译最不易。我们曾经有过一篇从英文的重译本；因为还不妨有一种别译，胡成才君便又从原文译出了。不过诗是只能有一篇的，即使以俄文改写俄文，尚且决不可能，更何况用了别一国的文字。然而我们也只能如此。至于意义，却是先由伊发尔先生校勘过的；后来，我和韦素园君又酌改了几个字。

前面的《勃洛克论》是我译添的，是《文学与革命》（Literature and Revolution）的第三章，从茂森唯士氏的日本文译本重译；韦素园君又给对校原文，增改了许多。

在中国人的心目中，大概还以为托洛斯基是一个嘁呜叱咤的革命家和武人，但看他这篇，便知道他也是一个深解文艺的批评者。他在俄国，所得的俸钱，还是稿费多。但倘若不深知他们文坛的情形，似乎不易懂；我的翻译的拙涩，自然也是一个重大的原因。

书面和卷中的四张画，是玛修丁（V. Masiutin）所作的。他是版画的名家。这几幅画，即曾被称为艺术底版画的典型；原本是木刻。卷头的勃洛克的画像，也不凡，但是从《新俄罗斯文学的曙光期》转载的，不知道是谁作。

俄国版画的兴盛，先前是因为照相版的衰颓和革命中没有细致的纸张，倘要插图，自然只得应用笔路分明的线画。然而只要人民有活气，这也就发达起来，在一九二二年弗罗连斯的万国书籍展览会中，就得了非常的赞美了。

一九二六年七月二十一日，鲁迅记于北京

（本篇最初印入一九二六年八月

北新书局出版的中译本《十二个》）

《争自由的波浪》小引

俄国大改革之后，我就看见些游览者的各种评论。或者说贵人怎样惨苦，简直不像人间；或者说平民究竟抬了头，后来一定有希望。或褒或贬，结论往往正相反。我想，这大概都是对的。贵人自然总要较为苦恼，平民也自然比先前抬了头。游览的人各照自己的倾向，说了一面的话。近来虽听说俄国怎样善于宣传，但在北京的报纸上，所见的却相反，大抵是要竭力写出内部的黑暗和残酷来。这一定是很足使礼教之邦的人民惊心动魄的罢。但倘若读过专制时代的俄国所产生的文章，就会明白即使那些话全是真的，也毫不足怪。俄皇的皮鞭和绞架，拷问和西伯利亚，是不能造出对于怨敌也极仁爱的人民的。

以前的俄国的英雄们，实在以种种方式用了他们的血，使同志感奋，使好心肠人堕泪，使刽子手有功，使闲汉得消遣。总是有益于人们，尤其是有益于暴君、酷吏、闲人们的时候多；餍足他们的凶心，供给他们的谈助。将这些写在纸上，血色早已轻淡得远了；如但兼珂的慷慨，托尔斯多的慈悲，是多么柔和的心。但当时还是不准印行。这做文章，这不准印，也还是使凶心得餍足，谈助得加添。英雄的血，始终是无味的国土里的人生的盐，而且大抵是给闲人们作生活的盐，这倒实在是很可诧异的。

这书里面的梭斐亚的人格还要使人感动，戈理基笔下的人生也还活跃着，但大半也都要成为流水账簿罢。然而翻翻过去的血的流水帐簿，原也未始不能够推见将来，只要不将那账目来作消遣。

有些人到现在还在为俄国的上等人鸣不平，以为革命的光明的标语，实际倒成了黑暗。这恐怕也是真的。改革的标语一定是较光明的；做这书中所收的几篇文章的时代，改革者大概就很想普给一切人们以一律的光明。但他们被拷问，被幽禁，被流放，被杀戮了。要给，也不能。这已经都写在账上，一翻就明白。假使遏绝革新，屠戮改革者的人物，改革后也就同浴改革的光明，那所处的倒是最稳妥的地位。然而已经都写在账上了，因此用血的方式，到后来便不同，先前似的时代在他们已经过去。

中国是否会有平民的时代，自然无从断定。然而，总之，平民总未必会舍命改革以后，倒给上等人安排鱼翅席，是显而易见的，因为上等人从来就没有给他们安排过杂合面。只要翻翻这一本书，大略便明白别人的自由是怎样挣来的前因，并且看看后果，即使将来地位失坠，也就不至于妄鸣不平，较之失意而学佛，切实得多多了。所以，我想，这几篇文章在中国还是很有好处的。

一九二六年十一月十四日风雨之夜，鲁迅记于厦门

（本篇最初发表于一九二七年一月一日

北京《语丝》周刊第一一二期）

老调子已经唱完

——二月十九日在香港青年会讲今天我所讲的题目是"老调子已经唱完"：初看似乎有些离奇，其实是并不奇怪的。

凡老的，旧的，都已经完了！这也应该如此。虽然这一句话实在对不起一般老前辈，可是我也没有别的法子。

中国人有一种矛盾思想，即是：要子孙生存，而自己也想活得很长久，永远不死；及至知道没法可想，非死不可了，却希望自己的尸身永远不腐烂。但是，想一想罢，如果从有人类以来的人们都不死，地面上早已挤得密密的，现在的我们早已无地可容了；如果从有人类以来的人们的尸身都不烂，岂不是地面上的死

80

尸早已堆得比鱼店里的鱼还要多，连掘井，造房子的空地都没有了么？所以，我想，凡是老的、旧的，实在倒不如高高兴兴的死去的好。

在文学上，也一样，凡是老的和旧的，都已经唱完，或将要唱完。举一个最近的例来说，就是俄国。他们当俄皇专制的时代，有许多作家很同情于民众，叫出许多惨痛的声音，后来他们又看见民众有缺点，便失望起来，不很能怎样歌唱，待到革命以后，文学上便没有什么大作品了。只有几个旧文学家跑到外国去，作了几篇作品，但也不见得出色，因为他们已经失掉了先前的环境了，不再能照先前似的开口。

在这时候，他们的本国是应该有新的声音出现的，但是我们还没有很听到。我想，他们将来是一定要有声音的。因为俄国是活的，虽然暂时没有声音，但他究竟有改造环境的能力，所以将来一定也会有新的声音出现。

再说欧美的几个国度罢。他们的文艺是早有些老旧了，待到世界大战时候，才发生了一种战争文学。战争一完结，环境也改变了，老调子无从再唱，所以现在文学上也有些寂寞。将来的情形如何，我们实在不能豫测。但我相信，他们是一定也会有新的声音的。

现在来想一想我们中国是怎样。中国的文章是最没有变化的，调子是最老的，里面的思想是最旧的。但是，很奇怪，却和别国不一样。那些老调子，还是没有唱完。

这是什么缘故呢？有人说，我们中国是有一种"特别国情"——中国人是否真是这样"特别"，我是不知道，不过我听得有人说，中国人是这样——倘使这话是真的，那么，据我看来，这所以特别的原因，大概有两样。

第一，是因为中国人没记性，因为没记性，所以昨天听过的话，今天忘记了，明天再听到，还是觉得很新鲜。做事也是如此，昨天做坏了的事，今天忘记了，明天做起来，也还是"仍旧贯"的老调子。

第二，是个人的老调子还未唱完，国家却已经灭亡了好几次了。何以呢？我想，凡有老旧的调子，一到有一个时候，是都应该唱完的，凡是有良心、有觉悟的人，到一个时候，自然知道老调子不该再唱，将它抛弃。但是，一般以自己为中心的人们，却决不肯以民众为主体，而专图自己的便利，总是三翻四复的唱不完。于是，自己的老调子固然唱不完，而国家却已被唱完了。

宋朝的读书人讲道学，讲理学，尊孔子，千篇一律。虽然有几个革新的人们，如王安石等等，行过新法，但不得大家的赞同；失败了。从此大家又唱老调子，和社会没有关系的老调子，一直到宋朝的灭亡。

宋朝唱完了，进来做皇帝的是蒙古人——元朝。那么，宋朝的老调子也该随着宋朝完结了罢，不，元朝人起初虽然看不起中国人，后来却觉得我们的老调子，倒也新奇，渐渐生了羡慕，因此元人也跟着唱起我们的调子来了，一直到灭亡。

这个时候，起来的是明太祖。元朝的老调子，到此应该唱完了罢，可是也还没有唱完。明太祖又觉得还有些意趣，就又教大家接着唱下去。什么八股咧，道学咧，和社会、百姓都不相干，就只向着那条过去的旧路走，一直到明亡。

清朝又是外国人。中国的老调子，在新来的外国主人的眼里又见得新鲜了，于是又唱下去。还是八股，考试，做古文，看古书。但是清朝完结，已经有十六年了，这是大家都知道的。他们到后来，倒也略略有些觉悟，曾经想从外国学一点新法来补救，然而已经太迟，来不及了。

　　老调子将中国唱完，完了好几次，而它却仍然可以唱下去。因此就发生一点小议论。有人说："可见中国的老调子实在好，正不妨唱下去。试看元朝的蒙古人，清朝的满洲人，不是都被我们同化了么？照此看来，则将来无论何国，中国都会这样地将他们同化的。"原来我们中国就如生着传染病的病人一般，自己生了病，还会将病传到别人身上去，这倒是一种特别的本领。

　　殊不知这种意见，在现在是非常错误的。我们为甚么能够同化蒙古人和满洲人呢？是因为他们的文化比我们的低得多。倘使别人的文化和我们的相敌或更进步，那结果便要大不相同了。他们倘比我们更聪明，这时候，我们不但不能同化他们，反要被他们利用了我们的腐败文化，来治理我们这腐败民族。他们对于中国人，是毫不爱惜的，当然任凭你腐败下去。现在听说又很有别国人在尊重中国的旧文化了，那里是真在尊重呢，不过是利用！

　　从前西洋有一个国度，国名忘记了，要在非洲造一条铁路。顽固的非洲土人很反对，他们便利用了他们的神话来哄骗他们道："你们古代有一个神仙，曾从地面造一道桥到天上。现在我们所造的铁路，简直就和你们的古圣人的用意一样。"非洲人不胜佩服，高兴，铁路就造起来——中国人是向来排斥外人的，然而现在却渐渐有人跑到他那里去唱老调子了，还说道："孔夫子也说过：'道不行，乘桴浮于海。'所以外人倒是好的。"外国人也说道："你家圣人的话实在不错。"

倘照这样下去，中国的前途怎样呢？别的地方我不知道，只好用上海来类推。上海是：最有权势的是一群外国人，接近他们的是一圈中国的商人和所谓读书的人，圈子外面是许多中国的苦人，就是下等奴才。将来呢，倘使还要唱着老调子，那么，上海的情状会扩大到全国，苦人会多起来。因为现在是不像元朝、清朝时候，我们可以靠着老调子将他们唱完，只好反而唱完自己了。这就因为，现在的外国人，不比蒙古人和满洲人一样，他们的文化并不在我们之下。

那么，怎么好呢？我想，唯一的方法，首先是抛弃了老调子。旧文章，旧思想，都已经和现社会毫无关系了，从前孔子周游列国的时代，所坐的是牛车。现在我们还坐牛车么？从前尧舜的时候，吃东西用泥碗，现在我们所用的是甚么？所以，生在现今的时代，捧着古书是完全没有用处的了。

但是，有些读书人说，我们看这些古东西，倒并不觉得于中国怎样有害，又何必这样决绝地抛弃呢？是的。然而古老东西的可怕就正在这里。倘使我们觉得有害，我们便能警戒了，正因为并不觉得怎样有害，我们这才总是觉不出这致死的毛病来。因为这是"软刀子"。这"软刀子"的名目，也不是我发明的，明朝有一个读书人，叫做贾凫西的，鼓词里曾经说起纣王，道："几年家软刀子割头不觉死，只等得太白旗悬才知道命有差。"我们的老调子，也就是一把软刀子。

中国人倘被别人用钢刀来割，是觉得痛的，还有法子想；倘是软刀子，那可真是"割头不觉死"，一定要完。

我们中国被别人用兵器来打，早有过好多次了。例如，蒙古人、满洲人用弓箭，还有别国人用枪炮。用枪炮来打的后几次，我已经出了世了，但是年纪青。我仿佛记得那时大家倒还觉得一点苦痛的，也曾经想有些抵抗，有些改革。用枪炮来打我们的时候，听说是因为我们野蛮；现在，倒不大遇见有枪炮来打我们了，大约是因为我们文明了罢。现在也的确常常有人说，中国的文化好得很，应该保存。那证据，是外国人也常在赞美。这就是软刀子。用钢刀，我们也许还会觉得的，于是就改用软刀子。我想：叫我们用自己的老调子唱完我们自己的时候，是已经要到了。

中国的文化，我可是实在不知道在那里。所谓文化之类，和现在的民众有甚么关系，甚么益处呢？近来外国人也时常说，中国人礼仪好，中国人肴馔好。中国人也附和着。但这些事和民众有甚么关系？车夫先就没有钱来做礼服，南北的大多数的农民最好的食物是杂粮。有什么关系？

中国的文化，都是侍奉主子的文化，是用很多的人的痛苦换来的。无论中国人、外国人，凡是称赞中国文化的，都只是以主子自居的一部分。

以前，外国人所作的书籍，多是嘲骂中国的腐败；到了现在，不大嘲骂了，或者反而称赞中国的文化了。常听到他们说："我在中国住得很舒服呵！"这就是中国人已经渐渐把自己的幸福送给外国人享受的证据。所以他们愈赞美，我们中国将来的苦痛要愈深的！

这就是说：保存旧文化，是要中国人永远做侍奉主子的材料，苦下去，苦下去。虽是现在的阔人富翁，他们的子孙也不能逃。我曾经做过一篇杂感，大意是说："凡称赞中国旧文化的，多是住在租界或安稳地方的富人，因为他们有钱，没有受到国内战争的痛苦，所以发出这样的赞赏来。殊不知将来他们的子孙，营业要比现在的苦人更其贱，去开的矿洞，也要比现在的苦人更其深。"这就是说，将来还是要穷的，不过迟一点。但是先穷的苦人，开了较浅的矿，他们的后人，却须开更深的矿了。我的话并没有人注意。他们还是唱着老调子，唱到租界去，唱到外国去。但从此以后，不能像元朝、清朝一样，唱完别人了，他们是要唱完了自己。

这怎么办呢？我想，第一，是先请他们从洋楼、卧室、书房里踱出来，看一看身边怎么样，再看一看社会怎么样，世界怎么样。然后自己想一想，想得了方法，就做一点。"跨出房门，是危险的。"自然，唱老调子的先生们又要说。然而，做人是总有些危险的，如果躲在房里，就一定长寿，白胡子的老先生应该非常多；但是我们所见的有多少呢？他们也还是常常早死，虽然不危险，他们也胡涂死了。

要不危险，我倒曾经发见了一个很合适的地方。这地方，就是：牢狱。人坐在监牢里便不至于再捣乱，犯罪了；救火机关也完全，不怕失火；也不怕盗劫，到牢狱里去抢东西的强盗是从来没有的。坐监是实在最安稳。

但是，坐监却独独缺少一件事，这就是：自由。所以，贪安稳就没有自由，要自由就总要历些危险。只有这两条路。那一条好，是明明白白的，不必待我来说了。

现在我还要谢诸位今天到来的盛意。

（本篇最初发表于一九二七年三月

广州《国民新闻》副刊《新时代》）

《游仙窟》序言

《游仙窟》今惟日本有之，是旧钞本，藏于昌平学；题宁州襄乐县尉张文成作。文成者，张鷟之字；题署著字，古人亦常有，如晋常璩撰《华阳国志》，其一卷亦云常道将集矣。张鷟，深州陆浑人；两《唐书》皆附见《张荐传》，云以调露初登进士第，为岐王府参军，屡试皆甲科，大有文誉，调长安尉迁鸿胪丞。证圣中，天官刘奇以为御史；性躁卞，傥荡无检，姚崇尤恶之；开元初，御史李全交劾鷟讪短时政，贬岭南，旋得内徙，终司门员外郎。《顺宗实录》亦谓鷟博学工文词，七登文学科。《大唐新语》则云，后转洛阳尉，故有《咏燕诗》，其末章云："变石身犹重，衔泥力尚微，从来赴甲第，两起一双飞。"时人无不讽咏。《唐书》虽称其文下笔立成，大行一时，后进莫不传记，日本、新罗使至，必出金宝购之，而又訾为浮艳少理致，论著亦率诋诮芜秽。鷟书之传于今者，尚有《朝野金载》及《龙筋凤髓判》，诚亦多诋诮浮艳之辞。《游仙窟》为传奇，又多俳调，故史志皆不载；清杨守敬作《日本访书志》，始著于录，而贬之一如《唐书》之言。日本则初颇珍秘，以为异书；尝有注，似亦唐时人作。河世宁曾取其中之诗十余首入《全唐诗逸》，鲍氏刊之《知不足斋丛书》中；今矛尘将具印之，而全文始复归华土。不特当时之习俗如酬对舞咏，时语如讦乃升偕，可资博识；即其始以骈俪之语作传奇，前于陈球之《燕山外史》者千载，亦为治文学史者所不能废矣。

中华民国十六年七月七日，鲁迅识

（本篇最初以手迹制版印入一九二九年二月

北新书局出版的《游仙窟》）

《近代木刻选集》（1）小引

中国古人所发明，而现在用以做爆竹和看风水的火药和指南针，传到欧洲，他们就应用在枪炮和航海上，给本师吃了许多亏。还有一件小公案，因为没有害，倒几乎忘却了。那便是木刻。

虽然还没有十分的确证，但欧洲的木刻，已经很有几个人都说是从中国学去的，其时是十四世纪初，即一三二〇年顷。那先驱者，大约是印着极粗的木版图画的纸牌；这类纸牌，我们至今在乡下还可看见。然而这博徒的道具，却走进欧洲大陆，成了他们文明的利器的印刷术的祖师了。

木版画恐怕也是这样传去的；十五世纪初德国已有木版的圣母像，原画尚存比利时的勃吕舍勒博物馆中，但至今还未发见过更早的印本。十六世纪初，是木刻的大家调垒尔和荷勒巴因出现了，而调垒尔尤有名，后世几乎将他当作木版画的始祖。到十七八世纪，都沿着他们的波流。

木版画之用，单幅而外，是作书籍的插图。然则巧致的铜版图术一兴，这就突然中衰，也正是必然之势。惟英国输入铜版术较晚，还在保存旧法，且视此为义务和光荣。一七七一年，以初用木口雕刻，即所谓"白线雕版法"而出现的，是毕维克（Th. Bewick）。这新法进入欧洲大陆，又成了木刻复兴的动机。

但精巧的雕镂，后又渐偏于别种版式的模仿，如拟水彩画、蚀铜版、网铜版等，或则将照相移在木面上，再加绣雕，技术固然极精熟了，但已成为复制底木版。至十九世纪中叶，遂大转变，而创作底木刻兴。

所谓创作底木刻者，不模仿，不复刻，作者捏刀向木，直刻下去——记得宋人，大约是苏东坡罢，有请人画梅诗，有句云："我有一匹好东绢，请君放笔为直干！"这放刀直干，便是创作底版画首先所必须，和绘画的不同，就在以刀代笔，以木代纸或布。中国的刻图，虽是所谓"绣梓"，也早已望尘莫及，那精神，惟以铁笔刻石章者，仿佛近之。

因为是创作底，所以风韵技巧，因人不同，已和复制木刻离开，成了纯正的艺术，现今的画家，几乎是大半要试作的了。

在这里所绍介的，便都是现今作家的作品；但只这几枚，还不足以见种种的作风，倘为事情所许，我们逐渐来输运罢。木刻的回国，想来决不至于像别两样的给本师吃苦的。

一九二九年一月二十日，鲁迅记于上海
（本篇最初发表于一九二九年一月二十四日
上海《朝花》周刊第八期）

《近代木刻选集》（1）附记

本集中的十二幅木刻，都是从英国的《The Bookman》，《The Studio》，《The Woodcutof Today》中选取的，这里也一并摘录几句解说。

惠勃（C. C. Webb）是英国现代著名的艺术家，从一九二二年以来，都在毕明翰（Birmingham）中央学校教授美术。第一幅《高架桥》是圆满的大图画，用一种独创的方法所刻，几乎可以数出他雕刻的笔数来。统观全体，则是精美的发光的白色标记，在一方纯净的黑色地子上。《农家的后园》，刀法也多相同。《金鱼》更可以见惠勃的作风，新近在 Studio 上，曾大为 George Sheringham 所称许。

司提芬·蓬（Stephen Bone）的一幅，是 George Bourne 的《AFarmer's Life》的插图之一。论者谓英国南部诸州的木刻家无出作者之右，散文得此，而妙想愈明云。

达格力秀（E. Fitch Daglish）是伦敦动物学会会员，木刻也有名，尤宜于作动植物书中的插画，能显示最严正的自然主义和纤巧敏慧的装饰的感情。《田凫》是 E. M. Nicholson 的《Birdsin England》中插画之一;《淡水鲈鱼》是 Zaak Waltonand Charles Cotton 的《The Compleate Angler》中的。观这两幅，便可知木刻术怎样有裨于科学了。

哈曼·普耳，法国人，原是作石版画的，后改木刻，后又转通俗（Popular）画。曾说"艺术是一种不断的解放"，于是便简单化了。本集中的两幅，已很可窥见他后来的作风。前一幅是 Rabelais 著书中的插画，正当大雨时；后一幅是装饰 André Marty 的诗集《LaDoctrinedesPrenx》（《勇士的教义》）的，那诗的大意是——

看残废的身体和面部的机轮，

染毒的疮疤红了面容，

少有勇气与丑陋的人们，传闻

以千辛万苦获得了好的名声。

迪绥尔多黎（Benvenuto Disertori），意大利人，是多才的艺术家，善于刻石、蚀铜，但木刻更为他的特色。《La Musadel Loreto》是一幅具有律动的图象，那印象之自然，就如本来在木上所创生的一般。

麦格努斯·拉该兰支（S. Magnus Lagercranz）夫人是瑞典的雕刻家，尤其擅长花卉。她的最重要的工作，是一册瑞典诗人 Atterbom 的诗集《群芳》的插图。

富耳斯（C. B. Falls）在美国，有"最为多才的艺术家"之称。他于诸艺术无不尝试，而又无不成功。集中的《岛上的庙》，是他自己选出的得意的作品。

华惠克（Edward Worwick）也是美国的木刻家。《会见》是装饰与想象的版画，含有强烈的中古风味的。

书面和首叶的两种小品，是法国画家拉图（Alfred Latour）之作，自《The Woodcut of Today》中取来，目录上未列，附记于此。

[本篇最初印入一九二九年一月
出版的《近代木刻选集》（1）]

哈谟生的几句话

《朝花》六期上登过一篇短篇的挪威作家哈谟生，去年日本出版的《国际文化》上，将他算作左翼的作家，但看他几种作品，如《维多利亚》和《饥饿》里面，贵族的处所却不少。

不过他在先前，很流行于俄国。二十年前罢，有名的杂志《Nieva》上，早就附印他那时为止的全集了。大约他那尼采和陀思妥耶夫斯基气息，正能得到读者的共鸣。十月革命后的论文中，也有时还在提起他，可见他的作品在俄国影响之深，至今还没有忘却。

他的许多作品，除上述两种和《在童话国里》——俄国的游记——之外，我都没有读过。去年，在日本片山正雄作的《哈谟生传》里，看见他关于托尔斯泰和伊孛生的意见，又值这两个文豪的诞生百年纪念，原是想绍介的，但因为太零碎，终于放下了。今年搬屋理书，又看见了这本传记，便于三闲时译在下面。

那是在他三十岁时之作《神秘》里面的，作中的人物那该尔的人生观和文艺论，自然也就可以看作作者哈谟生的意见和批评。他跺着脚骂托尔斯泰——

"总之，叫作托尔斯泰的汉子，是现代的最为活动底的蠢才……那教义，比起救世军的唱（alleluiah 上帝赞美歌——译者）来，毫没有两样。我并不觉得托尔斯泰的精神比蒲斯大将（那时救世军的主将——译者）深。两个都是宣教者，却不是思想家。是买卖现成的货色的，是弘布原有的思想的，是给人民廉价采办思想的，于是掌着这世间的舵。但是，诸君，倘做买卖，就得算算利息，而托尔斯泰却每做一回买卖，就大折其本……不知沉默的那多嘴的品行，要将愉快的人世弄得铁盘一般平坦的那努力，老嬉客似的那道德的唠叨，像煞雄伟一般不识高低地胡说的那坚决的道德，一想到他，虽是别人的事，脸也要红起来……"

说也奇怪，这简直好像是在中国的一切革命底和遵命底的批评家的暗疮上开刀。至于对同乡的文坛上的先辈伊孛生——尤其是后半期的作品——是这样说——

"伊孛生是思想家。通俗的讲谈和真的思索之间，放一点小小的区别，岂不好么？诚然，伊孛生是有名人物呀。也不妨尽讲伊孛生的勇气，讲到人耳朵里起茧罢。然而，论理底勇气和实行底勇气之间，舍了私欲的不羁独立的革命底勇猛心和家庭底的煽动底勇气之间，莫非不见得有放点小小的区别的必要么？其一，是在人生上发着光芒，其一，不过是在戏园里使看客咋舌……要谋叛的汉子，不戴软皮手套来捏钢笔杆这一点事，是总应该做的，不应该是能做文章的一个小畸人，不应该仅是为德国人的文章上的一个概念，应该是名曰人生这一个热闹场里的活动的人物。伊孛生的革命底勇气，大约是确不至于陷其人于危地的。箱船之下，敷设水雷之类的事，比起活的，燃烧似的实行来，是贫弱的桌子上的空论罢了。诸君听见过撕开苎麻的声音么？嘻嘻嘻，是多么盛大的声音呵。"

这于革命文学和革命，革命文学家和革命家之别，说得很露骨，至于遵命文学，那就不在话下了。也许因为这一点，所以他倒是左翼底罢，并不全在他曾经做过各种的苦工。

最颂扬的，是伊孛生早先文坛上的敌对，而后来成了儿女亲家的毕伦存（B. Bjrnson）。他说他活动着，飞跃着，有生命。无论胜败之际，都贯注着个性和精神。是有着灵感和神的闪光的挪威唯一的诗人。但我回忆起看过的短篇小说来，却并没有看哈谟生作品那样的深的感印。在中国大约并没有什么译本，只记得有一篇名叫《父亲》的，至少翻过了五回。

哈谟生的作品我们也没有什么译本。五四运动时候，在北京的青年出了一种期刊叫《新潮》，后来有一本《新著绍介号》，预告上似乎是说罗家伦先生要绍介《新地》。这便是哈谟生做的，虽然不过是一种倾向小说，写些文士的生活，但也大可以借来照照中国人。所可惜的是这一篇绍介至今没有印出罢了。

三月三日，于上海

（本篇最初发表于一九二九年三月十四日

《朝花》周刊第十一期）

《近代木刻选集》（2） 小引

我们进小学校时，看见教本上的几个小图画，倒也觉得很可观，但到后来初见外国文读本上的插画，却惊异于它的精工，先前所见的就几乎不能比拟了。还有英文字典里的小画，也细巧得出奇。凡那些，就是先回说过的"木口雕刻"。

西洋木版的材料，固然有种种，而用于刻精图者大概是柘木。同是柘木，因锯法两样，而所得的板片，也就不同。顺木纹直锯，如箱板或桌面板的是一种；将木纹横断，如砧板的又是一种。前一种较柔，雕刻之际，可以挥凿自如，但不宜于细密，倘细，是很容易碎裂的。后一种是木丝之端，攒聚起来的板片，所以坚，宜于刻细，这便是"木口雕刻"。这种雕刻，有时便不称 Wood - cut，而别称为 Wood - engraving 了。中国先前刻木一细，便曰"绣梓"，是可以作这译语的。和这相对，在箱板式的板片上所刻的，则谓之"木面雕刻"。

但我们这里所介绍的，并非教科书上那样的木刻，因为那是意在逼真、在精细，临刻之际，有一张图画作为底子的，既有底子，便是以刀拟笔，是依样而非独创，所以仅仅是"复刻版画"。至于"创作版画"，是并无别的粉本的，乃是画家执了铁笔，在木版上作画，本集中的达格力秀的两幅，永濑义郎的一幅，便是其例。自然也可以逼真，也可以精细，然而这些之外有美，有力；仔细看去，虽在复制的画幅上，总还可以看出一点"有力之美"来。

但这"力之美"大约一时未必能和我们的眼睛相宜。流行的装饰画上，现在已经多是削肩的美人，枯瘦的佛子，解散了的构成派绘画了。

有精力弥满的作家和观者，才会生出"力"的艺术来。"放笔直干"的图画，恐怕难以生存于颓唐、小巧的社会里的。

附带说几句，前回所引的诗，是将作者记错了。季黻来信道："我有一匹好东绢……"系出于杜甫《戏韦偃为双松图》，末了的数句，是"重之不减锦绣段，已令拂拭光凌乱，请君放笔为直干"。并非苏东坡诗。

[本篇最初发表于一九二九年三月二十一日《朝花》周刊第十二期，并同时印入《近代木刻选集》(2)]

《近代木刻选集》(2) 附记

本集中的十二幅木刻大都是从英国的《The Woodcut of Today》《The Studio》,《The Smaller Beasts》中选取的，这里也一并摘录几句解说。

格斯金（Arthur J. Gaskin），英国人。他不是一个始简单后精细的艺术家。他早懂得立体的黑色之浓淡关系。这幅《大雪》的凄凉和小屋底景致是很动人的。雪景可以这样比其他种种方法更有力地表现，这是木刻艺术的新发见。《童话》也具有和《大雪》同样的风格。

杰平（Robert Gibbings）早是英国木刻家中一个最丰富而多方面的作家。他对于黑白的观念常是意味深长而且独创的。E. Powys Mathers 的《红的智慧》插画在光耀的黑白相对中有东方的艳丽和精巧的白线底律动。他的令人快乐的《闲坐》，显示他在有意味的形式里黑白对照的气质。

达格力秀（Eric Fitch Daglish）在我们的《近代木刻选集》(1) 里已曾叙述了。《伯劳》见《Animal Life in Field and Garden》中。

96

凯亥勒（Charles Carlégle）原籍瑞士，现入法国籍。木刻于他是种直接的表现的媒介物，如绘画、蚀铜之于他人。他配列光和影，指明颜色的浓淡；他的作品颤动着生命。他没有什么美学理论，他以为凡是有趣味的东西能使生命美丽。

奥力克（Emil Orlik）是最早将日本的木刻方法传到德国去的人。但他却将他自己本国的种种方法融合起来刻木的。

陀蒲晋司基（M. Dobuzinski）的《窗》，我们可以想象无论何人站在那里，如那个人站着的，张望外面的雨天，想念将要遇见些什么。俄国人是很想到站在这个窗下的人的。

左拉舒（William Zorach）是俄国种的美国人。他注意于有趣的在黑底子上的白块，不斤斤于用意的深奥。《游泳的女人》由游泳的眼光看来，是有些眩目的。这看去像油漆布雕刻，不大像木刻。游泳是美国木刻家所好的题材，各人用各人的手法创造不同的风格。

永濑义郎，曾在日本东京美术学校学过雕塑，后来颇尽力于版画，著《给学版画的人》一卷。《沉钟》便是其中的插画之一，算作"木口雕刻"的作例，更经有名的刻手菊地武嗣复刻的。现在又经复制，但还可推见黑白配列的妙处。

［本篇最初印入一九二九年三月出版的《近代木刻选集》（2）］

《比亚兹莱画选》小引

比亚兹莱（Aubrey Beardsley，1872—1898）生存只有二十六年，他是死于肺病的。生命虽然如此短促，却没有一个艺术家，作黑白画的艺术家，获得比他更为普遍的名誉；也没有一个艺术家影响现代艺术如他这样的广阔。比亚兹莱少时的生活底第一个影响是音乐，他真正的嗜好是文学。除了在美术学校两月之外，他没有艺术的训练。他的成功完全是由自习获得的。

以《阿赛王之死》的插画他才涉足文坛。随后他为《The Studio》作插画，又为《黄书》（《The Yellow Book》）的艺术编辑。他是由《黄书》而来，由《The Savoy》而去的。无可避免地，时代要他活在世上。这九十年代就是世人所称的世纪末（findesiécle）。他是这年代底独特的情调底唯一的表现者。九十年代底不安的，好考究的，傲慢的情调呼他出来的。

比亚兹莱是个讽刺家，他只能如 Baudelaire 描写地狱，没有指出一点现代的天堂底反映。这是因为他爱美而美的堕落才困制他；这是因为他如此极端地自觉美德而败德才有取得之理由。有时他的作品达到纯粹的美，但这是恶魔的美，而常有罪恶底自觉，罪恶首受美而变形又复被美所暴露。

视为一个纯然的装饰艺术家，比亚兹莱是无匹的。他把世上一切不一致的事物聚在一堆，以他自己的模型来使它们织成一致。但比亚兹莱不是一个插画家。没有一本书的插画至于最好的地步——不是因为较伟大而是不相称，甚且不相干。他失败于插画者，因为他的艺术是抽象的装饰；它缺乏关系性底律动——恰如他自身缺乏在他前后十年间底关系性。他埋葬在他的时期里有如他的画吸收在它自己的坚定的线里。

比亚兹莱不是印象主义者，如 Manet 或 Renoir，画他所"看见"的事物；他不是幻想家，如 William Blake，画他所"梦想"

98

的事物；他是个有理智的人，如 George Frederick Watts，画他所"思想"的事物。虽然无日不和药炉为伴，他还能驾驭神经和情感。他的理智是如此的强健。

比亚兹莱受他人影响却也不少，不过这影响于他是吸收而不是被吸收。他时时能受影响，这也是他独特的地方之一。Burne Jones 有助于他在他作《阿赛王之死》的插画的时候；日本的艺术，尤其是英泉的作品，助成他脱离在《The Rape of the Lock》底 Eisen 和 Saint Aubin 所显示给他的影响。但 Burne Jones 底狂喜的疲弱的灵性变为怪诞的睥睨的肉欲——若有疲弱的，罪恶的疲弱的话。日本底凝冻的实在性变为西方的热情底焦灼的影像表现在黑白底锐利而清楚的影和曲线中，暗示即在彩虹的东方也未曾梦想到的色调。

他的作品，因为翻印了《Salomé》的插画，还因为我们本国时行艺术家的摘取，似乎连风韵也颇为一般所熟识了。但他的装饰画，却未经诚实地介绍过。现在就选印这十二幅，略供爱好比亚兹莱者看看他未经撕剥的遗容，并摘取 Arthur Symons 和（Olbrook Jackson 的话，算作说明他的特色的小引。

一九二九年四月二十日，朝花社识

（本篇最初印入一九二九年四月出版的《比亚兹莱画选》）

《新俄画选》小引

大约三十年前，丹麦批评家乔治·勃兰兑斯（Georg Brandes）游帝制俄国，作《印象记》，惊为"黑土"。果然，他的观察证实了。从这"黑土"中，陆续长育了文化的奇花和乔木，使西欧人士震惊，首先为文学和音乐，稍后是舞蹈，还有绘画。

但在十九世纪末，俄国的绘画是还在西欧美术的影响之下的，一味追随，很少独创，然而握美术界的霸权，是为学院派（Academismus）。至九十年代，"移动展览会派"出现了，对于学院派的古典主义，力加掊击，斥模仿，崇独立，终至收美术于自己的掌中，以鼓吹其见解和理想。然而排外则易倾于慕古，慕古必不免于退婴，所以后来，艺术遂见衰落，而祖述法国色彩画家绥珊的一派（Cezannist）兴。同时，西南欧的立体派和未来派，也传入而且盛行于俄国。

十月革命时，是左派（立体派及未来派）全盛的时代，因为在破坏旧制——革命这一点上，和社会革命者是相同的，但问所向的目的，这两派却并无答案。尤其致命的是虽属新奇，而为民众所不解，所以当破坏之后，渐入建设，要求有益于劳农大众的平民易解的美术时，这两派就不得不被排斥了。其时所需要的是写实一流，于是右派遂起而占了暂时的胜利。但保守之徒，新力是究竟没有的，所以不多久，就又以自己的作品证明了自己的破灭。

这时候，是对于美术和社会底建设相结合的要求，左右两派，同归失败，但左翼中实已先就起了分崩，离合之后，别生一派曰"产业派"，以产业主义和机械文明之名，否定纯粹美术，制作目的，专在工艺上的功利。更经和别派的斗争，反对者的离去，终成了以泰忒林（Tatlin）和罗直兼珂（Rodschenko）为中心的"构成派"（Konstructivismus）。他们的主张不在 Komposition 而在 Konstruktion，不在描写而在组织，不在创造而在建设。罗直兼珂说:"美术家的任务,非色和形的抽象底认识,而在解决具体底事物的构成上的任何的课题。"这就是说,构成主义上并无永久不变的法则,依着其时的环境而将各个新课题,从新加以解决,便是它的本领。既是现代人,便当以现代的产业底事业为光荣,所以产业上的创造,便是近代天才者的表现。汽船、铁桥、工厂、飞机,各有其美,既严肃,亦堂皇。于是构成派画家遂往往不描物形,但作几何学底图案,比立体派更进一层了。如本集所收 Krinsky 的三幅中的前两幅,便可作显明的标准。

Gastev 是主张善用时间,别树一帜的,本集只收了一幅。

又因为革命所需要,有宣传、教化、装饰和普及,所以在这时代,版画——木刻、石版、插画、装画、蚀铜版——就非常发达了。左翼作家之不甘离开纯粹美术者,颇遁入版画中,如玛修丁(有《十二个》中的插画四幅,在《未名丛刊》中),央南珂夫(本集有他所作的《小说家萨弥亚丁像》)是。构成派作家更因和产业结合的目的,大行活动,如罗直兼珂和力锡兹基所装饰的现代诗人的诗集,也有典型的艺术底版画之称,但我没有见过一种。

木版作家,以法乎尔斯基(本集有《墨斯科》)为第一,古波略诺夫(本集有《熨衣的妇女》)、保里诺夫(本集有《培林斯基像》)、玛修丁,是都受他的影响的。克里格里珂跋女士本是蚀铜版画(Etching)名家,这里所收的两幅是影画,《奔流》曾经绍介的一幅(《梭罗古勃像》),是雕镂画,都是她的擅长之作。

新俄的美术,虽然现在已给世界上以甚大的影响,但在中国,记述却还很聊聊。这区区十二页,又真是实不符名,毫不能尽绍介的重任,所取的又多是版画,大幅杰构,反成遗珠,这是我们所十分抱憾的。

但是，多取版画，也另有一些原因：中国制版之术，至今未精，与其变相，不如且缓，一也；当革命时，版画之用最广，虽极匆忙，顷刻能办，二也。《艺苑朝华》在初创时，即已注意此点，所以自一集至四集，悉取黑白线图，但竟为艺苑所弃，甚难继续，今复送第五集出世，恐怕已是晌午之际了，但仍愿若干读者们，由此还能够得到多少裨益。

本文中的叙述及五幅图，是摘自升曙梦的《新俄美术大观》的，其余八幅，则从 R. Fueloep Miller 的《The Mind and Face of Bolshevism》所载者复制，合并声明于此。

一九三〇年二月二十五夜，鲁迅

（本篇最初印入一九三〇年五月

上海光华书局出版的《新俄画选》）

【评析：《集外集拾遗》书名由作者自己拟定，未编完而因病终止，1983 年出版《鲁迅全集》时，由许广平编定印入。1957年在此基础上扩大重编。共收文 126 篇，为 1903 年到 1936 年间所作，包括当时搜集到的所有未曾编入各文集中各种体裁的作品。另有附录两部分，一为作者早年（1898—1902 年）诗文十七篇，均从周作人日记中录出；一为 1919—1936 年间所拟启事、广告、说明等短文 23 篇。本集为鲁迅其他文集的补遗，是研究鲁迅的重要资料。】

且介亭杂文

关于中国的两三件事

一　关于中国的火

希腊人所用的火，听说是在一直先前，普洛美修斯从天上偷来的，但中国的却和它不同，是燧人氏自家所发现——或者该说是发明罢。因为并非偷儿，所以拴在山上，给老雕去啄的灾难是免掉了，然而也没有普洛美修斯那样的被传扬，被崇拜。

中国也有火神的。但那可不是燧人氏，而是随意放火的莫名其妙的东西。

自从燧人氏发现，或者发明了火以来，能够很有味的吃火锅，点起灯来，夜里也可以工作了，但是，真如先哲之所谓"有一利必有一弊"罢，同时也开始了火灾，故意点上火，烧掉那有巢氏所发明的巢的了不起的人物也出现了。

和善的燧人氏是该被忘却的。即使伤了食，这回是属于神农氏的领域了，所以那神农氏，至今还被人们所记得。至于火灾，虽然不知道那发明家究竟是什么人，但祖师总归是有的，于是没有法，只好漫称之曰火神，而献以敬畏。看他的画像，是红面孔，

红胡须，不过祭祀的时候，却须避去一切红色的东西，而代之以绿色。他大约像西班牙的牛一样，一看见红色，便会亢奋起来，做出一种可怕的行动的。

他因此受着崇祀。在中国，这样的恶神还很多。

然而，在人世间，倒似乎因了他们而热闹。赛会也只有火神的，燧人氏的却没有。倘有火灾，则被灾的和邻近的没有被灾的人们，都要祭火神，以表感谢之意。被了灾还要来表感谢之意，虽然未免有些出于意外，但若不祭，据说是第二回还会烧，所以还是感谢了的安全。而且也不但对于火神，就是对于人，有时也一样的这么办，我想，大约也是礼仪的一种罢。

其实，放火，是很可怕的，然而比起烧饭来，却也许更有趣。外国的事情我不知道，若在中国，则无论查检怎样的历史，总寻不出烧饭和点灯的人们的列传来。在社会上，即使怎样的善于烧饭、善于点灯，也毫没有成为名人的希望。然而秦始皇一烧书，至今还俨然做着名人，至于引为希特拉烧书事件的先例。假使希特拉太太善于开电灯，烤面包罢，那么，要在历史上寻一点先例，恐怕可就难了。但是，幸而那样的事，是不会轰动一世的。

烧掉房子的事，据宋人的笔记说，是开始于蒙古人的。因为他们住着帐篷，不知道住房子，所以就一路的放火。然而，这是诳话。蒙古人中，懂得汉文的很少，所以不来更正的。其实，秦的末年就有着放火的名人项羽在，一烧阿房宫，便天下闻名，至今还会在戏台上出现，连在日本也很有名。然而，在未烧以前的阿房宫里每天点灯的人们，又有谁知道他们的名姓呢？

现在是爆裂弹呀、烧夷弹呀之类的东西已经做出，加以飞机也很进步，如果要做名人，就更加容易了。而且如果放火比先前放得大，那么，那人就也更加受尊敬，从远处看去，恰如救世主一样，而那火光，便令人以为是光明。

二　关于中国的王道

在前年，曾经拜读过中里介山氏的大作《给支那及支那国民的信》。只记得那里面说，周汉都有着侵略者的资质。而支那人都讴歌他，欢迎他了。连对于朔北的元和清，也加以讴歌了。只要那侵略，有着安定国家之力，保护民生之实，那便是支那人民所渴望的王道，于是对于支那人的执迷不悟之点，愤慨得非常。

那"信"，在满洲出版的杂志上，是被译载了的，但因为未曾输入中国，所以像是回信的东西，至今一篇也没有见。只在去年的上海报上所载的胡适博士的谈话里，有的说："只有一个方法可以征服中国，即彻底停止侵略，反过来征服中国民族的心。"不消说，那不过是偶然的，但也有些令人觉得好像是对于那信的答复。

征服中国民族的心，这是胡适博士给中国之所谓王道所下的定义，然而我想，他自己恐怕也未必相信自己的话的罢。在中国，其实是彻底的未曾有过王道，"有历史癖和考据癖"的胡博士，该是不至于不知道的。

不错，中国也有过讴歌了元和清的人们，但那是感谢火神之类，并非连心也全被征服了的证据。如果给予一个暗示，说是倘不讴歌，便将更加虐待，那么，即使加以或一程度的虐待，也还可以使人们来讴歌。四五年前，我曾经加盟于一个要求自由的团体，而那时的上海教育局长陈德征氏勃然大怒道，在三民主义的统治之下，还觉得不满么？那可连现在所给予着的一点自由也要

106

收起了。而且，真的是收起了的。每当感到比先前更不自由的时候，我一面佩服着陈氏的精通王道的学识，一面有时也不免想，真该是讴歌三民主义的。然而，现在是已经太晚了。

在中国的王道，看去虽然好像是和霸道对立的东西，其实却是兄弟，这之前和之后，一定要有霸道跑来的。人民之所讴歌，就为了希望霸道的减轻，或者不更加重的缘故。

汉的高祖，据历史家说，是龙种，但其实是无赖出身，说是侵略者，恐怕有些不对的。至于周的武王，则以征伐之名入中国，加以和殷似乎连民族也不同，用现代的话来说，那可是侵略者。然而那时的民众的声音，现在已经没有留存了。孔子和孟子确曾大大的宣传过那王道，但先生们不但是周朝的臣民而已，并且周游历国，有所活动，所以恐怕是为了想做官也难说。说得好看一点，就是因为要"行道"，倘做了官，于行道就较为便当，而要做官，则不如称赞周朝之为便当的。然而，看起别的记载来，却虽是那王道的祖师而且专家的周朝，当讨伐之初，也有伯夷和叔齐扣马而谏，非拖开不可；纣的军队也加反抗，非使他们的血流到漂杵不可。接着是殷民又造了反，虽然特别称之曰"顽民"，从王道天下的人民中除开，但总之，似乎究竟有了一种什么破绽似的。好个王道，只消一个顽民，便将它弄得毫无根据了。

儒士和方士，是中国特产的名物。方士的最高理想是仙道，儒士的便是王道。但可惜的是这两件在中国终于都没有。据长久的历史上的事实所证明，则倘说先前曾有真的王道者，是妄言，说现在还有者，是新药。孟子生于周季，所以以谈霸道为羞，倘使生于今日，则跟着人类的智识范围的展开，怕要羞谈王道的罢。

三　关于中国的监狱

我想，人们是的确由事实而从新省悟，而事情又由此发生变化的。从宋朝到清朝的末年，许多年间，专以代圣贤立言的"制艺"这一种烦难的文章取士，到得和法国打了败仗，这才省悟了这方法的错误。于是派留学生到西洋，开设兵器制造局，作为那改正的手段。省悟到这还不够，是在和日本打了败仗之后，这回是竭力开起学校来。于是学生们年年大闹了。从清朝倒掉，国民党掌握政权的时候起，才又省悟了这错误，作为那改正的手段的，是除了大造监狱之外，什么也没有了。

在中国，国粹式的监狱，是早已各处都有的，到清末，就也造了一点西洋式，即所谓文明式的监狱。那是为了示给旅行到此的外国人而建造，应该与为了和外国人好互相应酬，特地派出去，学些文明人的礼节的留学生，属于同一种类的。托了这福，犯人的待遇也还好，给洗澡，也给一定分量的饭吃，所以倒是颇为幸福的地方。但是，就在两三礼拜前，政府因为要行仁政了，还发过一个不准克扣囚粮的命令。从此以后，可更加幸福了。

至于旧式的监狱，则因为好像是取法于佛教的地狱的，所以不但禁锢犯人，此外还有给他吃苦的职掌。挤取金钱，使犯人的家属穷到透顶的职掌，有时也会兼带的。但大家都以为应该。如果有谁反对罢，那就等于替犯人说话，便要受恶党的嫌疑。然而文明是出奇的进步了，所以去年也有了提倡每年该放犯人回家一趟，给以解决性欲的机会的，颇是人道主义气味之说的官吏。其实，他也并非对于犯人的性欲，特别表着同情，不过因为总不愁竟会实行的，所以也就高声嚷一下，以见自己的作为官吏的存

108

在。然而舆论颇为沸腾了。有一位批评家，还以为这么一来，大家便要不怕牢监，高高兴兴地进去了，很为世道人心愤慨了一下。受了所谓圣贤之教那么久，竟还没有那位官吏的圆滑，固然也令人觉得诚实可靠，然而他的意见，是以为对于犯人，非加虐待不可，却也因此可见了。

从别一条路想，监狱确也并非没有不像以"安全第一"为标语的人们的理想乡的地方。火灾极少，偷儿不来，土匪也一定不来抢。即使打仗，也绝没有以监狱为目标，施行轰炸的傻子；即使革命，有释放囚犯的例，而加以屠戮的是没有的。当福建独立之初，虽有说是释放犯人，而一到外面，和他们自己意见不同的人们倒反而失踪了的谣言，然而这样的例子，以前是未曾有过的。总而言之，似乎也并非很坏的处所。只要准带家眷，则即使不是现在似的大水、饥荒、战争、恐怖的时候，请求搬进去住的人们，也未必一定没有的。于是虐待就成为必不可少了。

牛兰夫妇，作为赤化宣传者而关在南京的监狱里，也绝食了三四回了，可是什么效力也没有。这是因为他不知道中国的监狱的精神的缘故。有一位官员诧异的说过：他自己不吃，和别人有什么关系呢？岂但和仁政并无关系而已呢，省些食料，倒是于监狱有益的。甘地的把戏，倘不挑选兴行场，就毫无成效了。

然而，在这样的近于完美的监狱里，却还剩着一种缺点。至今为止，对于思想上的事，都没有很留心。为要弥补这缺点，是在近来新发明的叫作"反省院"的特种监狱里，施着教育。我还没有到那里面去反省过，所以并不知道详情，但要而言之，好像是将三民主义时时讲给犯人听，使他反省着自己的错误。听人说，此外还得做排击共产主义的论文。如果不肯做，或者不能做，那自然，非终身反省不可了，而做得不够格，也还是非反省到死则不可。现在是进去的也有，出来的也有，因为听说还得添造反省院，可见还是进去的多了。考完放出的良民，偶尔也可以遇见，但仿佛大抵是萎靡不振，恐怕是在反省和毕业论文上，将力气使尽了罢。那前途，是在没有希望这一面的。

（本篇最初发表于一九三四年三月号日本《改造》月刊）

答国际文学社问

原问———一、苏联的存在与成功，对于你怎样（苏维埃建设的十月革命，对于你的思想的路径和创作的性质，有什么改变）？

二、你对于苏维埃文学的意见怎样？

三、在资本主义的各国，什么事件和种种文化上的进行，特别引起你的注意？

一，先前，旧社会的腐败，我是觉到了的，我希望着新的社会的起来，但不知道这"新的"该是什么；而且也不知道"新的"起来以后，是否一定就好。待到十月革命后，我才知道这"新的"社会的创造者是无产阶级，但因为资本主义各国的反宣传，对于十月革命还有些冷淡，并且怀疑。现在苏联的存在和成功，使我确切的相信无阶级社会一定要出现，不但完全扫除了怀疑，而且增加许多勇气了。但在创作上，则因为我不在革命的旋涡中心，而且久不能到各处去考察，所以我大约仍然只能暴露旧社会的坏处。

　　二，我只能看别国——德国、日本——的译本。我觉得现在的讲建设的，还是先前的讲战斗的——如《铁甲列车》、《毁灭》、《铁流》等——于我有兴趣，并且有益。我看苏维埃文学，是大半因为想绍介给中国，而对于中国，现在也还是战斗的作品更为紧要。

　　三，我在中国，看不见资本主义各国之所谓"文化"；我单知道他们和他们的奴才们，在中国正在用力学和化学的方法，还有电气机械，以拷问革命者，并且用飞机和炸弹以屠杀革命群众。

　　　　　　　　　　　（本篇最初发表于《国际文学》

一九三四年第三、四期合刊，发表时题为《中国与十月》）

《草鞋脚》（英译中国短篇小说集）小引

　　在中国，小说是向来不算文学的。在轻视的眼光下，自从十八世纪末的《红楼梦》以后，实在也没有产生什么较伟大的作品。小说家的侵入文坛，仅是开始"文学革命"运动，即一九一七年以来的事。自然，一方面是由于社会的要求的，一方面则是受了西洋文学的影响。

　　但这新的小说的生存，却总在不断的战斗中。最初，文学革命者的要求是人性的解放，他们以为只要扫荡了旧的成法，剩下来的便是原来的人，好的社会了，于是就遇到保守家们的迫压和陷害。大约十年之后，阶级意识觉醒了起来，前进的作家，就都成了革命

111

文学者，而迫害也更加厉害，禁止出版，烧掉书籍，杀戮作家，有许多青年，竟至于在黑暗中，将生命殉了他的工作了。

这一本书，便是十五年来的，"文学革命"以后的短篇小说的选集。因为在我们还算是新的尝试，自然不免幼稚，但恐怕也可以看见它恰如压在大石下面的植物一般，虽然并不繁荣，它却在曲曲折折地生长。

至今为止，西洋人讲中国的著作，大约比中国人民讲自己的还要多。不过这些总不免只是西洋人的看法，中国有一句古谚，说："肺腑而能语，医师面如土。"我想，假使肺腑真能说话，怕也未必一定完全可靠的罢，然而，也一定能有医师所诊察不到，出乎意外，而其实是十分真实的地方。

一九三四年三月二十三日，鲁迅记于上海

（本篇在收入本书前未在报刊上发表过）

论"旧形式的采用"

"旧形式的采用"的问题，如果平心静气的讨论起来，在现在，我想是很有意义的，但开首便遭到了耳耶先生的笔伐。"类乎投降"，"机会主义"，这是近十年来"新形式的探求"的结果，是克敌的咒文，至少先使你惹一身不干不净。但耳耶先生是正直的，因为他同时也在译《艺术底内容和形式》，一经登完，便会洗净他激烈的责罚；而且有几句话也正确的，是他说新形式的探求不能和旧形式的采用机械的地分开。

不过这几句话已经可以说是常识；就是说内容和形式不能机械的地分开，也已经是常识；还有，知道作品和大众不能机械地分开，也当然是常识。旧形式为什么只是"采用"——但耳耶先生却指为"为整个（！）旧艺术捧场"——就是为了新形式的探求。采取若干，和"整个"捧来是不同的，前进的艺术家不能有这思想（内容）。然而他会想到采取旧艺术，因为他明白了作品和大众不能机械地分开。以为艺术是艺术家的"灵感"的爆发，像鼻子发痒的人，只要打出喷嚏来就浑身舒服，一了百了的时候已经过去了，现在想到，而且关心了大众。这是一个新思想（内容），由此而在探求新形式，首先提出的是旧形式的采取，这采取的主张，正是新形式的发端，也就是旧形式的蜕变，在我看来，是既没有将内容和形式机械地分开，更没有看得《姊妹花》叫座，于是也来学一套的投机主义的罪案的。

自然，旧形式的采取，或者必须说新形式的探求，都必须艺术学徒的努力的实践，但理论家或批评家是同有指导、评论、商量的责任的，不能只斥他交代未清之后，便可逍遥事外。我们有艺术史，而且生在中国，即必须翻开中国的艺术史来。采取什么呢？我想，唐以前的真迹，我们无从目睹了，但还能知道大抵以故事为题材，这是可以取法的；在唐，可取佛画的灿烂，线画的空实和明快，宋的院画，萎靡柔媚之处当舍，周密不苟之处是可取的，米点山水，则毫无用处。后来的写意画（文人画）有无用处，我此刻不敢确说，恐怕也许还有可用之点的罢。这些采取，并非断片的古董的杂陈，必须溶化于新作品中，那是不必赘说的事，恰如吃用牛羊，弃去蹄毛，留其精粹，以滋养及发达新的生体，决不因此就会"类乎"牛羊的。

只是上文所举的，亦即我们现在所能看见的，都是消费的艺术。它一向独得有力者的宠爱，所以还有许多存留。但既有消费者，必有生产者，所以一面有消费者的艺术，一面也有生产者的艺术。古代的东西，因为无人保护，除小说的插画以外，我们几乎什么也看不见了。至于现在，却还有市上新年的花纸，和猛克先生所指出的连环图画。这些虽未必是真正的生产者的艺术，但和高等有闲者的艺术对立，是无疑的。但虽然如此，它还是大受着消费者艺术的影响，例如在文学上，则民歌大抵脱不开七言的范围，在图画上，则题材多是士大夫的部事，然而已经加以提炼，成为明快、简捷的东西了。这也就是蜕变，一向则谓之"俗"。注意于大众的艺术家，来注意于这些东西，大约也未必错，至于仍要加以提炼，那也是无须赘说的。

但中国的两者的艺术，也有形似而实不同的地方，例如佛画的满幅云烟，是豪华的装潢，花纸也有一种硬填到几乎不见白纸的，却是惜纸的节俭；唐伯虎画的细腰纤手的美人，是他一类人们的欲得之物，花纸上也有这一种，在赏玩者却只以为世间有这一类人物，聊资博识，或满足好奇心而已。为大众的画家，都无须避忌。

至于谓连环图画不过图画的种类之一，与文学中之有诗歌、戏曲、小说相同，那自然是不错的。但这种类之别，也仍然与社会条件相关联，则我们只要看有时盛行诗歌，有时大出小说，有时独多短篇的史实便可以知道。因此，也可以知道即与内容相关联。现在社会上的流行连环图画，即因为它有流行的可能，且有流行的必要，着眼于此，因而加以导引，正是前进的艺术家的正确的任务；

为了大众，力求易懂，也正是前进的艺术家正确的努力。旧形式是采取，必有所删除，既有删除，必有所增益，这结果是新形式的出现，也就是变革。而且，这工作是决不如旁观者所想的容易的。

但就是立有了新形式罢，当然不会就是很高的艺术。艺术的前进，还要别的文化工作的协助，某一文化部门，要某一专家唱独脚戏来提得特别高，是不妨空谈，却难做到的事，所以专责个人，那立论的偏颇和偏重环境的是一样的。

五月二日（本篇最初发表于一九三四年五月四日
上海《中华日报·动向》，署名常庚）

连环图画琐谈

"连环图画"的拥护者，看现在的议论，是"启蒙"之意居多的。

古人"左图古史"，现在只剩下一句话，看不见真相了，宋元小说，有的是每页上图下说，却至今还有存留，就是所谓"出相"；明清以来，有卷头只画书中人物的，称为"绣像"。有画每回故事的，称为"全图"。那目的，大概是在诱引未读者的购读，增加阅读者的兴趣和理解。

但民间另有一种《智灯难字》或《日用杂字》，是一字一像，两相对照，虽可看图，主意却在帮助识字的东西，略加变通，便是现在的《看图识字》。文字较多的是《圣谕像解》、《二十四孝图》等，都是借图画以启蒙，又因中国文字太难，只得用图画来济文字之穷的产物。

"连环图画"便是取"出相"的格式，收《智灯难字》的功效的，倘要启蒙，实在也是一种利器。

但要启蒙，即必须能懂。懂的标准，当然不能俯就低能儿或白痴，但应该着眼于一般的大众，譬如罢，中国画是一向没有阴影的，我所遇见的农民，十之九不赞成西洋画及照相，他们说：人脸那有两边颜色不同的呢？西洋人的看画，是观者作为站在一定之处的，但中国的观者，却向不站在定点上，所以他说的话也是真实。那么，作"连环图画"而没有阴影，我以为是可以的；人物旁边写上名字，也可以的，甚至于表示做梦从人头上放出一道红光来，也无所不可。观者懂得了内容之后，他就会自己删去帮助理解的记号。这也不能谓之失真，因为观者既经会得了内容，便是有了艺术上的真，倘必如实物之真，则人物只有二三寸，就不真了，而没有和地球一样大小的纸张，地球便无法绘画。

艾思奇先生说："若能够触到大众真正的切身问题，那恐怕愈是新的，才愈能流行。"这话也并不错。不过要商量的是怎样才能够触到，触到之法，"懂"是最要紧的，而且能懂的图画，也可以仍然是艺术。

五月九日（本篇最初发表于一九三四年五月十一日《中华日报·动向》，署名燕客）

儒　术

元遗山在金元之际，为文宗，为遗献，为愿修野史，保存旧

116

章的有心人，明清以来，颇为一部分人士所爱重。然而他生平有一宗疑案，就是为叛将崔立颂德者，是否确实与他无涉，或竟是出于他的手笔的文章。

金天兴元年（一二三二），蒙古兵围洛阳；次年，安平都尉、京城西面元帅崔立杀二丞相，自立为郑王，降于蒙古。惧或加以恶名，群小承旨，议立碑颂功德，于是在文臣间，遂发生了极大的惶恐，因为这与一生的名节相关，在个人是十分重要的。

当时的情状，《金史·王若虚传》这样说——"天兴元年，哀宗走归德。明年春，崔立变，群小附和，请为立建功德碑。翟奕以尚书省命，召若虚为文。时奕辈恃势作威，人或少许，则谗构立见屠灭。若虚自分必死，私谓左右司员外郎元好问曰：'今召我作碑，不从则死，作之则名节扫地，不若死之为愈。虽然，我姑以理谕之。'……奕辈不能夺，乃召太学生刘祁麻革辈赴省，好问张信之喻以立碑事曰：'众议属二君，且已白郑王矣！二君其无让。'祁等固辞而别。数日，促迫不已，祁即为草定，以付好问。好问意未惬，乃自为之，既成，以示若虚，乃共删定数字，然止直叙其事而已。后兵入城，不果立也。"

碑虽然"不果立"，但当时却已经发生了"名节"的问题，或谓元好问作，或谓刘祁作，文证据在清凌廷堪所辑的《元遗山先生年谱》中，兹不多录。经其推勘，已知前出的《王若虚传》文，上半据元好问《内翰王公墓表》，后半却全取刘祁自作的《归潜志》，被诬攀之说所蒙蔽了。凌氏辩之云："夫当时立碑撰文，不过畏崔立之祸，非必取文辞之工，有京叔属草，已足塞立之请，何取更为之耶？"然则刘祁之未尝决死如王若虚，固为一生大玷，但不能更有所推诿，以致成为"塞责"之具，却也可以说是十分晦气的。

然而，元遗山生平还有一宗大事，见于《元史·张德辉》传——"世祖在潜邸……访中国人才。德辉举魏璠、元裕、李冶等二十余人……壬子，德辉与元裕北觐，请世祖为儒教大宗师，世祖悦而受之。因启：累朝有旨蠲儒户兵赋，乞令有司遵行。从之。"

以拓跋魏的后人与德辉，请蒙古小酋长为"汉儿"的"儒教大宗师"，在现在看来，未免有些滑稽，但当时却似乎并无訾议。盖蠲除兵赋，"儒户"均沾利益，清议操之于士，利益既沾，虽已将"儒教"呈献，也不想再来开口了。

由此士大夫便渐渐的晋身，然终因不切实用，又渐渐的见弃。但仕路日塞，而南北之士的相争却也日甚了。余阙的《青阳先生文集》卷四《杨君显民诗集序》云——"我国初有金宋，天下之人，惟才是用之，无所专主，然用儒者为居多也。自至元以下，始浸用吏，虽执政大臣，亦以吏为之……而中州之士，见用者遂浸寡。况南方之地远，士多不能自至于京师，其抱才绲者，又往往不屑为吏，故其见用者尤寡也。及其久也，则南北之士亦自町畦以相訾，甚若晋之与秦，不可与同中国，故夫南方之士微矣。"

然在南方，士人其实亦并不冷落。同书《送范立中赴襄阳诗序》云——"宋高宗南迁，合淝遂为边地，守臣多以武臣为之……故民之豪杰者，皆去而为将校，累功多至节制。郡中衣冠之族，惟范氏、商氏、葛氏三家而已……皇元受命，包裹兵革……诸武臣之子弟，无所用其能，多伏匿而不出。春秋月朔，郡太守有事于学，衣深衣，戴乌角巾，执笾豆罍爵，唱赞道引者，皆三家之子孙也，故其材皆有所成就，至学校官，累累有焉……虽天道忌满恶盈，而儒者之泽深且远，从古然也。"

这是"中国人才"们献教、卖经以来，"儒户"所食的佳果。虽不能为王者师，且次于吏者数等，而究亦胜于将门和平民者一等，"唱赞道引"，非"伏匿"者所敢望了。

中华民国二十三年五月二十日及次日，上海无线电播音由冯明权先生讲给我们一种奇书：《抱经堂勉学家训》（据《大美晚报》）。这是从未前闻的书，但看见下署"颜子推"，便可以悟出是颜之推《家训》中的《勉学篇》了。曰"抱经堂"者，当是因为曾被卢文弨印入《抱经堂丛书》中的缘故。所讲有这样的一段——"有学艺者，触地而安。自荒乱以来，诸见俘虏，虽百世小人，知读《论语》、《孝经》者，尚为人师；虽千载冠冕，不晓书记者，莫不耕田养马。以此观之，汝可不自勉耶？若能常保数百卷书，千载终不为小人也……谚曰：'积财千万，不如薄技在身。'伎之易习而可贵者，无过读书也。"

这说得很透彻：易习之伎，莫如读书，但知读《论语》、《孝经》，则虽被俘虏，犹能为人师，居一切别的俘虏之上。这种教训，是从当时的事实推断出来的，但施之于金元而准，按之于明清之际而亦准。现在忽由播音，以"训"听众，莫非选讲者已大有感于方来，遂绸缪于未雨么？

"儒者之泽深且远"，即小见大，我们由此可以明白"儒术"，知道"儒效"了。

五月二十七日（本篇最初发表于一九三四年六月
北平《文史》月刊第一卷第二期，署名唐俟）

《看图识字》

　　凡一个人，即使到了中年以至暮年，倘一和孩子接近，便会踏进久经忘却了的孩子世界的边疆去，想到月亮怎么会跟着人走，星星究竟是怎么嵌在天空中。但孩子在他的世界里，是好像鱼之在水，游泳自如，忘其所以的，成人却有如人的凫水一样，虽然也觉到水的柔滑和清凉，不过总不免吃力、为难，非上陆不可了。

　　月亮和星星的情形，一时怎么讲得清楚呢，家境还不算精穷，当然还不如给一点所谓教育，首先是识字。上海有各国的人们，有各国的书铺，也有各国的儿童用书。但我们是中国人，要看中国书，识中国字。这样的书也有，虽然纸张、图画、色彩、印订，都远不及别国，但有是也有的。我到市上去，给孩子买来的是民国二十一年十一月印行的"国难后第六版"的《看图识字》。

　　先是那色彩就多么恶浊，但这且不管他。图画又多么死板，这且也不管他。出版处虽然是上海，然而奇怪，图上有蜡烛，有洋灯，却没有电灯；有朝靴，有三镶云头鞋，却没有皮鞋。跪着放枪的，一脚拖地；站着射箭的，两臂不平，他们将永远不能达到目的，更坏的是连钓竿、风车、布机之类，也和实物有些不同。

　　我轻轻的叹了一口气，记起幼小时候看过的《日用杂字》来。这是一本教育妇女婢仆，使她们能够记账的书，虽然名物的种类并不多，图画也很粗劣，然而很活泼，也很像。为什么呢？就因为作画的人，是熟悉他所画的东西的，一个"萝卜"，一只鸡，在他的记忆里并不含胡，画起来当然就切实。现在我们只要看《看图识字》里所画的生活状态——洗脸、吃饭、读书——就知道这是作者意中的读者，也是作者自己的生活状态，是在租界上租一层屋，装了全家，既不阔绰，也非精穷的，埋头苦干一日，才得维持生活一日的人，孩子得上学校，自己须穿长衫，用尽心神，撑住场面，又那有余力去买参考书，观察事物，修炼本领呢？况且，那书的末叶上还有一行道："戊申年七月初版。"查年表，才知道那就是清朝光绪三十四年，即西历一九〇八年，虽是前年新印，书却成于二十七年前，已是一部古籍了，其奄奄无生气，正也不足为奇的。

孩子是可以敬服的，他常常想到星月以上的境界，想到地面下的情形，想到花卉的用处，想到昆虫的言语；他想飞上天空，他想潜入蚁穴……所以给儿童看的图书就必须十分慎重，做起来也十分烦难。即如《看图识字》这两本小书，就天文、地理、人事、物情，无所不有。其实是，倘不是对于上至宇宙之大，下至苍蝇之微，都有些切实的知识的画家，决难胜任的。

然而我们是忘却了自己曾为孩子时候的情形了，将他们看作一个蠢才，什么都不放在眼里。即使因为时势所趋，只得施一点所谓教育，也以为只要付给蠢才去教就足够。于是他们长大起来，就真的成了蠢才，和我们一样了。

然而我们这些蠢才，却还在变本加厉的愚弄孩子。只要看近两三年的出版界，给"小学生"、"小朋友"看的刊物，特别的多就知道。中国突然出了这许多"儿童文学家"了么？我想：是并不然的。

五月三十日（本篇最初发表于一九三四年七月一日
北平《文学季刊》第三期，署名唐俟）

拿来主义

中国一向是所谓"闭关主义",自己不去,别人也不许来。自从给枪炮打破了大门之后,又碰了一串钉子,到现在,成了什么都是"送去主义"了。别的且不说罢,单是学艺上的东西,近来就先送一批古董到巴黎去展览,但终"不知后事如何";还有几位"大师"们捧着几张古画和新画,在欧洲各国一路的挂过去,叫作"发扬国光"。听说不远还要送梅兰芳博士到苏联去,以催进"象征主义",此后是顺便到欧洲传道。我在这里不想讨论梅博士演艺和象征主义的关系,总之,活人替代了古董,我敢说,也可以算得显出一点进步了。

但我们没有人根据了"礼尚往来"的仪节,说道:拿来!

当然,能够只是送出去,也不算坏事情,一者见得丰富,二者见得大度。尼采就自诩过他是太阳,光热无穷,只是给予,不想取得。然而尼采究竟不是太阳,他发了疯。中国也不是,虽然有人说,掘起地下的煤来,就足够全世界几百年之用,但是,几百年之后呢?几百年之后,我们当然是化为魂灵,或上天堂,或落了地狱,但我们的子孙是在的,所以还应该给他们留下一点礼品。要不然,则当佳节大典之际,他们拿不出东西来,只好磕头贺喜,讨一点残羹冷炙做奖赏。

这种奖赏,不要误解为"抛来"的东西,这是"抛给"的,说得冠冕些,可以称之为"送来",我在这里不想举出实例。

我在这里也并不想对于"送去"再说什么,否则太不"摩登"了。我只想鼓吹我们再吝啬一点，"送去"之外，还得"拿来"，是为"拿来主义"。

但我们被"送来"的东西吓怕了。先有英国的鸦片，德国的废枪炮，后有法国的香粉，美国的电影，日本的印着"完全国货"的各种小东西。于是连清醒的青年们，也对于洋货发生了恐怖。其实，这正是因为那是"送来"的，而不是"拿来"的缘故。

所以我们要运用脑髓，放出眼光，自己来拿！

譬如罢，我们之中的一个穷青年，因为祖上的阴功（姑且让我这么说说罢），得了一所大宅子，且不问他是骗来的，抢来的，或合法继承的，或是做了女婿换来的。那么，怎么办呢？我想，首先是不管三七二十一，"拿来"！但是，如果反对这宅子的旧主人，怕给他的东西污染了，徘徊不敢走进门，是孱头；勃然大怒，放一把火烧光，算是保存自己的清白，则是浑蛋。不过因为原是羡慕这宅子的旧主人的，而这回接受一切，欣欣然的蹩进卧室，大吸剩下的鸦片，那当然更是废物。"拿来主义"者是全不这样的。

他占有，挑选。看见鱼翅，并不就抛在路上以显其"平民化"，只要有养料，也和朋友们像萝卜、白菜一样的吃掉，只不用它来宴大宾；看见鸦片，也不当众摔在茅厕里，以见其彻底革命，只送到药房里去，以供治病之用，却不弄"出售存膏，售完即止"的玄虚。只有烟枪和烟灯，虽然形式和印度、波斯、阿拉伯的烟具都不同，确可以算是一种国粹，倘使背着周游世界，一定会有人看，但我想，除了送一点进博物馆之外，其余的是大可以毁掉的了。还有一群姨太太，也大以请她们各自走散为是，要不然，"拿来主义"怕未免有些危机。

总之，我们要拿来。我们要或使用，或存放，或毁灭。那么，主人是新主人，宅子也就会成为新宅子。然而首先要这人沉着，勇猛，有辨别，不自私。没有拿来的，人不能自成为新人，没有拿来的，文艺不能自成为新文艺。

六月四日（本篇最初发表于一九三四年六月七日《中华日报·动向》，署名霍冲）

《木刻纪程》小引

中国木刻图画，从唐到明，曾经有过很体面的历史。但现在的新的木刻，却和这历史不相干。新的木刻，是受了欧洲的创作木刻的影响的。创作木刻的绍介，始于朝花社，那出版的《艺苑朝华》四本，虽然选择印造，并不精工，且为艺术名家所不齿，却颇引起了青年学徒的注意。到一九三一年夏，在上海遂有了中国最初的木刻讲习会。又由是蔓衍而有木铃社，曾印《木铃木刻集》两本。又有野穗社，曾印《木刻画》一辑。有无名木刻社，曾印《木刻集》。但木铃社早被毁灭，后两社也未有继续或发展的消息。前些时在上海还剩有 M·K·木刻研究社，是一个历史较长的小团体，曾经屡次展览作品，并且将出《木刻画选集》的，可惜今夏又被私怨者告密。社员多遭捕逐，木版也为工部局所没收了。

据我们所知道，现在似乎已经没有一个研究木刻的团体了。但尚有研究木刻的个人。如罗清桢，已出《清桢木刻集》二辑；如又村，最近已印有《廖坤玉故事》的连环图。这是都值得特记的。

而且仗着作者历来的努力和作品的日见其优良，现在不但已得中国读者的同情，并且也渐渐地到了跨出世界上去的第一步。虽然还未坚实，但总之，是要跨出去了。不过，同时也到了停顿的危机。因为倘没有鼓励和切磋，恐怕也很容易陷于自足。本集即愿做一个木刻的路程碑，将自去年以来，认为应该流布的作品，陆续辑印，以为读者的综观，作者的借镜之助。但自然，只以收集所及者为限，中国的优秀之作，是决非尽在于此的。

别的出版者，一方面还正在绍介欧美的新作，一方面则在复印中国的古刻，这也都是中国的新木刻的羽翼。采用外国的良规，加以发挥，使我们的作品更加丰满是一条路；择取中国的遗产，融合新机，使将来的作品别开生面也是一条路。如果作者都不断的奋发，使本集能一程一程地向前走，那就会知道上文所说，实在不仅是一种奢望的了。

一九三四年六月中，铁木艺术社记

（本篇最初印入《木刻纪程》一书中）

难行和不信

中国的"愚民"——没有学问的下等人，向来就怕人注意他。如果你无端的问他多少年纪，什么意见，兄弟几个，家景如何，他总是支吾一通之后，躲了开去。有学识的大人物，很不高兴他们这样的脾气。然而这脾气总不容易改，因为他们也实在从经验而来的。

假如你被谁注意了，一不小心，至少就不免上一点小当，譬如罢，中国是改革过的了，孩子们当然早已从"孟宗哭竹"、"王祥卧冰"的教训里蜕出，然而不料又来了一个崭新的"儿童年"，爱国之士，因此又想起了"小朋友"，或者用笔，或者用舌，不怕劳苦的来给他们教训。一个说要用功，古时候曾有"囊萤照读"、"凿壁偷光"的志士；一个说要爱国，古时候曾有十几岁突围请援，十四岁上阵杀敌的奇童。这些故事，作为闲谈来听听是不算很坏的，但万一有谁相信了，照办了，那就会成为乳臭未干的吉诃德。你想，每天要捉一袋照得见四号铅字的萤火虫，那岂是一件容易事？但这还只是不容易罢了，倘去凿壁，事情就更糟，无论在那里，至少是挨一顿骂之后，立刻由爸爸妈妈赔礼，雇人去修好。

　　请援，杀敌，更加是大事情，在外国，都是三四十岁的人们所做的。他们那里的儿童，着重的是吃、玩、认字，听些极普通、极紧要的常识。中国的儿童给大家特别看得起，那当然也很好，然而出来的题目就因此常常是难题，仍如飞剑一样，非上武当山寻师学道之后，决计没法办。到了二十世纪，古人空想中的潜水艇、飞行机，是实地上成功了，但《龙文鞭影》或《幼学琼林》里的模范故事，却还有些难学。我想，便是说教的人，恐怕自己也未必相信罢。

　　所以听的人也不相信。我们听了千多年的剑仙侠客，去年到武当山去的只有三个人，只占全人口的五百兆分之一，就可见。古时候也许还要多，现在是有了经验，不大相信了，于是照办的人也少了——但这是我个人的推测。

　　不负责任的，不能照办的教训多，则相信的人少；利己损人的教训多，则相信的人更其少。"不相信"就是"愚民"的远害的堑壕，也是使他们成为散沙的毒素。然而有这脾气的也不但是"愚民"，虽是说教的士大夫，相信自己和别人的，现在也未必有多少。例如既尊孔子，又拜活佛者，也就是恰如将他的钱试买各种股票，分存许多银行一样，其实是那一面都不相信的。

七月一日（本篇最初发表于一九三四年七月二十日
《新语林》半月刊第二期，署名公汗）

买《小学大全》记

线装书真是买不起了。乾隆时候的刻本的价钱，几乎等于那时的宋本。明版小说，是五四运动以后飞涨的；从今年起，洪运怕要轮到小品文身上去了。至于清朝禁书，则民元革命后就是宝贝，即使并无足观的著作，也常要百余元至数十元。我向来也走走旧书坊，但对于这类宝书，却从不敢作非分之想。端午节前，在四马路一带闲逛，竟无意之间买到了一种，曰《小学大全》，共五本，价七角，看这名目，是不大有人会欢迎的，然而，却是清朝的禁书。

这书的编纂者尹嘉铨，博野人；他父亲尹会一，是有名的孝子，乾隆皇帝曾经给过褒扬的诗。他本身也是孝子，又是道学家，官又做到大理寺卿稽察觉罗学。还请令旗籍子弟也讲读朱子的《小学》，而"荷蒙朱批：所奏是。钦此"。这部书便成于两年之后的，加疏的《小学》六卷，《考证》和《释文》、《或问》各一卷，《后编》二卷，合成一函，是为《大全》。也曾进呈，终于在乾隆四十二年九月十七日奉旨："好！知道了。钦此。"那明明是得了皇帝的嘉许的。

到乾隆四十六年，他已经致仕回家了，但真所谓"及其老也，戒之在得"罢，虽然欲得的乃是"名"，也还是一样的招了大祸。这年三月，乾隆行经保定，尹嘉铨便使儿子送了一本奏章，为他的父亲请谥，朱批是"与尔乃国家定典，岂可妄求。此奏本当交部治罪，念汝为父私情，姑免之。若再不安分家居，汝罪不可逭矣！钦此"。不过他豫先料不到会碰这样的大钉子，所以接着还有一本，是请许"我朝"名臣汤斌、范文程、李光地、顾八代、张伯行等从祀孔庙，"至于臣父尹会一，既蒙御制诗章褒嘉称孝，已在德行之科，自可从祀，非臣所敢请也"。这回可真出了大岔子，三月十八日的朱批是："竟大肆狂吠，不可恕矣！钦此。"

乾隆时代的一定办法，是凡以文字获罪者，一面拿办，一面就查抄，这并非着重他的家产，乃在查看藏书和另外的文字，如果别有"狂吠"，便可以一并治罪。因为乾隆的意见，是以为既敢"狂吠"，必不止于一两声，非彻底根究不可的。尹嘉铨当然逃不出例外，和自己的被捕同时，他那博野的老家和北京的寓所，都被查抄了。藏书和别项著作，实在不少，但其实也并无什么干碍之作。不过那时是决不能这样就算的，经大学士三宝等再三审讯之后，定为"相应请旨将尹嘉铨照大逆律凌迟处死"，幸而结果很宽大："尹嘉铨著加恩免其凌迟之罪，改为处绞立决，其家属一并加恩免其缘坐。"就完结了。

这也还是名儒兼孝子的尹嘉铨所不及料的。

这一回的文字狱，只绞杀了一个人，比起别的案子来，决不能算是大狱，但乾隆皇帝却颇费心机，发表了几篇文字。从这些文字和奏章（均见《清代文字狱档》第六辑）看来，这回的祸机虽然发于他的"不安分"，但大原因，却在既以名儒自居，又请将名臣从祀：这都是大"不可恕"的地方。清朝虽然尊崇朱子，但止于"尊崇"，却不许"学样"，因为一学样，就要讲学，于是而有学说，于是而有门徒，于是而有门户，于是而有门户之争，这就足为"太平盛世"之累。况且以这样的"名儒"而做官，便不免以"名臣"自居，"妄自尊大"。乾隆是不承认清朝会有"名臣"的，他自己是"英主"，是"明君"，所以在他的统治之下，不能有奸臣，既没有特别坏的奸臣，也就没有特别好的名臣，一律都是不好不坏，无所谓好坏的奴子。

特别攻击道学先生，所以是那时的一种潮流，也就是"圣意"。我们所常见的，是纪昀总纂的《四库全书总目提要》和自著的《阅微草堂笔记》里的时时的排击。这就是迎合着这种潮流的，倘以为他秉性平易近人，所以憎恨了道学先生的溪刻，那是一种误解。大学士三宝们也很明白这潮流，当会审尹嘉铨时，曾奏道："查该犯如此狂悖不法，若即行定罪正法，尚不足以泄公愤而快人心。该犯曾任三品大员，相应遵例奏明，将该犯严加夹讯，多受刑法，问其究属何心，录取供词，具奏，再请旨立正典刑，方足以昭炯戒。"后来究竟用了夹棍没有，未曾查考，但看所录供词，却于用他的"丑行"来打倒他的道学的策略，是做得非常起劲的。现在抄三条在下面——"问：尹嘉铨！你所书李孝女暮年不字事一篇，说'年逾五十，依然待字，吾妻李恭人闻而贤之，欲求淑女以相助，仲女固辞不就'等语。这处女既立志不嫁，已年过五旬，你为何叫你女人遣媒说合，要他做妾？这样没廉耻的事，难道是讲正经人干的么？据供：我说的李孝女年逾五十，依然待字，原因素日间知道雄县有个姓李的女子，守贞不字。吾女人要聘他为妾，我那时在京候补，并不知道；后来我女人告诉我，才知道的，所以替他做了这篇文字，要表扬他，实在我并没见过他的面。但他年过五十，我还将要他做妾的话，做在文字内，这就是我廉耻丧尽，还有何辩。

"问：你当时在皇上跟前讨赏翎子，说是没有翎子，就回去见不得你妻小。你这假道学怕老婆，到底皇上没有给你翎子，你如何回去的呢？据供：我当初在家时，曾向我妻子说过，要见皇上讨翎子，所以我彼时不辞冒昧，就妄求恩典，原想得了翎子回家，可以夸耀。后来皇上没有赏我，我回到家里，实在觉得害羞，难见妻子。这都是我假道学，怕老婆，是实。

"问：你女人平日妒悍，所以替你娶妾，也要娶这五十岁女人给你，知道这女人断不肯嫁，他又得了不妒之名。总是你这假道学居常做惯这欺世盗名之事，你女人也学了你欺世盗名。你难道不知道么？供：我女人要替我讨妾，这五十岁李氏女子既已立志不嫁，断不肯做我的妾，我女人是明知的，所以借此要得不妒之名。总是我平日所做的事，俱系欺世盗名，所以我女人也学做此欺世盗名之事，难逃皇上洞鉴。"

还有一件要紧事是销毁和他有关的书。他的著述也真太多，计应"销毁"者有书籍八十六种，石刻七种，都是著作；应"撤毁"者有书籍六种，都是古书，而有他的序跋。《小学大全》虽不过"疏辑"，然而是在"销毁"之列的。

130

但我所得的《小学大全》，却是光绪二十二年开雕，二十五年刊竣，而"宣统丁巳"（实是中华民国六年）重校的遗老本，有张锡恭跋云："世风不古若矣，愿读是书者，有以转移之……"又有刘安涛跋云："晚近凌夷，益加甚焉，异言喧豗，显与是书相悖，一唱百和……驯致家与国均蒙其害，唐虞三代以来先圣先贤蒙以养正之遗意，扫地尽矣。剥极必复，天地之心见焉……"为了文字狱，使士子不敢治史，尤不敢言近代事，但一面却也使昧于掌故，乾隆朝所竭力"销毁"的书，虽遗老也不复明白，不到一百三十年，又从新奉为宝典了。这莫非也是"剥极必复"么？恐怕是遗老们的乾隆皇帝所不及料的罢。

但是，清的康熙、雍正和乾隆三个，尤其是后两个皇帝，对于"文艺政策"或说得较大一点的"文化统治"，却真尽了很大的努力的。文字狱不过是消极的一方面，积极的一面，则如钦定四库全书，于汉人的著作，无不加以取舍，所取的书，凡有涉及金元之处者，又大抵加以修改，作为定本。此外，对于"七经"、"二十四史"、《通鉴》、文士的诗文、和尚的语录，也都不肯放过，不是鉴定，便是评选，文苑中实在没有不被蹂躏的处所了。而且他们是深通汉文的异族的君主，以胜者的看法，来批评被征服的汉族的文化和人情，也鄙夷，但也恐惧，有苛论，但也有确评，文字狱只是由此而来的棘手的一种，那成果，由满洲这方面言，是的确不能说它没有效的。

现在这影响好像是淡下去了，遗老们的重刻《小学大全》，就是一个证据，但也可见被愚弄了的性灵，又终于并不清醒过来。近来明人小品，清代禁书，市价之高，决非穷读书人所敢窥觑，但《东华录》、《御批通鉴辑览》、《上谕八旗》、《雍正朱批谕旨》等，却好像无人过问，其低廉为别的一切大部书所不及。倘有有心人加以收集，——钩稽，将其中的关于驾驭汉人、批评文化、利用文艺之处，分别排比，辑成一书，我想，我们不但可以看见那策略的博大和恶辣，并且还能够明白我们怎样受异族主子的驯扰，以及遗留至今的奴性的由来的罢。

自然，这决不及赏玩性灵文字的有趣，然而借此知道一点演成了现在的所谓性灵的历史，却也十分有益的。

七月十日（本篇最初发表于一九三四年八月五日《新语林》半月刊第三期，署名杜德机）

韦素园墓记

韦君素园之墓。

君以一九又二年六月十八日生，一九三二年八月一日卒。鸣呼，宏才远志，厄于短年。文苑失英，明者永悼。弟丛芜，友静农、霁野立表；鲁迅书。

（本篇写成于一九三四年四月）

忆韦素园君

我也还有记忆的，但是，零落得很。我自己觉得我的记忆好像被刀刮过了的鱼鳞，有些还留在身体上，有些是掉在水里了，将水一搅，有几片还会翻腾、闪烁，然而中间混着血丝，连我自己也怕得因此污了赏鉴家的眼目。

现在有几个朋友要纪念韦素园君，我也须说几句话。是的，我是有这义务的。我只好连身外的水也搅一下，看看泛起怎样的东西来。

怕是十多年之前了罢，我在北京大学做讲师，有一天，在教师预备室里遇见了一个头发和胡子统统长得要命的青年，这就是李霁野。

我的认识素园，大约就是霁野介绍的罢，然而我忘记了那时的情景。现在留在记忆里的，是他已经坐在客店的一间小房子里计划出版了。

这一间小房子，就是未名社。那时我正在编印两种小丛书，一种是《乌合丛书》，专收创作，一种是《未名丛刊》，专收翻译，都由北新书局出版。出版者和读者的不喜欢翻译书，那时和现在也并不两样，所以《未名丛刊》是特别冷落的。恰巧，素园他们愿意绍介外国文学到中国来，便和李小峰商量，要将《未名丛刊》移出，由几个同人自办。小峰一口答应了，于是这一种丛书便和北新书局脱离。稿子是我们自己的，另筹了一笔印费，就算开始。

因这丛书的名目，连社名也就叫了"未名"——但并非"没有名目"的意思，是"还没有名目"的意思，恰如孩子的"还未成丁"似的。

未名社的同人，实在并没有什么雄心和大志，但是，愿意切切

实实、点点滴滴地做下去的意志，却是大家一致的。而其中的骨干就是素园。于是他坐在一间破小屋子，就是未名社里办事了，不过小半好像也因为他生着病，不能上学校去读书，因此便天然的轮着他守寨。

我最初的记忆是在这破寨里看见了素园，一个瘦小、精明、正经的青年，窗前的几排破旧外国书，在证明他穷着也还是盯住着文学。然而，我同时又有了一种坏印象，觉得和他是很难交往的，因为他笑影少。"笑影少"原是未名社同人的一种特色，不过素园显得最分明，一下子就能够令人感觉。但到后来，我知道我的判断是错误了，和他也并不难于交往。他的不很笑，大约是因为年龄的不同，对我的一种特别态度罢，可惜我不能化为青年，使大家忘掉彼我，得到确证了。这真相，我想，霁野他们是知道的。

但待到我明白了我的误解之后，却同时又发现了一个他的致命伤：他太认真；虽然似乎沉静，然而他激烈。

认真会是人的致命伤的么？至少，在那时以至现在，可以是的。一认真，便容易趋于激烈，发扬则送掉自己的命，沉静着，又啮碎了自己的心。这里有一点小例子——我们是只有小例子的。

那时候，因为段祺瑞总理和他的帮闲们的压迫，我已经逃到厦门，但北京的狐虎之威还正是无穷无尽。段派的女子师范大学校长林素园，带兵接收学校去了，演过全副武行之后，还指留着的几个教员为"共产党"。这个名词，一向就给有些人以"办事"上的便利，而且这方法，也是一种老谱，本来并不稀罕的。但素园却好像激烈起来了，从此以后，他给我的信上，有好一晌竟憎恶"素园"两字而不用，改称为"漱园"。同时社内也发生了冲突，高长虹从上海寄信来，说素园压下了向培良的稿子，叫我讲一句话。我一声也不响。于是在《狂飙》上骂起来了，先骂素园，后是我。素园在北京压下了培良的稿子，却由上海的高长虹来抱不平，要在厦门的我去下判断，我颇觉得是出色的滑稽，而且一个团体，虽是小小的文学团体罢，每当光景艰难时，内部是一定有人起来捣乱的，这也并不希罕。然而素园却很认真，他不但写信给我，叙述着详情，还作文登在杂志上剖白。在"天才"们的法庭上，别人剖白得清楚的么——我不禁长长地叹了一口气，想到他只是一个文人，又生着病，却这么拼命的对付着内忧外患，又怎么能够持久呢？自然，这仅仅是小忧患，但在认真而激烈的个人，却也相当的大的。

不久，未名社就被封，几个人还被捕。也许素园已经咯血，进了病院了罢，他不在内。但后来，被捕的释放，未名社也启封了，忽封忽启，忽捕忽放，我至今还不明白这是怎的一个玩意。我到广州，是第二年——一九二七年的秋初，仍旧陆续的接到他几封信，是在西山病院里，伏在枕头上写就的，因为医生不允许他起坐。他措辞更明显，思想也更清楚、更广大了，但也更使我担心他的病。有一天，我忽然接到一本书，是布面装订的素园翻译的《外套》。我一看明白，就打了一个寒噤：这明明是他送给我的一个纪念品，莫非他已经自觉了生命的期限了么？

我不忍再翻阅这一本书，然而我没有法。

我因此记起，素园的一个好朋友也咯过血，一天竟对着素园咯起来，他慌张失措，用了爱和忧急的声音命令道："你不许再吐了！"我那时却记起了伊孛生的《勃兰特》。他不是命令过去的人，从新起来，却并无这神力，只将自己埋在崩雪下面的么……我在空中看见了勃兰特和素园，但是我没有话。一九二九年五月末，我最以为侥幸的是自己到西山病院去，和素园谈了天。他为了日光浴，皮肤被晒得很黑了，精神却并不萎顿。我们和几个朋友都很高兴。但我在高兴中，又时时夹着悲哀：忽而想到他的爱人，已由他同意之后，和别人订了婚；忽而想到他竟连绍介外国文学给中国的一点志愿，也怕难于达到；忽而想到他在这里静卧着，不知道他自以为是在等候全愈，还是等候灭亡；忽而想到他为什么要寄给我一本精装的《外套》？……壁上还有一幅陀思妥耶夫斯基的大画像。对于这先生，我是尊敬、佩服的，但我又恨他残酷到了冷静的文章。他布置了精神上的苦刑，一个个拉了不幸的人来，拷问给我们看。现在他用沉郁的眼光，凝视着素园和他的卧榻，好像在告诉我：这也是可以收在作品里的不幸的人。

自然，这不过是小不幸，但在素园个人，是相当的大的。

一九三二年八月一日晨五时半，素园终于病殁在北平同仁医院里了，一切计划，一切希望，也同归于尽。我所抱憾的是因为避祸，烧去了他的信札，我只能将一本《外套》当作唯一的纪念，永远放在自己的身边。自素园病殁之后，转眼已是两年了，这其间，对于他，文坛上并没有人开口。这也不能算是希罕的，他既非天才，也非豪杰，活的时候，既不过在默默中生存，死了之后，当然也只好在默默中泯没。但对于我们，却是值得纪念的青年，因为他在默默中支持了未名社。

未名社现在是几乎消灭了，那存在期，也并不长久。然而自素园经营以来，绍介了果戈理（N. Gogol）、陀思妥耶夫斯基（F. Dostoevsky）、安特列夫（L. Andreev），绍介瞭望·蔼覃（F. vanEeden），绍介了爱伦堡（Ehrenburg）的《烟袋》和拉夫列涅夫（B. Lavrenev）的《四十一》。还印行了《未名新集》，其中有丛芜的《君山》，静农的《地之子》和《建塔者》，我的《朝花夕拾》，在那时候，也都还算是相当可看的作品。事实不为轻薄阴险小儿留情，曾几何年，他们就都已烟消火灭，然而未名社的译作，在文苑里却至今没有枯死的。

是的，但素园却并非天才，也非豪杰，当然更不是高楼的尖顶，或名园的美花，然而他是楼下的一块石材，园中的一撮泥土，在中国第一要他多。他不入于观赏者的眼中，只有建筑者和栽植者，决不会将他置之度外。文人的遭殃，不在生前的被攻击和被冷落，一瞑之后，言行两亡，于是无聊之徒，谬托知己，是非蜂起，既以自炫，又以卖钱，连死尸也成了他们的沾名获利之具，这倒是值得悲哀的。现在我以这几千字纪念我所熟识的素园，但愿还没有营私肥己的处所，此外也别无话说了。

我不知道以后是否还有纪念的时候，倘止于这一次，那么，素园，从此别了！

一九三四年七月十六之夜，鲁迅记（本篇最初发表于
一九三四年十月上海《文学》月刊第三卷第四号）

忆刘半农君

这是小峰出给我的一个题目。

这题目并不出得过分。半农去世，我是应该哀悼的，因为他也是我的老朋友。但是，这是十来年前的话了，现在呢，可难说得很。

我已经忘记了怎么和他初次会面，以及他怎么能到了北京。他到北京，恐怕是在《新青年》投稿之后，由蔡孑民先生或陈独秀先生去请来的，到了之后，当然更是《新青年》里的一个战士。他活泼、勇敢，很打了几次大仗。譬如罢，答王敬轩的双铸信，"她"字和"牠"字的创造，就都是的。这两件，现在看起来，自然是琐屑得很，但那是十多年前，单是提倡新式标点，就会有一大群人"若丧考妣"，恨不得"食肉寝皮"的时候，所以的确是"大仗"。现在的二十左右的青年，大约很少人知道三十年前，单是剪下辫子就会坐牢或杀头的了。然而这曾经是事实。

　　但半农的活泼，有时颇近于草率，勇敢也有失之无谋的地方。但是，要商量袭击敌人的时候，他还是好伙伴，进行之际，心口并不相应，或者暗暗的给你一刀，他是绝不会的。倘若失了算，那是因为没有算好的缘故。

　　《新青年》每出一期，就开一次编辑会，商定下一期的稿件。其时最惹我注意的是陈独秀和胡适之。假如将韬略比作一间仓库罢，独秀先生的是外面竖一面大旗，大书道："内皆武器，来者小心！"但那门却开着的，里面有几枝枪、几把刀，一目了然，用不着提防。适之先生的是紧紧的关着门，门上粘一条小纸条道："内无武器，请勿疑虑。"这自然可以是真的，但有些人——至少是我这样的人——有时总不免要侧着头想一想。半农却是令人不觉其有"武库"的一个人，所以我佩服陈胡，却亲近半农。

　　所谓亲近，不过是多谈闲天，一多谈，就露出了缺点。几乎有一年多，他没有消失掉从上海带来的才子必有"红袖添香夜读书"的艳福的思想，好容易才给我们骂掉了。但他好像到处都这么的乱说，使有些"学者"皱眉。有时候，连到《新青年》投稿都被排斥。他很勇于写稿，但试去看旧报去，很有几期是没有他的。那些人们批评他的为人，是：浅。

不错，半农确是浅。但他的浅，却如一条清溪，澄澈见底，纵有多少沉渣和腐草，也不掩其大体的清。倘使装的是烂泥，一时就看不出它的深浅来了；如果是烂泥的深渊呢，那就更不如浅一点的好。

但这些背后的批评，大约是很伤了半农的心的，他的到法国留学，我疑心大半就为此。我最懒于通信，从此我们就疏远起来了。他回来时，我才知道他在外国钞古书，后来也要标点《何典》，我那时还以老朋友自居，在序文上说了几句老实话，事后，才知道半农颇不高兴了，"骎不及舌"，也没有法子。另外还有一回关于《语丝》的彼此心照的不快活。五六年前，曾在上海的宴会上见过一回面，那时候，我们几乎已经无话可谈了。

近几年，半农渐渐的据了要津，我也渐渐的更将他忘却；但从报章上看见他禁称"蜜斯"之类，却很起了反感：我以为这些事情是不必半农来做的。从去年来，又看见他不断地做打油诗，弄烂古文，回想先前的交情，也往往不免长叹。我想，假如见面，而我还以老朋友自居，不给一个"今天天气……哈哈哈"完事，那就也许会弄到冲突的罢。

不过，半农的忠厚，是还使我感动的。我前年曾到北平，后来有人通知我，半农是要来看我的，有谁恐吓了他一下，不敢来了。这使我很惭愧，因为我到北平后，实在未曾有过访问半农的心思。

现在他死去了，我对于他的感情，和他生时也并无变化。我爱十年前的半农，而憎恶他的近几年。这憎恶是朋友的憎恶，因为我希望他常是十年前的半农，他的为战士，即使"浅"罢，却于中国更为有益。我愿以愤火照出他的战绩，免使一群陷沙鬼将他先前的光荣和死尸一同拖入烂泥的深渊。

八月一日（本篇最初发表于一九三四年十月
上海《青年界》月刊第六卷第三期）

答曹聚仁先生信

聚仁先生：

关于大众语的问题，提出得真是长久了，我是没有研究的，所以一向没有开过口。但是现在的有些文章觉得不少是"高论"，文章虽好，能说而不能行，一下子就消灭，而问题却依然如故。

现在写一点我的简单的意见在这里：

一，汉字和大众，是势不两立的。

二，所以，要推行大众语文，必须用罗马字拼音（即拉丁化，现在有人分为两件事，我不懂是怎么一回事），而且要分为多少区，每区又分为小区（譬如绍兴一个地方，至少也得分为四小区），写作之初，纯用其地的方言，但是，人们是要前进的，那时原有方言一定不够，就只好采用白话、欧字，甚而至于语法。但，在交通繁盛、言语混杂的地方，又有一种语文，是比较普通的东西，它已经采用着新字汇，我想，这就是"大众语"的雏形，它的字汇和语法，即可以输进穷乡僻壤去。中国人是无论如何，在将来必有非通几种中国语不可的运命的，这事情，由教育与交通，可以办得到。

三，普及拉丁化，要在大众自掌教育的时候。现在我们所办得到的是：（甲）研究拉丁化法；（乙）试用广东话之类，读者较多的言语，做出东西来看；（丙）竭力将白话做得浅豁，使能懂的人增多，但精密的所谓"欧化"语文，仍应支持，因为讲话倘要精密，中国原有的语法是不够的，而中国的大众语文，也绝不会永久含胡下去。譬如罢，反对欧化者所说的欧化，就不是中国固有字，有些新字眼、新语法，是会有非用不可的时候的。

四，在乡僻处启蒙的大众语，固然应该纯用方言，但一面仍然要改进。譬如"妈的"一句话罢，乡下是有许多意义的，有时骂骂，有时佩服，有时赞叹，因为他说不出别样的话来。先驱者的任务，是在给他们许多话，可以发表更明确的意思，同时也可以明白更精确的意义。如果也照样地写着"这妈的天气真是妈的，妈的再这样，什么都要妈的了"，那么于大众有什么益处呢？

五，至于已有大众语雏形的地方，我以为大可以依此为根据而加以改进，太僻的土语，是不必用的。例如上海叫"打"为"吃生活"，可以用于上海人的对话，却不必特用于作者的叙事中，因为说"打"，工人也一样的能够懂。有些人以为如"像煞有介事"之类，已经通行，也是不确的话，北方人对于这句话的理解，和江苏人是不一样的，那感觉并不比"俨乎其然"切实。

语文和口语不能完全相同；讲话的时候，可以夹许多"这个这个"、"那个那个"之类，其实并无意义，到写作时，为了时间、纸张的经济，意思的分明，就要分别删去的，所以文章一定应该比口语简洁，然而明了，有些不同，并非文章的坏处。

所以现在能够实行的，我以为是：（一）制定罗马字拼音（赵元任的太繁，用不来的）；（二）做更浅显的白话文，采用较普通的方言，姑且算是向大众语去的作品，至于思想，那不消说，该是"进步"的；（三）仍要支持欧化文法，当作一种后备。

还有一层，是文言的保护者，现在也有打了大众语的旗子的了，他一方面，是立论极高，使大众语悬空，做不得；别一方面，借此攻击他当面的大敌——白话。这一点也须注意的。要不然，我们就会自己缴了自己的械。专此布复，即颂时绥。

迅上。八月二日（本篇最初发表于一九三四年八月上海《社会月报》第一卷第三期）

从孩子的照相说起

因为长久没有小孩子，曾有人说，这是我做人不好的报应，要绝种的。房东太太讨厌我的时候，就不准她的孩子们到我这里玩，叫作："给他冷清冷清，冷清得他要死！"但是，现在却有了一个孩子，虽然能不能养大也很难说，然而目下总算已经颇能说些话，发表他自己的意见了。不过不会说还好，一会说，就使我觉得他仿佛也是我的敌人。

他有时对于我很不满，有一回，当面对我说："我做起爸爸来，还要好……"甚而至于颇近于"反动"，曾经给我一个严厉的批评道："这种爸爸，什么爸爸！?"

我不相信他的话。做儿子时，以将来的好父亲自命，待到自己有了儿子的时候，先前的宣言早已忘得一干二净了。况且我自以为也不算怎么坏的父亲，虽然有时也要骂，甚至于打，其实是爱他的。所以他健康、活泼、顽皮，毫没有被压迫得瘟头瘟脑。如果真的是一个"什么爸爸"，他还敢当面发这样反动的宣言么？

　　但那健康和活泼，有时却也使他吃亏，九一八事件后，就被同胞误认为日本孩子，骂了好几回，还挨过一次打——自然是并不重的。这里还要加一句说的听的，都不十分舒服的话：近一年多以来，这样的事情可是一次也没有了。

　　中国和日本的小孩子，穿的如果都是洋服，普通实在是很难分辨的。但我们这里的有些人，却有一种错误的速断法：温文尔雅，不大言笑，不大动弹的，是中国孩子；健壮活泼，不怕生人，大叫大跳的，是日本孩子。

　　然而奇怪，我曾在日本的照相馆里给他照过一张相，满脸顽皮，也真像日本孩子；后来又在中国的照相馆里照了一张相，相类的衣服，然而面貌很拘谨、驯良，是一个道地的中国孩子了。

　　为了这事，我曾经想了一想。

　　这不同的大原因，是在照相师的。他所指示的站或坐的姿势，两国的照相师先就不相同，站定之后，他就瞪了眼睛，伺机摄取他以为最好的一刹那的相貌。孩子被摆在照相机的镜头之下，表情是总在变化的，时而活泼，时而顽皮，时而驯良，时而拘谨，时而烦厌，时而疑惧，时而无畏，时而疲劳……照住了驯良和拘谨的一刹那的，是中国孩子相；照住了活泼或顽皮的一刹那的，就好像日本孩子相。

驯良之类并不是恶德。但发展开去，对一切事无不驯良，却绝不是美德，也许简直倒是没出息。"爸爸"和前辈的话，固然也要听的，但也须说得有道理。假使有一个孩子，自以为事事不如人，鞠躬倒退；或者满脸笑容，实际上却总是阴谋暗箭，我实在宁可听到当面骂我"什么东西"的爽快，而且希望他自己是一个东西。

但中国一般的趋势，却只在向驯良之类——"静"的一方面发展，低眉顺眼，唯唯诺诺，才算一个好孩子，名之曰"有趣"。活泼，健康，顽强，挺胸仰面……凡是属于"动"的，那就未免有人摇头了，甚至于称之为"洋气"。又因为多年受着侵略，就和这"洋气"为仇；更进一步，则故意和这"洋气"反一调：他们活动，我偏静坐；他们讲科学，我偏扶乩；他们穿短衣，我偏着长衫；他们重卫生，我偏吃苍蝇；他们壮健，我偏生病……这才是保存中国固有文化，这才是爱国，这才不是奴隶性。

其实，由我看来，所谓"洋气"之中，有不少是优点，也是中国人性质中所本有的，但因了历朝的压抑，已经萎缩了下去，现在就连自己也莫名其妙，统统送给洋人了。这是必须拿它回来——恢复过来的——自然还得加一番慎重的选择。

即使并非中国所固有的罢，只要是优点，我们也应该学习。即使那老师是我们的仇敌罢，我们也应该向他学习。我在这里要提出现在大家所不高兴说的日本来，他的会模仿，少创造，是为中国的许多论者所鄙薄的，但是，只要看看他们的出版物和工业品，早非中国所及，就知道"会模仿"绝不是劣点，我们正应该学习这"会模仿"的。"会模仿"又加以有创造，不是更好么？

否则，只不过是一个"恨恨而死"而已。

我在这里还要附加一句像是多余的声明：我相信自己的主张，绝不是"受了帝国主义者的指使"，要诱中国人做奴才；而满口爱国，满身国粹，也于实际上的做奴才并无妨碍。

八月七日（本篇最初发表于一九三四年八月二十日《新语林》半月刊第四期，署名孺牛）

门外文谈

一　开头

听说今年上海的热，是六十年来所未有的。白天出去混饭，晚上低头回家，屋子里还是热，并且加上蚊子。这时候，只有门外是天堂。因为海边的缘故罢，总有些风，用不着挥扇。虽然彼此有些认识，却不常见面的寓在四近的亭子间或阁楼里的邻人也都坐出来了，他们有的是店员，有的是书局里的校对员，有的是制图工人的好手。大家都已经做得筋疲力尽，叹着苦，但这时总还算有闲的，所以也谈闲天。

闲天的范围也并不小：谈旱灾，谈求雨，谈吊膀子，谈三寸怪人干，谈洋米，谈裸腿，也谈古文，谈白话，谈大众语。因为我写过几篇白话文，所以关于古文之类他们特别要听我的话，我也只好特别说得多。这样的过了两三夜，才给别的话岔开，也总算谈完了。不料过了几天之后，有几个还要我写出来。

他们里面，有的是因为我看过几本古书，所以相信我的，有的是因为我看过一点洋书，有的又因为我看古书也看洋书；但有几位却因此反不相信我，说我是蝙蝠。我说到古文，他就笑道，你不是唐宋八大家，能信么？我谈到大众语，他又笑道：你又不是劳苦大众，讲什么海话呢？

这也是真的。我们讲旱灾的时候，就讲到一位老爷下乡查灾，说有些地方是本可以不成灾的，现在成灾，是因为农民懒，不戽水。但一种报上，却记着一个六十老翁，因儿子戽水乏力而死，灾象如故，无路可走，自杀了。老爷和乡下人，意见是真有这么的不同的。那么，我的夜谈，恐怕也终不过是一个门外闲人的空话罢了。

飓风过后，天气也凉爽了一些，但我终于照着希望我写的几个人的希望，写出来了，比口语简单得多，大致却无异，算是抄给我们一流人看的。当时只凭记忆，乱引古书，说话是耳边风，错点不打紧，写在纸上，却使我很踌躇，但自己又苦于没有原书可对，这只好请读者随时指正了。

一九三四年，八月十六夜，写完并记。

二 字是什么人造的？

字是什么人造的？

我们听惯了一件东西，总是古时候一位圣贤所造的故事，对于文字，也当然要有这质问。但立刻就有忘记了来源的答话：字是仓颉造的。

这是一般的学者的主张，他自然有他的出典。我还见过一幅这位仓颉的画像，是生着四只眼睛的老头陀。可见要造文字，相貌先得出奇，我们这种只有两只眼睛的人，是不但本领不够，连相貌也不配的。

然而做《易经》的人（我不知道是谁），却比较的聪明，他说："上古结绳而治，后世圣人易之以书契。"他不说仓颉，只说"后世圣人"，不说创造，只说掉换，真是谨慎得很；也许他无意中就不相信古代会有一个独自造出许多文字来的人的了，所以就只是这么含含糊糊的来一句。

但是，用书契来代结绳的人，又是什么脚色呢？文学家？不错，从现在的所谓文学家的最要卖弄文字，夺掉笔杆便一无所能的事实看起来，的确首先就要想到他；他也的确应该给自己的吃饭家伙出点力。然而并不是的。有史以前的人们，虽然劳动也唱歌，求爱也唱歌，他却并不起草，或者留稿子，因为他做梦也想不到卖诗稿、编全集，而且那时的社会里，也没有报馆和书铺子，文字毫无用处。据有些学者告诉我们的话来看，这在文字上用了一番工夫的，想来该是史官了。

原始社会里，大约先前只有巫，待到渐次进化，事情繁复了，有些事情，如祭祀、狩猎、战争……之类，渐有记住的必要，巫就只好在他那本职的"降神"之外，一面也想法子来记事，这就是"史"的开头。况且"升中于天"，他在本职上，也得将记载酋长和他的治下的大事的册子，烧给上帝看，因此一样的要做文章——虽然这大约是后起的事。再后来，职掌分得更清楚了，于是就有专门记事的史官。文字就是史官必要的工具，古人说："仓颉，黄帝史。"第一句未可信，但指出了史和文字的关系，却是很有意思的。至于后来的"文学家"用它来写"啊呀呀，我的爱哟，我要死了!"那些佳句，那不过是享享现成的罢了，"何足道哉"!

三 字是怎么来的?

照《易经》说，书契之前明明是结绳；我们那里的乡下人，碰到明天要做一件紧要事，怕得忘记时，也常常说："裤带上打一个结!"那么，我们的古圣人，是否也用一条长绳，有一件事就打一个结呢? 恐怕是不行的。只有几个结还记得，一多可就糟了。或者那正是伏羲皇上的"八卦"之流，三条绳一组，都不打结是"乾"，中间各打一结是"坤"罢? 恐怕也不对。八组尚可，六十四组就难记，何况还会有五百十二组呢? 只有在秘鲁还有存留的"打结字"（Quippus），用一条横绳，挂上许多直绳，拉来拉去的结起来，网不像网，倒似乎还可以表现较多的意思。我们上古的结绳，恐怕也是如此的罢。但它既然被书契掉换，又不是书契的祖宗，我们也不妨暂且不去管它了。

夏禹的"岣嵝碑"是道士们假造的；现在我们能在实物上看见的最古的文字，只有商朝的甲骨和钟鼎文。但这些，都已经很进步了，几乎找不出一个原始形态。只在铜器上，有时还可以看见一点写实的图形，如鹿，如象，而从这图形上，又能发见和文字相关的线索：中国文字的基础是"象形"。

画在西班牙的亚勒泰米拉（Altamira）洞里的野牛，是有名的原始人的遗迹，许多艺术史家说，这正是"为艺术的艺术"，原始人画着玩玩的。但这解释未免过于"摩登"，因为原始人没有十九世纪的文艺家那么有闲，他的画一只牛，是有缘故的，为的是关于野牛，或者是猎取野牛、禁咒野牛的事。现在上海墙壁上的香烟和电影的广告画，尚且常有人张着嘴巴看，在少见多怪的原始社会里，有了这么一个奇迹，那轰动一时，就可想而知了。他们一面看，知道了野牛这东西，原来可以用线条移在别的平面上，同时仿佛也认识了一个"牛"字，一面也佩服这作者的才能，但没有人请他作自传赚钱，所以姓氏也就湮没了。但在社会里，仓颉也不止一个，有的在刀柄上刻一点图，有的在门户上画一些画，心心相印，口口相传，文字就多起来，史官一采集，便可以敷衍记事了。中国文字的由来，恐怕也逃不出这例子的。

自然，后来还该有不断的增补，这是史官自己可以办到的，新字夹在熟字中，又是象形，别人也容易推测到那字的意义。直到现在，中国还在生出新字来。但是，硬做新仓颉，却要失败的，吴的朱育，唐的武则天，都曾经造过古怪字，也都白费力。现在最会造字的是中国化学家，许多原质和化合物的名目，很不容易认得，连音也难以读出来了。老实说，我是一看见就头痛的，觉得远不如就用万国通用的拉丁名来得爽快，如果二十来个字母都认不得，请恕我直说：那么，化学也大抵学不好的。

四　写字就是画画

《周礼》和《说文解字》上都讲文字的构成法有六种，这里且不谈罢，只说些和"象形"有关的东西。

象形，"近取诸身，远取诸物"，就是画一只眼睛是"目"，画一个圆圈，放几条毫光是"日"，那自然很明白，便当的。但有时要碰壁，譬如要画刀口，怎么办呢？不画刀背，也显不出刀口来，这时就只好别出心裁，在刀口上加一条短棍，算是指明"这个地方"的意思，造了"刃"。这已经颇有些办事棘手的模样了，何况还有无形可象的事件，于是只得来"象意"，也叫作"会意"。一只手放在树上是"采"，一颗心放在屋子和饭碗之间是"宁"，有吃有住，安宁了。但要写"宁可"的宁，却又得在碗下面放一条线，表明这不过是用了"宁"的声音的意思。"会意"比"象形"更麻烦，它至少要画两样。如"宝"字，则要画一个屋顶，一串玉，一个缶，一个贝，计四样；我看"缶"字还是杵臼两形合成的，那么一共有五样。单单为了画这一个字，就很要破费些工夫。

不过还是走不通，因为有些事物是画不出，有些事物是画不来，譬如松柏，叶样不同，原是可以分出来的，但写字究竟是写字，不能像绘画那样精工，到底还是硬挺不下去。来打开这僵局的是"谐声"，意义和形象离开了关系。这已经是"记音"了，所以有人说，这是中国文字的进步。不错，也可以说是进步，然而那基础也还是画画儿。例如"菜，从草，采声"，画一窠草，一个爪，一株树：三样；"海，从水，每声"，画一条河，一位戴帽的太太，也三样。总之：如果要写字，就非永远画画不成。

但古人是并不愚蠢的，他们早就将形象改得简单，远离了写实。篆字圆折，还有图画的余痕，从隶书到现在的楷书，和形象就天差地远。不过那基础并未改变，天差地远之后，就成为不象形的象形字，写起来虽然比较的简单，认起来却非常困难了，要凭空一个一个的记住。而且有些字，也至今并不简单，例如"鸾"或"凿"，去叫孩子写，非练习半年六月，是很难写在半寸见方的格子里面的。

还有一层，是"谐声"字也因为古今字音的变迁，很有些和

"声"不大"谐"的了。现在还有谁读"滑"为"骨",读"海"为"每"呢?

古人传文字给我们,原是一份重大的遗产,应该感谢的。但在成了不象形的象形字,不十分谐声的谐声字的现在,这感谢却只好踌躇一下了。

五 古时候言文一致么?

到这里,我想来猜一下古时候言文是否一致的问题。

对于这问题,现在的学者们虽然并没有分明的结论,但听他口气,好像大概是以为一致的;越古,就越一致。不过我却很有些怀疑,因为文字愈容易写,就愈容易写得和口语一致,但中国却是那么难画的象形字,也许我们的古人,向来就将不关重要的词摘去了的。

《书经》有那么难读,似乎正可作照写口语的证据,但商周人的的确的口语,现在还没有研究出,还要繁也说不定的。至于周秦古书,虽然作者也用一点他本地的方言,而文字大致相类,即使和口语还相近罢,用的也是周秦白话,并非周秦大众语。汉朝更不必说了,虽是肯将《书经》里难懂的字眼,翻成今字的司马迁,也不过在特别情况之下,采用一点俗语,例如陈涉的老朋友看见他为王,惊异道:"夥颐,涉之为王沉沉者。"而其中的"涉之为王"四个字,我还疑心太史公加过修剪的。

那么,古书里采录的童谣、谚语、民歌,该是那时的老牌俗语罢?我看也很难说。中国的文学家,是颇有爱改别人文章的脾气的。最明显的例子是汉民间的《淮南王歌》,同一地方的同一首歌,《汉书》和《前汉纪》记的就两样。

一面是——一尺布，尚可缝；一斗粟，尚可舂。

兄弟二人，不能相容。

一面却是——一尺布，暖童童；一斗粟，饱蓬蓬。

兄弟二人不相容。

比较起来，好像后者是本来面目，但已经删掉了一些也说不定的：只是一个提要。后来宋人的语录、话本，元人的杂剧和传奇里的科白，也都是提要，只是它用字较为平常，删去的文字较少，就令人觉得"明白如话"了。

我的臆测，是以为中国的言文，一向就并不一致的，大原因便是字难写，只好节省些。当时的口语的摘要，是古人的文；古代的口语的摘要，是后人的古文。所以我们的做古文，是在用了已经并不象形的象形字，未必一定谐声的谐声字，在纸上描出今人谁也不说，懂的也不多的，古人的口语的摘要来。你想，这难不难呢？

六　于是文章成为奇货了

文字在人民间萌芽，后来却一定为特权者所收揽。据《易经》的作者所推测，"上古结绳而治"，则联结绳就已是治人者的东西。待到落在巫史的手里的时候，更不必说了，他们都是酋长之下，万民之上的人。社会改变下去，学习文字的人们的范围也扩大起来，但大抵限于特权者。至于平民，那是不识字的，并非缺少学费，只因为限于资格，他不配。而且连书籍也看不见。中国在刻版还未发达的时候，有一部好书，往往是"藏之秘阁，副在三馆"，连做了士子，也还是不知道写着什么的。

因为文字是特权者的东西，所以它就有了尊严性，并且有了神秘性。中国的字，到现在还很尊严，我们在墙壁上，就常常看见挂着写上"敬惜字纸"的篓子；至于符的驱邪治病，那就靠了它的神秘性的。文字既然含着尊严性，那么，知道文字，这人也就连带的尊严起来了。新的尊严者日出不穷，对于旧的尊严者就不利，而且知道文字的人们一多，也会损伤神秘性的。符的威力，就因为这好像是字的东西，除道士以外，谁也不认识的缘故。所以，对于文字，他们一定要把持。

欧洲中世，文章学问，都在道院里；克罗蒂亚（Kroatia），是到了十九世纪，识字的还只有教士的，人民的口语，退步到对于旧生活刚够用。他们革新的时候，就只好从外国借进许多新语来。

我们中国的文字，对于大众，除了身份，经济这些限制之外，却还要加上一条高门槛：难。单是这条门槛，倘不费他十来年工夫，就不容易跨过。跨过了的，就是士大夫，而这些士大夫，又竭力的要使文字更加难起来，因为这可以使他特别的尊严，超出别的一切平常的士大夫之上。汉朝的扬雄的喜欢奇字，就有这毛病的，刘歆想借他的《方言》稿子，他几乎要跳黄浦。唐朝呢，樊宗师的文章做到别人点不断，李贺的诗做到别人看不懂，也都为了这缘故。还有一种方法是将字写得别人不认识，下焉者，是从《康熙字典》上查出几个古字来，夹进文章里面去；上焉者是钱坫的用篆字来写刘熙的《释名》，最近还有钱玄同先生的照《说文》字样给太炎先生抄《小学答问》。

文字难，文章难，这还都是原来的；这些上面，又加以士大夫故意特制的难，却还想它和大众有缘，怎么办得到？但士大夫们也正愿其如此，如果文字易识，大家都会，文字就不尊严，他也跟着不尊严了。说白话不如文言的人，就从这里出发的；现在论大众语，说大众只要教给"千字课"就够的人，那意思的根柢也还是在这里。

七　不识字的作家

用那么艰难的文字写出来的古语摘要，我们先前也叫"文"，现在新派一点的叫"文学"，这不是从"文学子游子夏"上割下来的，是从日本输入，他们的对于英文 Literature 的译名。会写写这样的"文"的，现在是写白话也可以了，就叫作"文学家"，或者叫"作家"。

文学的存在条件首先要会写字，那么，不识字的文盲群里，当然不会有文学家的了。然而作家却有的。你们不要太早的笑我，我还有话说。我想，人类是在未有文字之前，就有了创作的，可惜没有人记下，也没有法子记下。我们的祖先的原始人，原是连话也不会说的，为了共同劳作，必需发表意见，才渐渐地练出复杂的声音来，假如那时大家抬木头，都觉得吃力了，却想不到发表，其中有一个叫道"杭育杭育"，那么，这就是创作；大家也要佩服，应用的，这就等于出版；倘若用什么记号留存了下来，这就是文学；他当然就是作家，也是文学家，是"杭育杭育派"。不要笑，这作品确也幼稚得很，但古人不及今人的地方是很多的，这正是其一。就是周朝的什么"关关雎鸠，在河之洲，窈窕淑女，君子好逑"罢，它是《诗经》里的头一篇，所以吓得我们只好磕头佩服，假如先前未曾有过这样的一篇诗，现在的新诗人用这意思做一首白话诗，到无论什么副刊上去投稿试试罢，我看十分之九是要被编辑者塞进字纸篓去的。"漂亮的好小姐呀，是少爷的好一对儿！"什么话呢？

就是《诗经》的《国风》里的东西，好许多也是不识字的无名氏作品，因为比较的优秀，大家口口相传的。王官们拣出它可做行政上参考的记录了下来，此外消灭的正不知有多少。希腊人荷马——我们姑且当作有这样一个人——的两大史诗，也原是口吟，现存的是别人的记录。东晋到齐陈的《子夜歌》和《读曲歌》之类，唐朝的《竹枝词》和《柳枝词》之类，原都是无名氏的创作，经文人的采录和润色之后，留传下来的。这一润色，留传固然留传了，但可惜的是一定失去了许多本来面目。到现在，到处还有民谣、山歌、渔歌等，这就是不识字的诗人的作品；也传述着童话和故事，这就是不识字的小说家的作品；他们，就都是不识字的作家。

但是，因为没有记录作品的东西，又很容易消灭，流布的范围也不能很广大，知道的人们也就很少了。偶有一点为文人所见，往往倒吃惊，吸入自己的作品中，作为新的养料。旧文学衰颓时，因为摄取民间文学或外国文学而起一个新的转变，这例子是常见于文学史上的。不识字的作家虽然不及文人的细腻，但他却刚健、清新。

要这样的作品为大家所共有，首先也就是要这作家能写字，同时也还要读者们能识字以至能写字，一句话：将文字交给一切人。

八　怎么交代？

将文字交给大众的事实，从清朝末年就已经有了的。

"莫打鼓，莫打锣，听我唱个太平歌……"是钦颁的教育大众的俗歌；此外，士大夫也办过一些白话报，但那主意，是只要大家听得懂，不必一定写得出。《平民千字课》就带了一点写得出的可能，但也只够记账、写信。倘要写出心里所想的东西，它那限定的字数是不够的。譬如牢监，的确是给了人一块地，不过它有限制，只能在这圈子里行立坐卧，断不能跑出设定了的铁栅外面去。

劳乃宣和王照他两位都有简字，进步得很，可以照音写字了。民国初年，教育部要制字母，他们俩都是会员，劳先生派了一位代表，王先生是亲到的，为了入声存废问题，曾和吴稚晖先生大战，战得吴先生肚子一凹，棉裤也落了下来。但结果总算几经斟酌，制成了一种东西，叫作"注音字母"。那时很有些人，以为可以替代汉字了，但实际上还是不行，因为它究竟不过简单的方块字，恰如日本的"假名"一样，夹上几个，或者注在汉字的旁边还可以，要它拜帅，能力就不够了。写起来会混杂，看起来要眼花。那时的会员们称它为"注音字母"，是深知道它的能力范围的。再看日本，他们有主张减少汉字的，有主张拉丁拼音的，但主张只用"假名"的却没有。

再好一点的是用罗马字拼法，研究得最精的是赵元任先生罢，我不大明白。用世界通用的罗马字拼起来——现在是连土耳其也采用了——一词一串，非常清晰，是好的。但教我似的门外汉来说，好像那拼法还太繁。要精密，当然不得不繁，但繁得很，就又变了"难"，有些妨碍普及了。最好是另有一种简而不陋的东西。

这里我们可以研究一下新的"拉丁化"法，《每日国际文选》里有一小本《中国语书法之拉丁化》，《世界》第二年第六七号合刊附录的一份《言语科学》，就都是绍介这东西的。价钱便宜，有心的人可以买来看。它只有二十八个字母，拼法也容易学。

"人"就是 Rhen，"房子"就是 Fangz，"我吃果子"是 Wochgoz，"他是工人"是 Tashgungrhen。现在在华侨里实验，见了成绩的，还只是北方话。但我想，中国究竟还是讲北方话——不是北京话——的人们多，将来如果真有一种到处通行的大众语，那主力也恐怕还是北方话罢。为今之计，只要酌量增减一点，使它合于各该地方所特有的音，也就可以用到无论什么穷乡僻壤去了。

那么，只要认识二十八个字母，学一点拼法和写法，除懒虫和低能外，就谁都能够写得出，看得懂了。况且它还有一个好处，是写得快。美国人说，时间就是金钱；但我想：时间就是性命。无端的空耗别人的时间，其实是无异于谋财害命的。不过像我们这样坐着乘风凉、谈闲天的人们，可又是例外。

九　专化呢，普遍化呢？

到了这里，就又碰着了一个大问题：中国的言语，各处很不同，单给一个粗枝大叶的区别，就有北方话、江浙话、两湖川贵话、福建话、广东话这五种，而这五种中，还有小区别。现在用拉丁字来写，写普通话，还是写土话呢？要写普通话，人们不会；倘写土话，别处的人们就看不懂，反而隔阂起来，不及全国通行的汉字了。这是一个大弊病！

我的意思是：在开首的启蒙时期，各地方各写它的土话，用不着顾到和别地方意思不相通。当未用拉丁写法之前，我们的不识字的人们，原没有用汉字互通着声气，所以新添的坏处是一点也没有的，倒有新的益处，至少是在同一语言的区域里，可以彼此交换意见，吸收智识了——那当然，一面也得有人写些有益的书。问题倒在这各处的大众语文，将来究竟要它专化呢，还是普通化？

158

方言土语里，很有些意味深长的话，我们那里叫"炼话"，用起来是很有意思的，恰如文言的用古典，听者也觉得趣味津津。各就各处的方言，将语法和词汇，更加提炼，使他发达上去的，就是专化。这于文学，是很有益处的，它可以做得比仅用泛泛的话头的文章更加有意思。但专化又有专化的危险。言语学我不知道，看生物，是一到专化，往往要灭亡的。未有人类以前的许多动植物，就因为太专化了，失其可变性，环境一改，无法应付，只好灭亡——幸而我们人类还不算专化的动物，请你们不要愁。大众，是有文学，要文学的，但绝不该为文学做牺牲，要不然，他的荒谬和为了保存汉字，要十分之八的中国人做文盲来殉难的活圣贤就并不两样。所以，我想，启蒙时候用方言，但一面又要渐渐的加入普通的语法和词汇去。先用固有的，是一地方的语文的大众化，加入新的去，是全国的语文的大众化。

几个读书人在书房里商量出来的方案，固然大抵行不通，但一切都听其自然，却也不是好办法。现在在码头上，公共机关中，大学校里，确已有着一种好像普通话模样的东西，大家说话，既非"国语"，又不是京话，个个带着乡音、乡调，却又不是方言，即使说得吃力，听得也吃力，然而总归说得出，听得懂。如果加以整理，帮它发达，也是大众语中的一支，说不定将来还简直是主力。我说要在方言里"加入新的去"，那"新的"的来源就在这地方。待到这一种出于自然，又加人工的话一普遍，我们的大众语文就算大致统一了。

此后当然还要做。年深月久之后，语文更加一致，和"炼话"一样好，比"古典"还要活的东西，也渐渐地形成，文学就更加精彩了。马上是办不到的。你们想，国粹家当作宝贝的汉字，不是花了三四千年工夫，这才有这么一堆古怪成绩么？

至于开手要谁来做的问题，那不消说：是觉悟的读书人。有人说："大众的事情，要大众自己来做！"那当然不错的，不过得看看说的是什么脚色。如果说的是大众，那有一点是对的，对的是要自己来，错的是推开了帮手。倘使说的是读书人呢，那可全不同了：他在用漂亮话把持文字，保护自己的尊荣。

十　不必恐慌

但是，这还不必实做，只要一说，就又使另一些人发生恐慌了。

首先是说提倡大众语文的，乃是"文艺的政治宣传员如宋阳之流"，本意在于造反。给戴上一顶有色帽，是极简单的反对法。不过一面也就是说，为了自己的太平，宁可中国有百分之八十的文盲。那么，倘使口头宣传呢，就应该使中国有百分之八十的聋子了。但这不属于"谈文"的范围，这里也无须多说。

专为着文学发愁的，我现在看见有两种。一种是怕大众如果都会读、写，就大家都变成文学家了。这真是怕天掉下来的好人。上次说过，在不识字的大众里，是一向就有作家的。我久不到乡下去了，先前是，农民们还有一点余闲，譬如乘凉，就有人讲故事。不过这讲手，大抵是特定的人，他比较的见识多，说话巧，能够使人听下去，懂明白，并且觉得有趣。这就是作家，抄出他的话来，也就是作品。倘有语言无味，偏爱多嘴的人，大家是不要听的，还要送给他许多冷话——讥刺。我们弄了几千年文言，十来年白话，凡是能写的人，何尝个个是文学家呢？即使都

160

变成文学家，又不是军阀或土匪，于大众也并无害处的，不过彼此互看作品而已。

还有一种是怕文学的低落。大众并无旧文学的修养，比起士大夫文学的细致来，或者会显得所谓"低落"的，但也未染旧文学的痼疾，所以它又刚健、清新。无名氏文学如《子夜歌》之流，会给旧文学一种新力量，我先前已经说过了；现在也有人绍介了许多民歌和故事。还有戏剧，例如《朝花夕拾》所引《目连救母》里的无常鬼的自传，说是因为同情一个鬼魂，暂放还阳半日，不料被阎罗责罚，从此不再宽纵了——"哪怕你铜墙铁壁！哪怕你皇亲国戚！……"

何等有人情，又何等知过，何等守法，又何等果决，我们的文学家做得出来么？

这是真的农民和手工业人的作品，由他们闲中扮演。借目连的巡行来贯串许多故事，除《小尼姑下山》外，和刻本的《目连救母记》是完全不同的。其中有一段《武松打虎》，是甲乙两人，一强一弱，扮着戏玩。先是甲扮武松，乙扮老虎，被甲打得要命，乙埋怨他了，甲道："你是老虎，不打，不是给你咬死了？"乙只得要求互换，却又被甲咬得要命，一说怨话，甲便道："你是武松，不咬，不是给你打死了？"我想：比起希腊的伊索、俄国的梭罗古勃的寓言来，这是毫无逊色的。

如果到全国的各处去收集，这一类的作品恐怕还很多。但自然，缺点是有的。是一向受着难文字、难文章的封锁，和现代思潮隔绝。所以，倘要中国的文化一同向上，就必须提倡大众语、大众文，而且书法更必须拉丁化。

十一　大众并不如读书人所想象的愚蠢

但是，这一回，大众语文刚一提出，就有些猛将趁势出现了，来路是并不一样的，可是都向白话、翻译、欧化语法、新字眼进攻。他们都打着"大众"的旗，说这些东西，都为大众所不懂，所以要不得。其中有的是原是文言余孽，借此先来打击当面的白话和翻译的，就是祖传的"远交近攻"的老法术；有的是本是懒惰分子，未尝用功，要大众语未成，白话先倒，让他在这空场上夸海口的，其实也还是文言文的好朋友，我都不想在这里多谈。现在要说的只是那些好意的，然而错误的人，因为他们不是看轻了大众，就是看轻了自己，仍旧犯着古之读书人的老毛病。

读书人常常看轻别人，以为较新、较难的字句，自己能懂，大众却不能懂，所以为大众计，是必须彻底扫荡的；说话作文，越俗，就越好。这意见发展开来，他就要不自觉的成为新国粹派。或则希图大众语文在大众中推行得快，主张什么都要配大众的胃口，甚至于说要"迎合大众"，故意多骂几句，以博大众的欢心。这当然自有他的苦心孤诣，但这样下去，可要成为大众的新帮闲的。

说起大众来，界限宽泛得很，其中包括着各式各样的人，但即使"目不识丁"的文盲，由我看来，其实也并不如读书人所推想的那么愚蠢。他们是要智识，要新的智识，要学习，能摄取的。当然，如果满口新语法、新名词，他们是什么也不懂；但逐渐的拣必要的灌输进去，他们却会接受；那消化的力量，也许还赛过成见更多的读书人。初生的孩子，都是文盲，但到两岁，就懂许多话，能说许多话了，这在他，全部是新名词、新语法。他那里是从《马氏文通》或《辞源》里查来的呢，也没有教师给他解释，他是听过几回之后，从比较而明白了意义的。大众的会摄取新词汇和语法，也就是这样子，他们会这样的前进。所以，新国粹派的主张，虽然好像为大众设想，实际上倒尽了拖住的任务。不过也不能听大众的自然，因为有些见识，他们究竟还在觉悟的读书人之下，如果不给他们随时拣选，也许会误拿了无益的，甚而至于有害的东西。所以，"迎合大众"的新帮闲，是绝对的要不得的。

由历史所指示，凡有改革，最初，总是觉悟的智识者的任务。但这些知识者，却必须有研究，能思索，有决断，而且有毅力。他也用权，却不是骗人，他利导，却并非迎合。他不看轻自己，以为是大家的戏子，也不看轻别人，当作自己的喽啰。他只是大众中的一个人，我想，这才可以做大众的事业。

十二　煞尾

话已经说得不少了。总之，单是话不行，要紧的是做。要许多人做：大众和先驱；要各式的人做：教育家、文学家、言语学家……这已经迫于必要了，即使目下还有点逆水行舟，也只好拉纤；顺水固然好得很，然而还是少不得把舵的。

这拉纤或把舵的好方法，虽然也可以口谈，但大抵得益于实验，无论怎么看风看水，目的只是一个：向前。

各人大概都有些自己的意见，现在还是给我听听你们诸位的高论罢。

（本篇最初发表于一九三四年八月二十四日至九月十日的《申报·自由谈》，署名华圉。后来作者将本文与其他有关于语文改革的文章四篇辑为《门外文谈》一书，一九三五年九月由上海天马书店出版）

不知肉味和不知水味

今年的尊孔，是民国以来第二次的盛典，凡是可以施展出来的，几乎全都施展出来了。

上海的华界虽然接近夷（亦作彝）场，也听到了当年孔子听得"三月不知肉味"的"韶乐"。八月三十日的《申报》报告我们说——"廿七日本市各界在文庙举行孔诞纪念会，到党政机关，及各界代表一千余人。有大同乐会演奏中和韶乐二章，所用乐器因欲扩大音量起见，不分古今，凡属国乐器，一律配入，共四十种。其谱一仍旧贯，并未变动。聆其节奏，庄严肃穆，不同凡响，令人悠然起敬，如亲三代以上之承平雅颂，亦即我国民族性酷爱和平之表示也……"

乐器不分古今，一律配入，盖和周朝的韶乐，该已很有不同。但为"扩大音量起见"，也只能这么办，而且和现在的尊孔的精神，也似乎十分合拍的。"孔子，圣之时者也"，"亦即圣之摩登者也"，要三月不知鱼翅燕窝味，乐器大约决非"共四十种"不可；况且那时候，中国虽然已有外患，却还没有夷场。

不过因此也可见时势究竟有些不同了，纵使"扩大音量"，终于还扩不到乡间，同日的《中华日报》上，就记着一则颇伤"承平雅颂，亦即我国民族性酷爱和平之表示"的体面的新闻，最不凑巧的是事情也出在二十七——"（宁波通讯）余姚入夏以来，因天时亢旱，河水干涸，住民饮料，大半均在河畔开凿土井，借以汲取，故往往因争先后，而起冲突。廿七日上午，距姚城四十里之朗霞镇后方屋地方，居民杨厚坤与姚士莲，又因争井水，发生冲突，互相加殴。姚士莲以烟筒头猛击杨头部，杨当即昏倒在地。继姚又以木棍石块击杨中要害，竟遭殴毙。迨邻近闻声施救，杨早已气绝。而姚士莲见已闯祸，知必不能免，即乘机逃避……"

闻韶，是一个世界，口渴，是一个世界。食肉而不知味，是一个世界，口渴而争水，又是一个世界。自然，这中间大有君子小人之分，但"非小人无以养君子"，到底还不可任凭他们互相打死、渴死的。

听说在阿拉伯，有些地方，水已经是宝贝，为了喝水，要用血去换。"我国民族性"是"酷爱和平"的，想必不至于如此。但余姚的实例却未免有点怕人，所以我们除食肉者听了而不知肉味的"韶乐"之外，还要不知水味者听了而不想水喝的"韶乐"。

八月二十九日（本篇最初发表于一九三四年九月二十日
上海《太白》半月刊第一卷第一期，署名公汗）

中国语文的新生

中国现在的所谓中国字和中国文，已经不是中国大家的东西了。

古时候，无论哪一国，能用文字的原是只有少数的人的，但到现在，教育普及起来，凡是称为文明国者，文字已为大家所公有。但我们中国，识字的却大概只占全人口的十分之二，能作文的当然还要少。这还能说文字和我们大家有关系么？

也许有人要说，这十分之二的特别国民，是怀抱着中国文化，代表着中国大众的。我觉得这话并不对。这样的少数，并不足以代表中国人。正如中国人中，有吃燕窝鱼翅的人，有卖红丸的人，有拿回扣的人，但不能因此就说一切中国人，都在吃燕窝鱼翅、卖红丸、拿回扣一样。要不然，一个郑孝胥，真可以把全副"王道"挑到满洲去。

我们倒应该以最大多数为根据，说中国现在等于并没有文字。

这样的一个连文字也没有的国度，是在一天一天的坏下去了。我想，这可以无须我举例。

单在没有文字这一点上，智识者是早就感到模糊的不安的。清末的办白话报，五四时候的叫"文学革命"，就为此。但还只知道了文章难，没有悟出中国等于并没有文字。今年的提倡复兴文言文，也为此，他明知道现在的机关枪是利器，却因历来偷懒，未曾振作，临危又想侥幸，就只好梦想大刀队成事了。

大刀队的失败已经显然，只有两年，已没有谁来打九十九把钢刀去送给军队。但文言队的显出不中用来，是很慢，很隐的，它还有寿命。

和提倡文言文的开倒车相反，是目前的大众语文的提倡，但也还没有碰到根本的问题：中国等于并没有文字。待到拉丁化的提议出现，这才抓住了解决问题的紧要关键。

反对，当然大大的要有的，特殊人物的成规，动他不得。格理莱倡地动说，达尔文说进化论，摇动了宗教、道德的基础，被攻击原是毫不足怪的；但哈飞发现了血液在人身中环流，这和一切社会制度有什么关系呢，却也被攻击了一世。然而结果怎样？结果是：血液在人身中环流！

中国人要在这世界上生存，那些识得《十三经》的名目的学者，"灯红"会对"酒绿"的文人，并无用处，却全靠大家的切实的智力，是明明白白的。那么，倘要生存，首先就必须除去阻碍传布智力的结核：非语文和方块字。如果不想大家来给旧文字做牺牲，就得牺牲掉旧文字。走那一面呢，这并非如冷笑家所指摘，只是拉丁化提倡者的成败，乃是关于中国大众的存亡的。要得实证，我看也不必等候这么久。

至于拉丁化的较详的意见，我是大体和《自由谈》连载的华圉作《门外文谈》相近的，这里不多说。我也同意于一切冷笑家所冷嘲的大众语的前途的艰难；但以为即使艰难，也还要做；愈艰难，就愈要做。改革，是向来没有一帆风顺的，冷笑家的赞成，是在见了成效之后，如果不信，可看提倡白话文的当时。

九月二十四日（本篇最初发表于一九三四年十月十三日上海《新生》周刊第一卷第三十六期，署名公汗）

中国人失掉自信力了吗

从公开的文字上看起来：两年以前，我们总自夸着"地大物博"，是事实；不久就不再自夸了，只希望着国联，也是事实；现在是既不夸自己，也不信国联，改为一味求神拜佛，怀古伤今了——却也是事实。

于是有人慨叹曰：中国人失掉自信力了。

如果单据这一点现象而论，自信其实是早就失掉了的。先前信"地"，信"物"，后来信"国联"，都没有相信过"自己"。假使这也算一种"信"，那也只能说中国人曾经有过"他信力"，自从对国联失望之后，便把这他信力都失掉了。

失掉了他信力，就会疑，一个转身，也许能够只相信了自己，倒是一条新生路，但不幸的是逐渐玄虚起来了。信"地"和"物"，还是切实的东西，国联就渺茫，不过这还可以令人不久就省悟到依赖它的不可靠。一到求神拜佛，可就玄虚之至了，有益或是有害，一时就找不出分明的结果来，它可以令人更长久的麻醉着自己。

中国人现在是在发展着"自欺力"。

"自欺"也并非现在的新东西，现在只不过日见其明显，笼罩了一切罢了。然而，在这笼罩之下，我们有并不失掉自信力的中国人在。

我们从古以来，就有埋头苦干的人，有拼命硬干的人，有为民请命的人，有舍身求法的人……虽是等于为帝王将相作家谱的所谓"正史"，也往往掩不住他们的光耀，这就是中国的脊梁。

这一类的人们，就是现在也何尝少呢？他们有确信，不自欺；他们在前仆后继的战斗，不过一面总在被摧残，被抹杀，消灭于黑暗中，不能为大家所知道罢了。说中国人失掉了自信力，用以指一部分人则可，倘若加于全体，那简直是诬蔑。

要论中国人，必须不被搽在表面的自欺欺人的脂粉所诳骗，

却看看他的筋骨和脊梁。自信力的有无，状元宰相的文章是不足为据的，要自己去看地底下。

九月二十五日（本篇最初发表于一九三四年十月二十日《太白》半月刊第一卷第三期，署名公汗）

"以眼还眼"

杜衡先生在"最近，出于'与其看一部新的书，还不如看一部旧的书'的心情"，重读了莎士比亚的《恺撒传》。这一读是颇有关系的，结果使我们能够拜读他从读旧书而来的新文章：《莎剧恺撒传里所表现的群众》（见《文艺风景》创刊号）。

这个剧本，杜衡先生是"曾经用两个月的时间把它翻译出来过"的，就可见读得非常仔细。他告诉我们："在这个剧里，莎氏描写了两个英雄——恺撒，和……勃鲁都斯……还进一步创造了两位政治家（煽动家）——阴险而卑鄙的卡西乌斯，和表面上显得那么麻木而糊涂的安东尼。"但最后的胜利却属于安东尼，而"很明显地，安东尼底胜利是凭借了群众的力量"，于是更明显地，即使"甚至说，群众是这个剧底无形的主脑，也不嫌太过"了。

然而这"无形的主脑"是怎样的东西呢？杜衡先生在叙事和引文之后，加以结束——绝不是结论，这是作者所不愿意说的——道——"在这许多地方，莎氏是永不忘记把群众表现为一个力量的；不过，这力量只是一种盲目的暴力。他们没有理性，他们没有明确的利害观念；他们底感情是完全被几个煽动家所控制着，所操纵着……自然，我们不能贸然地肯定这是群众底本质，但是我们倘若说，这位伟大的剧作者是把群众这样看法的，大概不会有什么错误吧。这看法，我知道将使作者大大地开罪于许多把群众的理性和感情用另一种方式来估计的朋友们。至于我，说实话，我以为对这些问题的判断，是至今还超乎我的能力之上，我不敢妄置一词……"

杜衡先生是文学家，所以这文章做得极好，很谦虚。假如说："妈的群众是瞎了眼睛的！"即使根据的是"理性"，也容易因了表现的粗暴而招致反感；现在是"这位伟大的剧作者"莎士比亚老前辈"把群众这样看法的"，您以为怎么样呢？"巽语之言，能无说乎"，至少也得客客气气的搔一搔头皮，如果你没有翻译或细读过莎剧《恺撒传》的话——只得说，这判断，更是"超乎我的能力之上"了。

于是我们都不负责任，单是讲莎剧。莎剧的确是伟大的，仅就杜衡先生所介绍的几点来看，它实在已经打破了文艺和政治无关的高论了。群众是一个力量，但"这力量只是一种盲目的暴力。他们没有理性，他们没有明确的利害观念"，据莎氏的表现，至少，他们就将"民治"的金字招牌踏得粉碎，何况其他？即在目前，也使杜衡先生对于这些问题不能判断了。一本《恺撒传》，就是作政论看，也是极有力量的。

然而杜衡先生却又因此替作者捏了一把汗，怕"将使作者大大地开罪于许多把群众的理性和感情用另一种方式来估计的朋友们"。自然，在杜衡先生，这是一定要想到的，他应该爱惜这一位以《恺撒传》给他智慧的作者。然而肯定的判断了那一种"朋友们"，却未免太不顾事实了。现在不但施蛰存先生已经看见了苏联将要排演莎剧的"丑态"（见《现代》九月号），便是《资本论》里，不也常常引用莎氏的名言，未尝说他有罪么？将来呢，恐怕也如未必有人引《哈姆雷特》来证明有鬼，更未必有人因《哈姆雷特》而责莎士比亚的迷信一样，会特地"吊民伐罪"，和杜衡先生一般见识的。

况且杜衡先生的文章，是写给心情和他两样的人们来读的，因为会看见《文艺风景》这一本新书的，当然绝不是怀着"与其看一部新的书，还不如看一部旧的书"的心情的朋友。但是，一看新书，可也就不至于只看一本《文艺风景》了，讲莎剧的书又很多，涉猎一点，心情就不会这么抖抖索索，怕被"政治家"（煽动家）所煽动。那些"朋友们"除注意作者的时代和环境而外，还会知道《恺撒传》的材料是从布鲁特奇的《英雄传》里取来的，而且是莎士比亚从作喜剧转入悲剧的第一部；作者这时是失意了。为什么事呢，还不大明白。但总之，当判断的时候，是都要想到的，又未必有杜衡先生所预言的痛快、简单。

单是对于"莎剧恺撒传里所表现的群众"的看法，和杜衡先生的眼睛两样的就有的是。现在只抄一位痛恨十月革命、逃入法国的显斯妥夫（LevShestov）先生的见解，而且是结论在这里罢——"在《攸里乌斯·恺撒》中活动的人，以上之外，还有一个。那是复合底人物。那便是人民，或说'群众'。莎士比亚之被称为写实家，并不是无意义的。无论在那一点，他决不阿谀群众，做出凡俗的性格来。他们轻薄，胡乱，残酷。今天跟在彭贝的战车之后，明天喊着恺撒之名，但过了几天，却被他的叛徒勃鲁都斯的辩才所惑，其次又赞成安东尼的攻击，要求着刚才的红人勃鲁都斯的头了。人往往愤慨着群众之不可靠。但其实，岂不是正有适用着‘以眼还眼，以牙还牙’的古来的正义的法则的事在这里吗？劈开底来看，群众原是轻蔑着彭贝、恺撒、安东尼、辛那之辈的，他们那一面，也轻蔑着群众。今天恺撒握着权力，恺撒万岁。明天轮到安东尼了，那就跟在他后面罢。只要他们给饭吃，给戏看，就好。他们的功绩之类，是用不着想到的。他们那一面也很明白，施与些像个王者的宽容，借此给自己收得报答。在拥挤着这些满是虚荣心的人们的连串里，间或夹杂着勃鲁都斯那样的廉直之士，是事实。然而谁有从山积的沙中，找出一粒珠子来的闲工夫呢？群众，是英雄的大炮的食料，而英雄，从群众看来，不过是余兴。在其间，正义就占了胜利，而幕也垂下来了。”（《莎士比亚〔剧〕中的伦理的问题》）这当然也未必是正确的见解，显斯妥夫就不很有人说他是哲学家或文学家。不过便是这一点点，就很可以看见虽然同是从《恺撒传》来看它所表现的群众，结果却已经和杜衡先生有这么的差别。而且也很可以推见，正不会如杜衡先生所预料，“将使作者大大地开罪于许多把群众的理性和感情用另一方式来估计的朋友们”了。

所以，杜衡先生大可以不必替莎士比亚发愁。彼此其实都很明白：“阴险而卑鄙的卡西乌斯，和表面上显得那么麻木而糊涂的安东尼”，就是在那时候的群众，也“不过是余兴”而已。

九月三十日（本篇最初发表于一九三四年十一月《文学》月刊第三卷第五号“文学论坛”栏，署名隼）

说"面子"

　　"面子",是我们在谈话里常常听到的,因为好像一听就懂,所以细想的人大约不很多。

　　但近来从外国人的嘴里,有时也听到这两个音,他们似乎在研究。他们以为这一件事情,很不容易懂,然而是中国精神的纲领,只要抓住这个,就像二十四年前的拔住了辫子一样,全身都跟着走动了。相传前清时候,洋人到总理衙门去要求利益,一通威吓,吓得大官们满口答应,但临走时,却被从边门送出去。不给他走正门,就是他没有面子;他既然没有了面子,自然就是中国有了面子,也就是占了上风了。这是不是事实,我断不定,但这故事,"中外人士"中是颇有些人知道的。

　　因此,我颇疑心他们想专将"面子"给我们。

　　但"面子"究竟是怎么一回事呢?不想还好,一想可就觉得糊涂。它像是很有好几种的,每一种身价,就有一种"面子",也就是所谓"脸"。这"脸"有一条界线,如果落到这线的下面去了,即失了面子,也叫作"丢脸"。不怕"丢脸",便是"不要脸"。但倘使做了超出这线以上的事,就"有面子",或曰"露脸"。而"丢脸"之道,则因人而不同,例如车夫坐在路边赤膊捉虱子,并不算什么,富家姑爷坐在路边赤膊捉虱子,才成为"丢脸"。但车夫也并非没有"脸",不过这时不算"丢",要给老婆踢了一脚,就躺倒哭起来,这才成为他的"丢脸"。这一条"丢脸"律,是也适用于上等人的。这样看来,"丢脸"的机会,

174

似乎上等人比较的多，但也不一定，例如车夫偷一个钱袋，被人发现，是失了面子的，而上等人大捞一批金珠珍玩，却仿佛也不见得怎样"丢脸"，况且还有"出洋考察"，是改头换面的良方。

谁都要"面子"，当然也可以说是好事情，但"面子"这东西，却实在有些怪。九月三十日的《申报》就告诉我们一条新闻：沪西有业木匠大包作头之罗立鸿，为其母出殡，邀开"黄器店之王树宝夫妇帮忙，因来宾众多，所备白衣，不敷分配，其时适有名王道才，绰号三喜子，亦到来送殡，争穿白衣不遂，以为有失体面，心中怀恨……邀集徒党数十人，各执铁棍，据说尚有持手枪者多人，将王树宝家人乱打，一时双方有剧烈之战争，头破血流，多人受有重伤……"白衣是亲族有服者所穿的，现在必须"争穿"而又"不遂"，足见并非亲族，但竟以为"有失体面"，演成这样的大战了。这时候，好像只要和普通有些不同便是"有面子"，而自己成了什么，却可以完全不管。这类脾气，是"绅商"也不免发露的：袁世凯将要称帝的时候，有人以列名于劝进表中为"有面子"；有一国从青岛撤兵的时候，有人以列名于万民伞上为"有面子"。

所以，要"面子"也可以说并不一定是好事情——但我并非说，人应该"不要脸"。现在说话难，如果主张"非孝"，就有人会说你在煽动打父母，主张男女平等，就有人会说你在提倡乱交——这声明是万不可少的。

况且，"要面子"和"不要脸"实在也可以有很难分辨的时候。不是有一个笑话么？一个绅士有钱有势，我假定他叫四大人罢，人们都以能够和他攀谈为荣。有一个专爱夸耀的小瘪三，一天高兴地告诉别人道："四大人和我讲过话了！"人问他"说什么呢？"答道："我站在他门口，四大人出来了，对我说：滚开去！"当然，这是笑话，是形容这人的"不要脸"，但在他本人，是以为"有面子"的，如此的人一多，也就真成为"有面子"了。别的许多人，不是四大人连"滚开去"也不对他说么？

在上海，"吃外国火腿"虽然还不是"有面子"，却也不算怎么"丢脸"了，然而比起被一个本国的下等人所踢来，又仿佛近于"有面子"。

中国人要"面子"，是好的，可惜的是这"面子"是"圆机活法"，善于变化，于是就和"不要脸"混起来了。长谷川如是闲说"盗泉"云："古之君子，恶其名而不饮；今之君子，改其名而饮之。"也说穿了"今之君子"的"面子"的秘密。

十月四日（本篇最初发表于一九三四年十月上海
《漫画生活》月刊第二期）

运　命

有一天，我坐在内山书店里闲谈——我是常到内山书店去闲谈的，我的可怜的敌对的"文学家"，还曾经借此竭力给我一个"汉奸"的称号，可惜现在他们又不坚持了——才知道日本的丙午年生，今年二十九岁的女性，是一群十分不幸的人。大家相信丙午年生的女人要克夫，即使再嫁，也还要克，而且可以多至五六个，所以想结婚是很困难的。这自然是一种迷信，但日本社会上的迷信也还是真不少。

我问：可有方法解除这凤命呢？回答是：没有。

接着我就想到了中国。

许多外国的中国研究家，都说中国人是定命论者，命中注定，无可奈何；就是中国的论者，现在也有些人这样说。但据我所知道，中国女性就没有这样无法解除的命运。"命凶"或"命硬"，是有的，但总有法子想，就是所谓"禳解"；或者和不怕相克的命的男子结婚，制住她的"凶"或"硬"。假如有一种命，说是要连克五六个丈夫的罢，那就早有道士之类出场，自称知道妙法，用桃木刻成五六个男人，画上符咒，和这命的女人一同行"结俪之礼"后，烧掉或埋掉，于是真来订婚的丈夫，就算是第七个，毫无危险了。

中国人的确相信运命，但这运命是有方法转移的。所谓"没有法子"，有时也就是一种另想道路——转移运命的方法。等到确信这是"运命"，真真"没有法子"的时候，那是在事实上已经十足碰壁，或者恰要灭亡之际了。运命并不是中国人的事前的指导，乃是事后的一种不费心思的解释。

中国人自然有迷信，也有"信"，但好像很少"坚信"。我们先前最尊皇帝，但一面想玩弄他，也尊后妃，但一面又有些想吊她的膀子；畏神明，而又烧纸钱作贿赂，佩服豪杰，却不肯为他作牺牲。

崇孔的名儒，一面拜佛，信甲的战士，明天信丁。宗教战争是向来没有的，从北魏到唐末的佛道二教的此仆彼起，是只靠几个人在皇帝耳朵边的甘言蜜语。风水、符咒、拜祷……偌大的

"运命"，只要花一批钱或磕几个头，就改换得和注定的一笔大不相同了——就是并不注定。

我们的先哲，也有知道"定命"有这么的不定，是不足以定人心的，于是他说，这用种种方法之后所得的结果，就是真的"定命"，而且连必须用种种方法，也是命中注定的。但看起一般的人们来，却似乎并不这样想。

人而没有"坚信"，狐狐疑疑，也许并不是好事情，因为这也就是所谓"无特操"。但我以为信运命的中国人而又相信运命可以转移，却是值得乐观的。不过现在为止，是在用迷信来转移别的迷信，所以归根结蒂，并无不同，以后倘能用正当的道理和实行——科学来替换了这迷信，那么，定命论的思想，也就和中国人离开了。

假如真有这一日，则和尚、道士、巫师、星相家、风水先生……的宝座，就都让给了科学家，我们也不必整年的见神见鬼了。

十月二十三日（本篇最初发表于一九三四年十一月二十日《太白》半月刊第一卷第五期，署名公汗）

脸谱臆测

对于戏剧，我完全是外行。但遇到研究中国戏剧的文章，有时也看一看。

近来的中国戏是否象征主义，或中国戏里有无象征手法的问题，我是觉得很有趣味的。

伯鸿先生在《戏》周刊十一期（《中华日报》副刊）上，说起脸谱，承认了中国戏有时用象征的手法，"比如白表'奸诈'，红表'忠勇'，黑表'威猛'，蓝表'妖异'，金表'神灵'之类，实与西洋的白表'纯洁清净'，黑表'悲哀'，红表'热烈'，黄金色表'光荣'和'努力'"并无不同，这就是"色的象征"，虽然比较的单纯、低级。

这似乎也很不错，但再一想，却又生了疑问，因为白表奸诈，红表忠勇之类，是只以在脸上为限，一到别的地方，白就并不象征奸诈，红也不表示忠勇了。

对于中国戏剧史，我又是完全的外行。我只知道古时候（南北朝）的扮演故事，是带假面的，这假面上，大约一定得表示出这角色的特征，一面也是这角色的脸相的规定。古代的假面和现在的打脸的关系，好像还没有人研究过，假使有些关系，那么，"白表奸诈"之类，就恐怕只是人物的分类，却并非象征手法了。

中国古来就喜欢讲"相人术"，但自然和现在的"相面"不同，并非从气色上看出祸福来，而是所谓"诚于中，必形于外"，要从脸相上辨别这人的好坏的方法。一般的人们，也有这一种意见的，我们在现在，还常听到"看他样子就不是好人"这一类话。这"样子"的具体的表现，就是戏剧上的"脸谱"。

富贵人全无心肝，只知道自私自利，吃得白白胖胖，什么都做得出，于是白就表了奸诈。红表忠勇，是从关云长的"面如重枣"来的。"重枣"是怎样的枣子，我不知道，要之，总是红色的罢。在实际上，忠勇的人思想较为简单，不会神经衰弱，面皮也容易发红，倘使他要永远中立，自称"第三种人"，精神上就不免时时痛苦，脸上一块青，一块白，终于显出白鼻子来了。黑表威猛，更是极平常的事，整年在战场上驰驱，脸孔怎会不黑？擦着雪花膏的公子，是一定不肯自己出面去战斗的。

士君子常在一门一门的将人们分类，平民也在分类，我想，这"脸谱"，便是优伶和看客公同逐渐议定的分类图。不过平民的辨别，感受的力量，是没有士君子那么细腻的。况且我们古时候戏台的搭法，又和罗马不同，使看客非常散漫，表现倘不加重，他们就觉不到，看不清。

这么一来，各类人物的脸谱，就不能不夸大化、漫画化，甚而至于到得后来，弄得稀奇古怪，和实际离得很远，好像象征手法了。

脸谱，当然自有它本身的意义的，但我总觉得并非象征手法，而且在舞台的构造和看客的程度和古代不同的时候，它更不过是一种赘疣，无须扶持它的存在了。然而用在别一种有意义的玩艺上，在现在，我却以为还是很有兴趣的。

十月三十一日（本篇在印入本书前未能发表）

随便翻翻

我想讲一点我的当作消闲的读书——随便翻翻。但如果弄得不好，会受害也说不定的。

我最初去读书的地方是私塾，第一本读的是《鉴略》，桌上除了这一本书和习字的描红格，对字（这是做诗的准备）的课本之外，不许有别的书。但后来竟也慢慢的认识字了，一认识字，对于书就发生了兴趣，家里原有两三箱破烂书，于是翻来翻去，大目的是找图画看，后来也看看文字。这样就成了习惯，书在手头，不管它是什么，总要拿来翻一下，或者看一遍序目，或者读几页内容，到得现在，还是如此，不用心，不费力，往往在作文或看非看不可的书籍之后，觉得疲劳的时候，也拿这玩意来做消遣了，而且它也的确能够恢复疲劳。

倘要骗人，这方法很可以冒充博雅。现在有一些老实人，和我闲谈之后，常说我书是看得很多的，略谈一下，我也的确好像书看得很多，殊不知就为了常常随手翻翻的缘故，却并没有本本细看。还有一种很容易到手的秘本，是《四库书目提要》，倘还怕繁，那么，《简明目录》也可以，这可要细看，它能做成你好像看过许多书。不过我也曾用过正经工夫，如什么"国学"之类，请过先生指教，留心过学者所开的参考书目。结果都不满意。有些书目开得太多，要十来年才能看完，我还疑心他自己就没有看；只开几部的较好，可是这须看这位开书目的先生了，如果他是一位糊涂虫，那么，开出来的几部一定也是极顶胡涂书，不看还好，一看就胡涂。

我并不是说，天下没有指导后学看书的先生，有是有的，不过很难得。

这里只说我消闲的看书——有些正经人是反对的，以为这么一来，就"杂"！"杂"，现在又算是很坏的形容词。但我以为也有好处。譬如我们看一家的陈年账簿，每天写着"豆腐三文，青菜十文，鱼五十文，酱油一文"，就知先前这几个钱就可买一天的小菜，吃够一家；看一本旧历本，写着"不宜出行，不宜沐浴，不宜上梁"，就知道先前是有这么多的禁忌。看见了宋人笔记里的"食菜事魔"，明人笔记里的"十彪五虎"，就知道"哦呵，原来'古已有之'"。但看完一部书，都是些那时的名人轶事，某将军每餐要吃三十八碗饭，某先生体重一百七十五斤半；或是奇闻怪事，某村雷劈蜈蚣精，某妇产生人面蛇，毫无益处的也有。这时可得自己有主意了，知道这是帮闲文士所做的书。凡帮闲，他能令人消闲消得最坏，他用的是最坏的方法。倘不小心，被他诱过去，那就坠入陷阱，后来满脑子是某将军的饭量，某先生的体重，蜈蚣精和人面蛇了。

讲扶乩的书，讲婊子的书，倘有机会遇见，不要皱起眉头，显示憎厌之状，也可以翻一翻；明知道和自己意见相反的书，已经过时的书，也用一样的办法。例如杨光先的《不得已》是清初的著作，但看起来，他的思想是活着的，现在意见和他相近的人们正多得很。这也有一点危险，也就是怕被它诱过去。治法是多翻，翻来翻去，一多翻，就有比较，比较是医治受骗的好方子。乡下人常常误认一种硫化铜为金矿，空口是和他说不明白的，或者他还会赶紧藏起来，疑心你要白骗他的宝贝。但如果遇到一点真的金矿，只要用手掂一掂轻重，他就死心塌地：明白了。

"随便翻翻"是用各种别的矿石来比的方法，很费事，没有用真的金矿来比的明白、简单。我看现在青年的常在问人该读什么书，就是要看一看真金，免得受硫化铜的欺骗。而且一识得真金，一面也就真的识得了硫化铜，一举两得了。

但这样的好东西，在中国现有的书里，却不容易得到。我回忆自己的得到一点知识，真是苦得可怜。幼小时候，我知道中国在"盘古氏开辟天地"之后，有三皇五帝……宋朝、元朝、明朝、"我大清"。到二十岁，又听说"我们"的成吉思汗征服欧洲，是"我们"最阔气的时代。到二十五岁，才知道所谓这"我们"最阔气的时代，其实是蒙古人征服了中国，我们做了奴才。直到今年八月里，因为要查一点故事，翻了三部蒙古史，这才明白蒙古人的征服"斡罗思"，侵入匈奥，还在征服全中国之前，那时的成吉思还不是我们的汗，倒是俄人被奴的资格比我们老，应该他们说"我们的成吉思汗征服中国，是我们最阔气的时代"的。

　　我久不看现行的历史教科书了，不知道里面怎么说；但在报章杂志上，却有时还看见以成吉思汗自豪的文章。事情早已过去了，原没有什么大关系，但也许正有着大关系，而且无论如何，总是说些真实的好。所以我想，无论是学文学的，学科学的，他应该先看一部关于历史的简明而可靠的书。但如果他专讲天王星，或海王星，虾蟆的神经细胞，或只咏梅花，叫妹妹，不发关于社会的议论，那么，自然，不看也可以的。

　　我自己，是因为懂一点日本文，在用日译本《世界史教程》和新出的《中国社会史》应应急的，都比我历来所见的历史书类说得明确。前一种中国曾有译本，但只有一本，后五本不译了，译得怎样，因为没有见过，不知道。后一种中国倒先有译本，叫作《中国社会发展史》，不过据日译者说，是多错误，有删节，靠不住的。

　　我还在希望中国有这两部书。又希望不要一哄而来，一哄而散，要译，就译他完；也不要删节，要删节，就得声明，但最好还是译得小心，完全，替作者和读者想一想。

十一月二日（本篇最初发表于一九三四年十一月上海《读书生活》月刊第一卷第二期，署名公汗）

【评析：文学作品的历史价值主要决定于它的社会意义。首先，鲁迅的杂感是社会思想和社会生活的艺术的记录。虽然"所写的常是一鼻一嘴，一毛，但合起来，已几乎是或一形象的全体"（《准风月谈·后记》），进而综观他的所有的杂感，则又几乎写出了整整一个时代的风貌。

"五四"以后的杂感一方面吸收了外来的 essay（随笔）和 feuilleton 的特点，另一方面又和中国的古代散文的深厚基础相关连。鲁迅曾经列举罗隐的《谗书》，皮日休和陆龟蒙的短文，以及明末那些"有不平，有讽刺，有攻击，有破坏"（《南腔北调集·小品文的危机》）的小品，说明这个新的形式产生之前已经存在的历史背景。以鲁迅的杂感而论，析理严密，行文舒卷，于清峻中寓朴茂，于简约中见恣放。这些就大抵受到了魏晋文章的影响。章太炎在《论式》里说："魏晋之文，大体皆埤于汉，独持论仿佛晚周，气体虽异，要其守己有度，伐人有序，和理在中，孚尹帝达，可以为百世师矣。"（《国故论衡》中卷，文学篇，见古书流通处影印浙江图书馆校刊《章氏丛书》第 13 册）魏晋的论辩文章一般都具有屈原的文彩，而又继承了庄周、韩非的传统：善于取譬，长于说理。孔融、嵇康、阮籍这些人都爱排除陈言，独辟蹊径，如《文心雕龙·事类篇》所说，"据事以类义，援古以证今"，通过常见的现象，阐发重要的道理，在论述中时时使用反语。鲁迅爱好嵇康，曾先后七次校订《嵇康集》，他对魏晋文章的评价很高，在杂感里可以看到明显的影响。但是，鲁迅毕竟是现代文学的开山，杂感又是适应思想革命和文化革命而产生的一种文体，作家以其卓越的艺术素养，在反映现代生活的时候作了多样的创造，表现了动人的艺术魅力。鲁迅是杂感艺术独具匠心的开拓者。

鲁迅曾经解释自己杂感的特点是："论时事不留面子，砭锢弊常取类型。"杂感的形式多种多样，总的说来，这种文体大都结合着评论和文艺两种因素，在表达某一思想内容的时候，既要有绵密的逻辑又要有生动的形象。"不留面子"和"常取类型"正好适应了这样的要求。从杂感的直抒己见而言，和论文较为接近，需要有论文的条理和层次。但杂感展开逻辑的方式又不完全和普通的论文相同，因为它是艺术品。】

鲁迅文化随笔精选

随感录三十五

从清朝末年，直到现在，常常听人说"保存国粹"这一句话。

前清末年说这话的人，大约有两种：一是爱国志士，一是出洋游历的大官。他们在这题目的背后，各个藏着别的意思。志士说保存国粹，是光复旧物的意思；大官说保存国粹，是教留学生不要去剪辫子的意思。

现在成了民国了。以上所说的两个问题，已经完全消灭。所以我不能知道现在说这话的是那一流人，这话的背后藏着什么意思了。

可是保存国粹的正面意思，我也不懂。

什么叫"国粹"？照字面看来，必是一国独有，他国所无的事物了。换一句话，便是特别的东西。但特别未必定是好，何以应该保存？

譬如一个人，脸上长了一个瘤，额上肿出一颗疮，的确是与众不同，显出他特别的样子，可以算他的"粹"。然而据我看来，还不如将这"粹"割去了，同别人一样的好。

倘说：中国的国粹，特别而且好；又何以现在糟到如此情形，新派摇头，旧派也叹气？

倘说：这便是不能保存国粹的缘故，开了海禁的缘故，所以必须保存。但海禁未开以前，全国都是"国粹"，理应好了；何以春秋战国五胡十六国闹个不休，古人也都叹气？

倘说：这是不学成汤文武周公的缘故，何以真正成汤文武周公时代，也先有桀纣暴虐，后有殷顽作乱，后来仍旧弄出春秋战国五胡十六国闹个不休，古人也都叹气？

我有一位朋友说得好："要我们保存国粹，也须国粹能保存我们。"

保存我们，的确是第一义。只要问他有无保存我们的力量，不管他是否国粹。

本篇最初发表于一九一八年十一月十五日
《新青年》第5卷第5号，署名唐俟。

随感录三十六

现在许多人有大恐惧；我也有大恐惧。

许多人所怕的，是"中国人"这名目要消灭；我所怕的，是中国人要从"世界人"中挤出。

我以为"中国人"这名目，决不会消灭；只要人种还在，总是中国人。譬如埃及犹太人，无论他们还有"国粹"没有，现在总叫他埃及犹太人，未尝改了称呼。可见保存名目，全不必劳力费心。

但是想在现今的世界上，协同生长，挣一地位，即须有相当的进步的智识、道德、品格、思想，才能够站得住脚：这事极须劳力费心。而"国粹"多的国民，尤为劳力费心，因为他的"粹"太多。粹太多，便太特别。太特别，便难与种种人协同生长，挣得地位。

有人说："我们要特别生长；不然，何以为中国人！"

于是乎要从"世界人"中挤出。

于是乎中国人失了世界，却暂时仍要在这世界上住！——这便是我的大恐惧。

本篇最初发表于一九一八年十一月十五日
《新青年》第5卷第5号。

随感录三十八

中国人向来有点自大——只可惜没有"个人的自大"，都是"合群的爱国的自大"。这便是文化竞争失败之后，不能再见振拔改进的原因。

"个人的自大"，就是独异，是对庸众宣战。除精神病学上的夸大狂外，这种自大的人，大抵有几分天才——照 Nordau Nordau［诺尔道（1849—1923），出生于匈牙利的德国医生，政论家、作家。著有政论《退化》、小说《感情的喜剧》等］等说，也可说就是几分狂气。他们必定自己觉得思想见识高出庸众之上，又为庸众所不懂，所以愤世嫉俗，渐渐变成厌世家，或"国民之敌"。"国民之敌"指挪威剧作家易卜生剧本《国民之敌》的主人公斯铎曼一类人。斯铎曼是一个热心于公共卫生工作的温泉浴场医官。有一次他发现浴场矿泉里含有大量传染病菌，建议把这个浴场加以改建。但市政当局和市民因怕经济利益受到损害，极力加以反对，最后把他革职，宣布他为"国民公敌"。但一切新思想，多从他们出来，政治上宗教上道德上的改革，也从他们发端。所以多有这"个人的自大"的国民，真是多福气！多幸运！

"合群的自大"，"爱国的自大"，是党同伐异，是对少数的天才宣战——至于对别国文明宣战，却尚在其次。他们自己毫无特别才能，可以夸示于人，所以把这国拿来做个影子；他们把国里的习惯制度抬得很高，赞美得了不得；他们的国粹，既然这样有荣光，他们自然也有荣光了！倘若遇见攻击，他们也不必自去应战，因为这种蹲在影子里张目摇舌的人，数目极多，只需用 mob-mob（英语：乌合之众）的长技，一阵乱嗓，便可制胜。胜了，我是一群中的人，自然也胜了；若败了时，一群中有许多人，未必是我受亏：大凡聚众滋事时，多具这种心理，也就是他们的心理。他们举动，看似猛烈，其实却很卑怯。至于所生结果，则复古、尊王、扶清灭洋等等，已领教得多了。所以多有这"合群的爱国的自大"的国民，真是可哀，真是不幸！

不幸中国偏只多这一种自大：古人所作所说的事，没一件不好，遵行还怕不及，怎敢说到改革？这种爱国的自大家的意见，虽各派略有不同，根底总是一致，计算起来，可分作下列五种：

甲云："中国地大物博，开化最早；道德天下第一。"这是完全自负。

乙云："外国物质文明虽高，中国精神文明更好。"

丙云："外国的东西，中国都已有过；某种科学，即某子所说的云云。"这两种都是"古今中外派"的支流；依据张之洞的格言，以"中学为体西学为用"的人物。

丁云："外国也有叫花子——（或云）也有草舍——娼妓——臭虫。"这是消极的反抗。

戊云："中国便是野蛮的好。"又云："你说中国思想昏乱，那正是我民族所造成的事业的结晶。从祖先昏乱起，直要昏乱到子孙；从过去昏乱起，直要昏乱到未来……（我们是四万万人，）你能把我们灭绝么？"这比"丁"更进一层，不去拖人下水，反以自己的丑恶骄人；至于口气的强硬，却很有《水浒传》中牛二的态度（牛二，小说《水浒》中的人物。他以蛮横无理的态度强迫杨志卖刀给他的故事，见该书第十二回《汴京城杨志卖刀》）。

五种之中，甲乙丙丁的话，虽然已很荒谬，但同戊比较，尚觉情有可原，因为他们还有一点好胜心存在。譬如衰败人家的子弟，看见别家兴旺，多说大话，摆出大家架子；或寻求人家一点破绽，聊给自己解嘲。这虽然极是可笑，但比那一种掉了鼻子，还说是祖传老病，夸示于众的人，总要算略高一步了。

戊派的爱国论最晚出，我听了也最寒心；这不但因其居心可怕，实因他所说的更为实在的缘故。昏乱的祖先，养出昏乱的子孙，正是遗传的定理。民族根性造成之后，无论好坏，改变都不容易的。法国 G. Le Bon［G. Le Bon，勒朋（1841—1931），法国医生和社会心理学家］著《民族进化的心理》中，说及此事道

190

（原文已忘，今仅举其大意）——"我们一举一动，虽似自主，其实多受死鬼的牵制。将我们一代的人，和先前几百代的鬼比较起来，数目上就万不能敌了。"我们几百代的祖先里面，昏乱的人，定然不少：有讲道学（道学，又称理学，是宋代周敦颐、程颢、程颐、朱熹等人阐释儒家学说而形成的思想体系）的儒生，也有讲阴阳五行的道士，有静坐炼丹的仙人，也有打脸打把子的戏子。所以我们现在虽想好好做"人"，难保血管里的昏乱分子不来作怪，我们也不由自主，一变而为研究丹田脸谱的人物：这真是大可寒心的事。但我总希望这昏乱思想遗传的祸害，不至于有梅毒那样猛烈，竟至百无一免。即使同梅毒一样，现在发明了六百零六，肉体上的病，既可医治；我希望也有一种七百零七的药，可以医治思想上的病。这药原来也已发明，就是"科学"一味。只希望那班精神上掉了鼻子的朋友，不要又打着"祖传老病"的旗号来反对吃药，中国的昏乱病，便也总有痊愈的一天。祖先的势力虽大，但如从现代起，立意改变：扫除了昏乱的心思，和助成昏乱的物事（儒道两派的文书），再用了对症的药，即使不能立刻奏效，也可把那病毒略略羼淡。如此几代之后待我们成了祖先的时候，就可以分得昏乱祖先的若干势力，那时便有转机，Le Bon 所说的事，也不足怕了。

　　以上是我对于"不长进的民族"的疗救方法；至于"灭绝"一条，那是全不成话，可不必说。"灭绝"这两个可怕的字，岂是我们人类应说的？只有张献忠这等人曾有如此主张，至今为人类唾骂；而且于实际上发生出什么效验呢？但我有一句话，要劝戈派诸公。"灭绝"这句话，只能吓人，却不能吓倒自然。他是毫无情面：他看见有自向灭绝这条路走的民族，便请他们灭绝，毫不客气。我们自己想活，也希望别人都活；不忍说他人的灭绝，又怕他们自己走到灭绝的路上，把我们带累了也灭绝，所以在此着急。倘使不改现状，反能兴旺，能得真实自由的幸福生活，那就是做野蛮也很好——但可有人敢答应说"是"么？

本篇最初发表于一九一八年十一月十五日《新青年》第 5 卷第 5 号，署名迅。

随感录四十三

进步的美术家——这是我对于中国美术界的要求。

美术家固然须有精熟的技工，但尤须有进步的思想与高尚的人格。他的制作，表面上是一张画或一个影像，其实是他的思想与人格的表现。令我们看了，不但欢喜赏玩，尤能发生感动，造成精神上的影响。

我们所要求的美术家，是能引路的先觉，不是"公民团"["公民团"，指袁世凯雇用的流氓打手，他们在一九一三年十月六日自称"公民团"，包围当时的国会，强迫议员选他为总统。后来的北洋军阀段祺瑞、曹锟也都使用过这类手段〕的首领。我们所要求的美术品，是表记中国民族知能最高点的标本，不是水平线以下的思想的平均分数。

近来看见上海什么报的增刊《泼克》（指上海《时事新报》的星期图画增刊《泼克》。"泼克"，英语 Puck 的音译，是英国民间传说中喜欢恶作剧的小妖精的名字）上，有几张讽刺画。他的画法，倒也模仿西洋；可是我很疑惑，何以思想如此顽固，人格如此卑劣，竟同没有教育的孩子只会在好好的白粉墙上写几个"某某是我儿子"一样。可怜外国事物，一到中国，便如落在黑色染缸里似的，无不失了颜色。美术也是其一：学了体格还未匀称的裸体画，便画猥亵画；学了明暗还未分明的静物画，只能画招牌。皮毛改新，心思仍旧，结果便是如此。至于讽刺画之变为人身攻击的器具，更是无足深怪了。

说起讽刺画，不禁想到美国画家勃拉特来（L. D. Bradley 1853—1917）了。他专画讽刺画，关于欧战的画，尤为有名；只可惜前年死掉了。我见过他一张《秋收时之月》（《The Harvest Moon》）的画。上面是一个形如骷髅的月亮，照着荒田；田里一排一排的都是兵的死尸。唉唉，这才算得真的进步的美术家的讽刺画。我希望将来中国也能有一日，出这样一个进步的讽刺画家。

本篇最初发表于一九一九年一月十八日
《新青年》第6卷第1号。

"音乐"？

夜里睡不着，又计画着明天吃辣子鸡，又怕和前回吃过的那一碟做得不一样，愈加睡不着了。坐起来点灯看《语丝》，不幸就看见了徐志摩先生的神秘谈——不，"都是音乐"，是听到了音乐先生的音乐：

……我不仅会听有音的乐，我也会听无音的乐（其实也有音就是你听不见），我直认我是一个甘脆的 Mystic（Mystic，英语：神秘主义者）。我深信……

此后还有什么什么"都是音乐"云云，云云云云。总之："你听不着就该怨你自己的耳郭太笨或是皮粗！"

我这时立即疑心自己皮粗，用左手一摸右胳膊，的确并不滑；再一摸耳轮，却摸不出笨也与否。然而皮是粗定了：不幸而"扪不留手"的竟不是我的皮，还能听到什么庄周先生所指教的天籁地籁和人籁。但是，我的心还不死，再听罢，仍然没有——啊，仿佛有了，像是电影广告的军乐。呸！错了。这是"绝妙的音乐"么？再听罢，没……唔，音乐，似乎有了：

……慈悲而残忍的金苍蝇，展开馥郁的安琪儿的黄翅，唵，颉利，弥缚谛弥谛，从荆芥萝卜町玎溽洋的彤海里起来。Brrrr tatata tahi tal 无终始的金刚石天堂的娇袅鬼荼薁，蘸着半分之一的北斗的蓝血，将翠绿的忏悔写在腐烂的鹦哥伯伯的狗肺上！你不懂么？咄！吁，我将死矣！婀娜涟漪的天狼的香而秽恶的光明的利镞，射中了塌鼻阿牛的妖艳光滑蓬松而冰冷的秃头，一匹黯黮欢愉的瘦螳螂飞去了。哈，我不死矣！无终……（"慈悲而残忍的金苍蝇"一段话，是鲁迅为讽刺徐志摩的神秘主义论调和译诗而编造的。）

危险，我又疑心我发热了，发昏了，立刻自省，即知道又不然。这不过是一面想吃辣子鸡，一面自己胡说八道；如果是发热发昏而听到的音乐，一定还要神妙些。并且其实连电影广告的军乐也没有听到，倘说是幻觉，大概也不过自欺之谈，还要给粗皮来粉饰的妄想。我不幸终于难免成为一个苦韧的非 Mystic 了，怨谁呢？只能恭颂志摩先生的福气大，能听到这许多"绝妙的音乐"而已。但倘有不知道自怨自艾的人，想将这位先生"送进疯人院"去，我可要拼命反对，尽力呼冤的——虽然将音乐送进音乐里去，从甘脆的 Mystic 看来，并不算什么一回事。

然而音乐又何等好听呵，音乐呀！再来听一听罢，可惜而且可恨，在檐下已有麻雀儿叫起来了。

咦，玲珑零星邦滂砰珉的小雀儿呵，你总依然是不管什么地方都飞到，而且照例来唧唧啾啾地叫，轻飘飘地跳么？然而这也是音乐呀，只能怨自己的皮粗。

只要一叫而人们大抵震悚的怪鸱的真的恶声在那里!?

本篇最初发表于一九二四年十二月十五日
《语丝》周刊第 5 期。

看镜有感

因为翻衣箱，翻出几面古铜镜子来，大概是民国初年初到北京时候买在那里的，"情随事迁"，全然忘却，宛如见了隔世的东西了。

一面圆径不过二寸，很厚重，背面满刻蒲陶（蒲陶，即葡萄）还有跳跃的鼯鼠，沿边是一圈小飞禽。古董店家都称为"海马葡萄镜"。但我的一面并无海马，其实和名称不相当。记得曾见过另一面，是有海马的，但贵极，没有买。这些都是汉代的镜子；后来也有模造或翻沙者，花纹可造粗拙得多了。汉武通大宛安息，以致天马葡萄，大概当时是视为盛事的，所以便取作什器的装饰。古时，于外来物品，每加海字，如海榴、海红花、海棠之类。海即现在之所谓洋，海马译成今文，当然就是洋马。镜鼻是一个蛤蟆，则因为镜如满月，月中有蟾蜍之故，和汉事不相干了。

遥想汉人多少闳放，新来的动植物，即毫不拘谨，来充装饰的花纹。唐人也还不算弱，例如汉人的墓前石兽，多是羊、虎、天禄、辟邪〔天禄、辟邪，据《汉书·西域传》及孟康的注释，是产于西域乌弋山离国（当在今阿富汗西部）的动物："似鹿，长尾，一角者或为天鹿（禄），两角者或为辟邪。"〕，而长安的昭陵上，却刻着带箭的骏马〔昭陵是唐太宗李世民墓，昭陵带箭的骏马，是唐太宗于武德四年（621）平定洛阳时所乘名马飒露紫的石刻浮雕像，为昭陵六骏中的代表杰作〕，还有一匹鸵鸟，则办法简直前无古人。现今在坟墓上不待言，即平常的绘画，可有人敢用一朵洋花一只洋鸟，即私人的印章，可有人肯用一个草书一个俗字么？许多雅人，连记年月也必是甲子，怕用民国纪元。不知道是没有如此大胆的艺术家；还是虽有而民众都加迫害，他于是乎只得萎缩死掉了？

宋的文艺，现在似的国粹气味就熏人。然而辽金元陆续进来了，这消息很耐寻味。汉唐虽然也有边患，但魄力究竟雄大，人民具有不至于为异族奴隶的自信心，或者竟毫未想到，凡取用外来事物的时候，就如将被俘来一样，自由驱使，绝不介怀。一到衰敝陵夷之际，神经可就衰弱过敏了，每遇外国东西，便觉得仿佛彼来俘我一样，推拒、惶恐、退缩、逃避，抖成一团，又必想

一篇道理来掩饰，而国粹遂成为屏王和屏奴的宝贝。

　　无论从那里来的，只要是食物，壮健者大抵就无需思索，承认是吃的东西。唯有衰病的，却总常想到害胃，伤身，特有许多禁条，许多避忌；还有一大套比较厉害而终于不得要领的理由，例如吃固无妨，而不吃尤稳，食之或当有益，然究以不吃为宜云云之类。但这一类人物总要日见其衰弱的，因为他终日战战兢兢，自己先已失了活气了。

　　不知道南宋比现今如何，但对外敌，却明明已经称臣，惟独在国内特多繁文缛节以及唠叨的碎话。正如倒霉人物，偏多忌讳一般，豁达闳大之风消歇净尽了。直到后来，都没有什么大变化。我曾在古物陈列所所陈列的古画上看见一颗印文，是几个罗马字母。但那是所谓"我圣祖仁皇帝"（"圣祖仁皇帝"指清朝康熙皇帝玄烨）的印，是征服了汉族的主人，所以他敢；汉族的奴才是不敢的。便是现在，便是艺术家，可有敢用洋文的印的么？

　　清顺治中，时宪书（时宪书，即历书。清代因避高宗弘历的名讳，改称历书为时宪书）上印有"依西洋新法"五个字，痛哭流涕来劾洋人汤若望的偏是汉人杨光先。直到康熙初，争胜了，就教他做钦天监正去，则又叩阍以"但知推步之理不知推步之数"辞。不准辞，则又痛哭流涕地来做《不得已》，说道"宁可使中夏无好历法，不可使中夏有西洋人"。然而终于连闰月都算错了，他大约以为好历法专属于西洋人，中夏人自己是学不得，也学不好的。但他竟论了大辟，可是没有杀，放归，死于途中了。汤若望入中国还在明崇祯初，其法终未见用；后来阮元［阮元（1764—1849）字伯元，号芸台，江苏仪征人，清代学者］论

198

之曰："明季君臣以大统浸疏，开局修正，既知新法之密，而讫未施行。圣朝定鼎，以其法造时宪书，颁行天下。彼十余年辩论翻译之劳，若以备我朝之采用者，斯亦奇矣！……我国家圣圣相传，用人行政，惟求其是，而不先设成心。即是一端，可以仰见如天之度量矣！"（《畴人传》四十五）

现在流传的古镜们，出自冢中者居多，原是殉葬品。但我也有一面日用镜，薄而且大，规抚汉制，也许是唐代的东西。那证据是：一，镜鼻已多磨损；二，镜面的沙眼都用别的铜来补好了。当时在妆阁中，曾照唐人的额黄和眉绿，现在却监禁在我的衣箱里，它或者大有今昔之感罢。

但铜镜的供用，大约道光咸丰时候还与玻璃镜并行；至于穷乡僻壤，也许至今还用着。我们那里，则除了婚丧仪式之外，全被玻璃镜驱逐了。然而也还有余烈可寻，倘街头遇见一位老翁，肩了长凳似的东西，上面缚着一块猪肝色石和一块青色石，试伫听他的叫喊，就是："磨镜，磨剪刀！"

宋镜我没有见过好的，什九并无藻饰，只有店号或"正其衣冠"等类的迂铭词，真是"世风日下"。但是要进步或不退步，总须时时自出心裁，至少也必取材异域，倘若各种顾忌，各种小心，各种唠叨，这么做即违了祖宗，那么做又像了夷狄，终生惴惴如在薄冰上，发抖尚且来不及，怎么会做出好东西来？所以事实上"今不如古"者，正因为有许多唠叨着"今不如古"的诸位先生们之故。现在情形还如此。倘再不放开度量，大胆地，无畏地，将新文化尽量地吸收，则杨光先似的向西洋主人沥陈中夏的精神文明的时候，大概是不劳久待的罢。

但我向来没有遇见过一个排斥玻璃镜子的人。单知道咸丰年间，汪曰桢先生却在他的大著《湖雅》里攻击过的。他加以比较研究之后，终于决定还是铜镜好。最不可解的是：他说，照起面貌来，玻璃镜不如铜镜之准确。莫非那时的玻璃镜当真坏到如此，还是因为他老先生又戴上了国粹眼镜之故呢？我没有见过古玻璃镜。这一点终于猜不透。

一九二五年二月九日
本篇最初发表于一九二五年三月二日
《语丝》周刊第 16 期

论辩的魂灵

二十年前到黑市，买得一张符，名叫"鬼画符"。虽然不过一团糟，但贴在壁上看起来，却随时显出各样的文字，是处世的宝训，立身的金箴。今年又到黑市去，又买得一张符，也是"鬼画符"。但贴了起来看，也还是那一张，并不见什么增补和修改。今夜看出来的大题目是"论辩的魂灵"，细注道："祖传老年中年青年'逻辑'扶乩灭洋必胜妙法太上老君急急如律令敕。"今谨摘录数条，以公同好——

"洋奴会说洋话。你主张读洋书，就是洋奴，人格破产了！受人格破产的洋奴崇拜的洋书，其价值从可知矣！但我读洋文是学校的课程，是政府的功令，反对者，即反对政府也。无父无君之无政府党，人人得而诛之。"

"你说中国不好。你是外国人么？为什么不到外国去？可惜外国人看你不起……"

　　"你说甲生疮。甲是中国人，你就是说中国人生疮了。既然中国人生疮，你是中国人，就是你也生疮了。你既然也生疮，你就和甲一样。而你只说甲生疮，则竟无自知之明，你的话还有什么价值？倘你没有生疮，是说诳也。卖国贼是说诳的，所以你是卖国贼。我骂卖国贼，所以我是爱国者。爱国者的话是最有价值的，所以我的话是不错的，我的话既然不错，你就是卖国贼无疑了！"

　　"自由结婚未免太过激了。其实，我也并非老顽固，中国提倡女学的还是我第一个。但他们却太趋极端了，太趋极端，即有亡国之祸，所以气得我偏要说'男女授受不亲'。况且，凡事不可过激；过激派都主张共妻主义的。乙赞成自由结婚，不就是主张共妻主义么？他既然主张共妻主义，就应该先将他的妻拿出来给我们'共'。"

　　"丙讲革命是为的要图利：不为图利，为什么要讲革命？我亲眼看见他三千七百九十一箱半的现金抬进门。你说不然，反对我么？那么，你就是他的同党。呜呼，党同伐异之风，于今为烈，提倡欧化者不得辞其咎矣！"

　　"丁牺牲了性命，乃是闹得一塌糊涂，活不下去了的缘故。现在妄称志士，请君切勿为其所愚。况且，中国不是更坏了么？"

　　"戊能算什么英雄呢？听说，一声爆竹，他也会吃惊。还怕爆竹，能听枪炮声么？怕听枪炮声，打起仗来不要逃跑么？打起仗来就逃跑的反称英雄，所以中国糟透了。"

　　"你自以为是'人'，我却以为非也。我是畜类，现在我就叫你爹爹。你既然是畜类的爹爹，当然也就是畜类了。"

勿用惊叹符号，这是足以亡国的［关于用惊叹符号足以亡国的论调，见《心理杂志》第三卷第二号（一九二四年四月）张耀翔的《新诗人的情绪》一文，其中统计了当时出版的一些新诗集里的惊叹号（!），说这种符号"缩小看像许多细菌，放大看像几排弹丸"，是消极、悲观、厌世等情绪的表现，因而认为多用惊叹号的白话诗都是"亡国之音"］但我所用几个在例外。

中庸太太提起笔来，取精神文明精髓，作明哲保身大吉大利格言二句云：

"中学为体西学用，

不薄今人爱古人。"

本篇最初发表于一九二五年三月九日

北京《语丝》第 17 期

长　城

伟大的长城！

这工程，虽在地图上也还有它的小像，凡是世界上稍有知识的人们，大概都知道的罢。

其实，从来不过徒然役死许多工人而已，胡人何尝挡得住？现在不过一种古迹了，但一时也不会灭尽，或者还要保存它。

我总觉得周围有长城围绕。这长城的构成材料，是旧有的古砖和补添的新砖。两种东西联为一气造成了城壁，将人们包围。

何时才不给长城添新砖呢？

这伟大而可诅咒的长城！

五月十一日

本篇最初发表于一九二五年五月十五日

《莽原》周刊

从胡须说到牙齿

1

一翻《呐喊》，才又记得我曾在中华民国九年双十节的前几天做过一篇《头发的故事》；去年，距今快要一整年了罢，那时是《语丝》（《语丝》文艺性周刊，最初由孙伏园等编辑。一九二四年十一月十七日创刊于北京。一九二七年十月被奉系军阀张作霖查禁，随后移至上海续刊。鲁迅是主要撰稿人和支持者之一，并于该刊在上海出版后一度担任编辑。）出世未久，我又曾为它写了一篇《说胡须》。实在似乎很有些章士钊之所谓（"每况愈下"原作"每下愈况"，见《庄子·知北游》。章太炎《新方言·释词》："愈况，犹愈甚也"。后人引用常误作"每况愈下"，章士钊也曾用错）了——自然，这一句成语，也并不是章士钊首先用错的，但因为他既以擅长旧学自居，我又正在给他打官司，所以就栽在他身上。当时就听说——或者也是时行的"流言"——一位北京大学的名教授就愤慨过，以为从胡须说起，一直说下去，将来就要说到屁股，则于是乎便和上海的《晶报》[《晶报》，当时上海小报。原为《神州日报》的副刊，一九一九年三月单独出版。下文所说《太阳晒屁股赋》，是张丹（延礼）写的一篇滑稽文章，发表于一九一七年四月二十六日《神州日报》副刊] 一样了。为什么呢？这须是熟精今典的人们才知道，后进的"束发小生"（"束发小生"，这是章士钊常用的轻视青年学生的一句话）是不容易了然的。因为《晶报》上曾经登过一篇《太阳晒屁股赋》，屁股和胡须又都是人身的一部分，既说此部，即难免不说彼部，正如看见洗脸的人，敏捷而聪明的学者即能推见他一直洗下去，将来一定要洗到屁股。所以有志于做 gentleman 者，为防微杜渐起见，应该在背后给一顿奚落的——如果说此外还有深意，那我可不得而知了。

昔者窃闻之：欧美的文明人讳言下体以及和下体略有渊源的事物。假如以生殖器为中心而画一正圆形，则凡在圆周以内者均在讳言之列；而圆之半径，则美国者大于英。中国的下等人，是不讳言的；古之上等人似乎也不讳，所以虽是公子而可以名为黑臀（黑臀，春秋时晋成公的名字）。讳之始，不知在什么时候；而将英美的半径放大，直至于口鼻之间或更在其上，则昉于一千九百二十四年秋。

文人墨客大概是感性太锐敏了之故罢，向来就很娇气，什么也给他说不得，见不得，听不得，想不得。道学先生于是乎从而禁之，虽然很像背道而驰，其实倒是心心相印。然而他们还是一看见堂客的手帕或者姨太太的荒冢就要做诗。我现在虽然也弄弄笔墨做白话文，但才气却仿佛早经注定是该在"水平线"（"水平线"，这是从当时现代评论社出版的《现代丛书》广告中引用来的:"《现代丛书》中不会有一本无价值的书,一本读不懂的书,一本在水平线下的书。")之下似的,所以看见手帕或荒冢之类,倒无动于衷;只记得在解剖室里第一次要在女性的尸体上动刀的时候,可似乎略有做诗之意——但是,不过"之意"而已,并没有诗,读者幸勿误会,以为我有诗集将要精装行世,传之其人,先在此预告。后来,也就连"之意"都没有了,大约是因为见惯了的缘故罢,正如下等人的说惯一样。否则,也许现在不但不敢说胡须,而且简直非"人之初性本善论"或"天地玄黄赋"便不屑做。遥想土耳其革命后,撕去女人的面目,是多么下等的事?呜呼,她们已将嘴巴露出,将来一定要光着屁股走路了!

2

虽然有人数我为"无病呻吟"党之一。但我以为自家有病自家知,旁人大概是不很能够明白底细的。倘没有病,谁来呻吟?如果竟要呻吟,那就已经有了呻吟病了。无法可医——但模仿自然又是例外。即如白胡须直至屁股等辈,倘使相安无事,谁爱去纪念它们;我们平居无事时,从不想到自己的头、手、脚以至脚底心。待到慨然于"头颅谁斫","髀肉(又说下去了,尚希绅士淑女恕之)复生"("头颅谁斫",据《资治通鉴》卷一八五记载,隋炀帝感到统治局面不稳时,曾"引镜自照,顾谓萧后曰:'好头颈,谁当斫之?'""髀肉复生",《三国志·蜀书·先主纪》的注文中曾引《九州春秋》说,刘备投靠荆州牧刘表时,因无用武之地,久不乘马,他"见髀里肉生",就"慨然流涕"。)的时候,是早已别有缘故的了,所以,"呻吟"。而批评家们曰:"无病"。我实在艳羡他们的健康。

譬如腋下和胯间的毫毛，向来不很肇祸，所以也没有人引为题目，来呻吟一通。头发便不然了，不但白发数茎，能使老先生揽镜慨然，赶紧拔去；清初还因此杀了许多人。民国既经成立，辫子总算剪定了，即使保不定将来要翻出怎样的花样来，但目下总不妨说是已经告一段落。于是我对于自己的头发，也就淡然若忘，而况女子应否剪发的问题呢，因为我并不预备制造桂花油或贩卖烫剪：事不干己，是无所容心于其间的。但到民国九年，寄住在我的寓里的一位小姐考进高等女子师范学校去了，而她是剪了头发的，再没有法可梳盘龙髻或 S 髻。到这时，我才知道虽然已是民国九年，而有些人只嫉视剪发的女子，竟和清朝末年之嫉视剪发的男子相同；校长 M 先生虽被天夺其魄，自己的头顶秃到近乎精光了，却偏以为女子的头发可系千钧，示意要她留起。设法去疏通了几回，没有效，连我也听得麻烦起来，于是乎"感慨系之矣"了，随口呻吟了一篇《头发的故事》。但是，不知怎的，她后来竟居然并不留长，现在还是蓬蓬松松的在北京道上走。

本来，也可以无须说下去了，然而连胡须样式都不自由，也是我平生的一件感愤，要时时想到的。胡须的有无、式样、长短，我以为除了直接受着影响的人以外，是毫无容喙的权利和义务的，而有些人们偏要越俎代谋，说些无聊的废话，这真和女子非梳头不可的教育，"奇装异服"者要抓进警厅去办罪的政治一样离奇。要人没有反拨，总须不加刺激；乡下人捉进知县衙门去，打完屁股之后，叩一个头道："谢大老爷!"这情形是特异的中国民族所特有的。

不料恰恰一周年，我的牙齿又发生问题了，这当然就要说牙齿。这回虽然并非说下去，而是说进去，但牙齿之后是咽喉，下面是食道、胃、大小肠、直肠，和吃饭很有相关，仍将为大雅所不齿；更何况直肠的邻近还有膀胱呢，呜呼！

3

中华民国十四年十月二十七日，即夏历之重九，国民因为主张关税自主，游行示威了。但巡警却断绝交通，至于发生冲突，据说两面"互有死伤"。次日，几种报章（《社会日报》、《世界日报》、《舆论报》、《益世报》、《顺天时报》等）的新闻中就有这样的话：

学生被打伤者，有吴兴身（第一英文学校），头部刀伤甚重……周树人（北大教员）齿受伤，脱门牙二。其他尚未接有报告……

这样还不够，第二天，《社会日报》、《舆论报》、《黄报》、《顺天时报》又道：

……游行群众方面，北大教授周树人（即鲁迅）门牙确落两个……

舆论也好，指导社会机关也好，"确"也好，不确也好，我是没有修书更正的闲情别致的。但被害苦的是先有许多学生们，次日我到 L 学校（L 学校，指北京黎明中学。一九二五年鲁迅曾在该校教课一学期）去上课，缺席的学生就有二十余，他们想不至于因为我被打落门牙，即以为讲义也跌了价的，大概是预料我一定请病假。还有几个尝见和未见的朋友，或则面问，或则函问；尤其是朋其君，先行肉薄中央医院，不得，又到我的家里，目睹门牙无恙，这才重回东城，而"昊天不吊"（"昊天不吊"，语见《左传》哀公十六年）竟刮起大风来了。

假使我真被打落两个门牙，倒也大可以略平"整顿学风"（"整顿学风"，一九二五年五卅事件后，北京学生纷纷举行罢课，声援上海工人的反帝爱国斗争。为了镇压学生爱国运动，教育总长章士钊草拟了"整顿学风令"，由段祺瑞执政府明令发布）者和其党徒之气罢；或者算是说了胡须的报应——因为有说下去之嫌，所以该得报应——依博爱家言，本来也未始不是一举两得的事。但可惜那一天我竟不在场。我之所以不到场者，并非遵了胡适教授的指示在研究室里用功，也不是从了江绍原教授的忠告在推敲作品，更不是依着易卜生博士的遗训正在"救出自己"；惭愧我全没有做那些大工作，从实招供起来，不过是整天躺在窗下的床上而已。为什么呢？曰：生些小病，非有他也。

然而我的门牙，却是"确落两个"的。

4

这也是自家有病自家知的一例，如果牙齿健全的，决不会知道牙痛的人的苦楚，只见他歪着嘴角吸风，模样着实可笑。自从盘古开辟天地以来，中国就未曾发明过一种止牙痛的好方法，现在虽然很有些什么"西法镶牙补眼"的了，但大概不过学了一点皮毛，连消毒去腐的粗浅道理也不明白。以北京而论，以中国自家的牙医而论，只有几个留美出身的博士是好的，但是，yes，贵不可言。至于穷乡僻壤，却连皮毛家也没有，倘使不幸而牙痛，又不安本分而想医好，怕只好去叩求城隍土地爷爷罢。

我从小就是牙痛党之一，并非故意和牙齿不痛的正人君子们立异，实在是"欲罢不能"。听说牙齿的性质的好坏，也有遗传的，那么，这就是我的父亲赏给我的一份遗产，因为他牙齿也很坏。于是或蛀，或破……终于牙龈上出血了，无法收拾；住的又是小城，并无牙医。那时也想不到天下有所谓"西法……"也者，唯有《验方新编》是唯一的救星；然而试尽"验方"都不验。后来，一个善士传给我一个秘方：择日将栗子风干，日日食之，神效。应择那一日，现在已经忘却了，好在这秘方的结果不过是吃栗子，随时可以风干的，我们也无须再费神去查考。自此之后，我才正式看中医，服汤药，可惜中医仿佛也束手了，据说这是叫"牙损"，难治得很呢。还记得有一天一个长辈斥责我，说，因为不自爱，所以会生这病的；医生能有什么法？我不解，但从此不再向人提起牙齿的事了，似乎这病是我的一件耻辱。如此者久而久之，直至我到日本的长崎，再去寻牙医，他给我刮去了牙后面的所谓"齿袱"，这才不再出血了，花去的医费是两元，时间是约一小时以内。

我后来也看看中国的医药书，忽而发现触目惊心的学说了。它说，齿是属于肾的，"牙损"的原因是"阴亏"。我这才顿然悟出先前的所以得到申斥的原因来，原来是它们在这里这样诬陷我。到现在，即使有人说中医怎样可靠，单方怎样灵，我还都不信。自然，其中大半是因为他们耽误了我的父亲的病的缘故罢，但怕也很挟带些切肤之痛的自己的私怨。

事情还很多哩，假使我有 Victor Hugo〔Victor Hugo，雨果（1802—1885），法国作家。《Les Misérables》，《悲惨世界》，长篇小说，雨果的代表作之一〕先生的文才，也许因此可以写出一部《Les Misérables》的续集。然而岂但没有而已么，遭难的又是自家的牙齿，向人分送自己的冤单，是不大合适的，虽然所有文章，几乎十之九是自身的暗中的辩护。现在还不如迈开大步一跳，一径来说"门牙确落两个"的事吧：

袁世凯也如一切儒者一样，最主张尊孔。做了离奇的古衣冠，盛行祭孔的时候，大概是要做皇帝以前的一两年。自此以来，相承不废，但也因秉政者的变换，仪式上，尤其是行礼之状有些不同：大概自以为维新者出则西装而鞠躬，尊古者兴则古装而顿首。我曾经是教育部的佥事，因为"区区"（"区区"佥事，作者从一九一二年八月起在教育部任佥事，一九二五年因支持北京女师大学生驱逐校长杨荫榆的运动，被教育总长章士钊非法免职，作者曾在平政院提出控告。当时有人说他因为失了"区区佥事"就反对章士钊，器量狭小，没有"学者的态度"等等）所以还不入鞠躬或顿首之列的；但届春秋二祭，仍不免要被派去做执事。执事者，将所谓"帛"或"爵"递给鞠躬或顿首之诸公的听差之谓也。民国十一年秋，我"执事"后坐车回寓去，既是北京，又是秋，又是清早，天气很冷，所以我穿着厚外套，戴了手套的手是插在衣袋里的。那车夫，我相信他是因为瞌睡、糊涂，决非章士钊党；但他却在中途用了所谓"非常处分"，以"迅雷不及掩耳之手段"，自己跌倒了，并将我从车上摔出。我手在袋里，来不及抵按，结果便自然只好和地母接吻，以门牙为牺牲了。于是无门牙而讲书者半年，补好于十二年之夏，所以现在使朋其君一见放心，释然回去的两个，其实却是假的。

5

孔二先生说："虽有周公之才之美，使骄且吝，其余，不足

210

观也矣。"这话，我确是曾经读过的，也十分佩服。所以如果打落了两个门牙，借此能给若干人们从旁快意，"痛快"，倒也毫无吝惜之心。而无如门牙，只有这几个，而且早经脱落何？但是将前事拉成今事，却也是不甚愿意的事，因为有些事情，我还要说真实，便只好将别人的"流言"抹杀了，虽然这大抵也以有利于己，至少是无损于己者为限。准此，我便顺手又要将章士钊的将后事拉成前事的胡涂账揭出来。

又是章士钊。我之遇到这个姓名而摇头，实在由来已久；但是，先前总算是为"公"，现在却像憎恶中医一样，仿佛也挟带一点私怨了，因为他"无故"将我免了官，所以，在先已经说过：我正在给他打官司。近来看见他的古文的答辩书了，很斤斤于"无故"之辩，其中有一段：

……又该伪校务维持会擅举该员为委员，该员又不声明否认，显系有意抗阻本部行政，既情理之所难容，亦法律之所不许……不得已于八月十二日，呈请执政将周树人免职，十三日由执政明令照准……

于是乎我也"之乎者也"地驳掉他：

查校务维持会公举树人为委员，系在八月十三日，而该总长呈请免职，据称在十二日。岂先预知将举树人为委员而先为免职之罪名耶？……

其实，那些什么"答辩书"也不过是中国的胡牵乱扯的照例的成法，章士钊未必一定如此胡涂；假使真只胡涂，倒还不失为胡涂人，但他是知道舞文玩法的。他自己说过："挽近政治。内包甚复。一端之起。其真意往往难于迹象求之。执法抗争。不过迹象间事……"所以倘若事不干己，则与其听他说政法，谈逻辑，实在远不如看《太阳晒屁股赋》，因为欺人之意，这些赋里倒没有的。

离题愈说愈远了：这并不是我的身体的一部分。现在即此收住，将来说到那里，且看民国十五年秋罢。

一九二五年十月三十日

本篇最初发表于一九二五年十一月九日

《语丝》周刊第 52 期

略论中国人的脸

大约人们一遇到不大看惯的东西，总不免以为他古怪。我还记得初看见西洋人的时候，就觉得他脸太白，头发太黄，眼珠太淡，鼻梁太高。虽然不能明明白白地说出理由来，但总而言之：相貌不应该如此。至于对于中国人的脸，是毫无异议；即使有好丑之别，然而都不错的。

我们的古人，倒似乎并不放松自己中国人的相貌。周的孟轲就用眸子来判胸中的正不正，汉朝还有《相人》二十四卷。后来闹这玩意儿得尤其多；分起来，可以说有两派罢：一是从脸上看出他的智愚贤不肖；一是从脸上看出他过去、现在和将来的荣枯。于是天下纷纷，从此多事，许多人就都战战兢兢地研究自己的脸。我想，镜子的发明，恐怕这些人和小姐们是大有功劳的。不过近来前一派已经不大有人讲究，在北京上海这些地方捣鬼的都只是后一派了。

我一向只留心西洋人。留心的结果，又觉得他们的皮肤未免太粗；毫毛有白色的，也不好。皮上常有红点，即因为颜色太白之故，倒不如我们之黄。尤其不好的是红鼻子，有时简直像是将要熔化的蜡烛油，仿佛就要滴下来，使人看得栗栗危惧，也不及黄色人种的较为隐晦，也见得较为安全。总而言之：相貌还是不应该如此的。

后来，我看见西洋人所画的中国人，才知道他们对于我们的相貌也很不敬。那似乎是《天方夜谭》或者《安徒生童话》中的插画，现在不很记得清楚了。头上戴着拖花翎的红缨帽，一条辫子在空中飞扬，朝靴的粉底非常之厚。但这些都是满洲人连累我们的。独有两眼歪斜，张嘴露齿，却是我们自己本来的相貌。不过我那时想，其实并不尽然，外国人特地要奚落我们，所以格外形容得过度了。

但此后对于中国一部分人们的相貌，我也逐渐感到一种不满，就是他们每看见不常见的事件或华丽的女人，听到有些醉心的说话的时候，下巴总要慢慢挂下，将嘴张了开来。这实在不大雅观；仿佛精神上缺少着一样什么机件。据研究人体的学者们说，一头附着在上颚骨上，那一头附着在下颚骨上的"咬筋"，力量是非常之大的。我们幼小时候想吃核桃，必须放在门缝里将它的壳夹碎。但在成人，只要牙齿好，那咬筋一收缩，便能咬碎一个核桃。有着这么大的力量的筋，有时竟不能收住一个并不沉重的自己的下巴，虽然正在看得出神的时候，倒也情有可原，但我总以为究竟不是十分体面的事。

日本的长谷川如是闲是善于做讽刺文字的。去年我见过他的一本随笔集，叫做《猫·狗·人》；其中有一篇就说到中国人的脸。大意是初见中国人，即令人感到较之日本人或西洋人，脸上总欠缺着一点什么。久而久之，看惯了，便觉得这样已经尽够，并不缺少东西；倒是看得西洋人之流的脸上，多余着一点什么。这多余着的东西，他就给它一个不大高妙的名目：兽性。中国人的脸上没有这个，是人，则加上多余的东西，即成了下列的算式：

$$人 + 兽性 = 西洋人$$

他借了称赞中国人，贬斥西洋人，来讥刺日本人的目的，这样就达到了，自然不必再说这兽性的不见于中国人的脸上，是本来没有的呢，还是现在已经消除。如果是后来消除的，那么，是渐渐净尽而只剩下了人性的呢，还是不过渐渐成了驯顺。野牛成为家牛，野猪成为猪，狼成为狗，野性是消失了，但只足使牧人喜欢，于本身并无好处。人不过是人，不再夹杂着别的东西，当然再好没有了。倘不得已，我以为还不如带些兽性，如果合于下列的算式倒是不很有趣的：

$$人 + 家畜性 = 某一种人$$

中国人的脸上真可有兽性的记号的疑案，暂且中止讨论罢。我只要说近来却在中国人所理想的古今人的脸上，看见了两种多余。一到广州，我觉得比我所从来的厦门丰富得多的，是电影，而且大半是"国片"，有古装的，有时装的。因为电影是"艺术"，所以电影艺术家便将这两种多余加上去了。

古装的电影也可以说是好看，那好看不下于看戏；至少，决不至于有大锣大鼓将人的耳朵震聋。在"银幕"上，则有身穿不知何时何代的衣服的人物，缓慢地动作；脸正如古人一般死，因为要显得活，便只好加上些旧式戏子的昏庸。

时装人物的脸，只要见过清朝光绪年间上海的吴友如的《画报》的，便会觉得神态非常相像。《画报》所画的大抵不是流氓拆梢，便是妓女吃醋，所以脸相都狡猾。这精神似乎至今不变，国产影片中的人物，虽是作者以为善人杰士者，眉宇间也总带些上海洋场式的狡猾。可见不如此，是连善人杰士也做不成的。

听说，国产影片之所以多，是因为华侨欢迎，能够获利，每一新片到，老的便带了孩子去指点给他们看道："看哪，我们的祖国的人们是这样的。"在广州似乎也受欢迎，日夜四场，我常见看客坐得满满。

广州现在也如上海一样，正在这样地修养他们的趣味。可惜电影一开演，电灯一定熄灭，我不能看见人们的下巴。

四月六日

本篇最初发表于一九二七年十一月二十五日
北京《莽原》半月刊第 2 卷第 21、22 期合刊

文学和出汗

上海的教授对人讲文学，以为文学当描写永远不变的人性，否则便不久长（指梁实秋。他在一九二六年十月二十七、二十八日《晨报副刊》发表的《文学批评辩》一文中说："物质的状态是变动的，人生的态度是歧异的；但人性的质素是普遍的，文学

的品位是固定的。所以伟大的文学作品能禁得起时代和地域的试验。《依里亚德》在今天尚有人读,莎士比亚的戏剧,到现在还有人演,因为普遍的人性是一切伟大的作品之基础。")例如英国,莎士比亚和别的一两个人所写的是永久不变的人性,所以至今流传,其余的不这样,就都消灭了云。

这真是所谓"你不说我倒还明白,你越说我越糊涂"了。英国有许多先前的文章不流传,我想,这是总会有的,但竟没有想到它们的消灭,乃因为不写永久不变的人性。现在既然知道了这一层,却更不解它们既已消灭,现在的教授何从看见,却居然断定它们所写的都不是永久不变的人性了。

只要流传的便是好文学,只要消灭的便是坏文学;抢得天下的便是王,抢不到天下的便是贼。莫非中国式的历史论,也将沟通了中国人的文学论欤?

而且,人性是永久不变的么?

类人猿、类猿人、原人、古人、今人、未来的人……如果生物真会进化,人性就不能永久不变。不说类猿人,就是原人的脾气,我们大约就很难猜得着的,则我们的脾气,恐怕未来的人也未必会明白。要写永久不变的人性,实在难哪。

譬如出汗罢,我想,似乎于古有之,于今也有,将来一定暂时也还有,该可以算得较为"永久不变的人性"了。然而"弱不禁风"的小姐出的是香汗,"蠢笨如牛"的工人出的是臭汗。不知道倘要做长留世上的文字,要充长留世上的文学家,是描写香汗好呢,还是描写臭汗?这问题倘不先行解决,则在将来文学史上的位置,委实是"岌岌乎殆哉"。

216

听说，例如英国，那小说，先前是大抵写给太太小姐们看的，其中自然是香汗多；到十九世纪后半，受了俄国文学的影响，就很有些臭汗气了。那一种的命长，现在似乎还在不可知之数。

在中国，从道士听论道，从批评家听谈文，都令人毛孔痉挛，汗不敢出。然而这也许倒是中国的"永久不变的人性"罢。

二七，一二，二三

本篇最初发表于一九二八年一月十四日

《语丝》周刊第4卷第5期

谈所谓"大内档案"

所谓"大内档案"这东西，在清朝的内阁里积存了三百多年，在孔庙里塞了十多年，谁也一声不响。自从历史博物馆将这残余卖给纸铺子，纸铺子转卖给罗振玉，罗振玉转卖给日本人，于是乎大有号啕之声，仿佛国宝已失，国脉随之似的。前几年，我也曾见过几个人的议论，所记得的一个是金梁，登在《东方杂志》上；还有罗振玉和王国维，随时发感慨。最近的是《北新半月刊》上的《论档案的售出》，蒋彝潜先生做的。

我觉得他们的议论都不大确。金梁，本是杭州的驻防旗人，早先主张排汉的，民国以来，便算是遗老了，凡有民国所做的事，他自然都以为很可恶。罗振玉呢，也算是遗老，曾经立誓不见国门，而后来仆仆京津间，痛责后生不好古，而偏将古董卖给外国人的，只要看他的题跋，大抵有"广告"气扑鼻，便知道

217

"于意云何"了。独有王国维已经在水里将遗老生活结束，是老实人；但他的感喟，却往往和罗振玉一鼻孔出气，虽然所出的气，有真假之分。所以他被弄成夹广告的 Sandwich，是常有的事，因为他老实到像火腿一般。蒋先生是例外，我看并非遗老，只因为 sentimental 一点，所以受了罗振玉辈的骗了。你想，他要将这卖给日本人，肯说这不是宝贝的么？

那么，这不是好东西么？不好，怎么你也要买，我也要买呢？我想，这是谁也要发的质问。

答曰：唯唯，否否。这正如败落大户家里的一堆废纸，说好也行，说无用也行的。因为是废纸，所以无用；因为是败落大户家里的，所以也许夹些好东西。况且这所谓好与不好，也因人的看法而不同，我的寓所近旁的一个垃圾箱，里面都是住户所弃的无用的东西，但我看见早上总有几个背着竹篮的人，从那里面一片一片，一块一块，捡了什么东西去了，还有用。更何况现在的时候，皇帝也还尊贵，只要在"大内"里放几天，或者带一个"宫"字，就容易使人另眼相看的，这真是说也不信，虽然在民国。

"大内档案"也者，据深通"国朝"掌故的罗遗老说，是他的"国朝"时堆在内阁里的乱纸，大家主张焚弃，经他力争，这才保留下来的。但到他的"国朝"退位，民国元年我到北京的时候，它们已经被装为八千（？）麻袋，塞在孔庙之中的敬一亭里了，的确满满地埋满了大半亭子。其时孔庙里设了一个历史博物馆筹备处，处长是胡玉缙先生。"筹备处"云者，即里面并无"历史博物"的意思。

我却在教育部，因此也就和麻袋们发生了一点关系，眼见它

218

们的升沉隐显。可气可笑的事是有的，但多是小玩意；后来看见外面的议论说得天花乱坠起来，也颇想做几句记事，叙出我所目睹的情节。可是胆子小，因为牵涉着的阔人很有几个，没有敢动笔。这是我的"世故"，在中国做人，骂民族，骂国家，骂社会，骂团体……都可以的，但不可涉及个人，有名有姓。广州的一种期刊上说我只打叭儿狗，不骂军阀。殊不知我正因为骂了叭儿狗，这才有逃出北京的运命。泛骂军阀，谁来管呢？军阀是不看杂志的，就靠叭儿狗嗅，候补叭儿狗吠。阿，说下去又不好了，赶快带住。

　　现在是寓在南方，大约不妨说几句了，这些事情，将来恐怕也未必另外有人说。但我对于有关面子的人物，仍然都不用真姓名，将罗马字来替代。既非欧化，也不是"隐恶扬善"，只不过"远害全身"。这也是我的"世故"，不要以为自己在南方，他们在北方，或者不知所在，就小觑他们。他们是突然会在你眼前阔起来的，真是神奇得很。这时候，恐怕就会死得连自己也莫明其妙了。所以要稳当，最好是不说。但我现在来"折中"，既非不说，而不尽说，而代以罗马字——如果这样还不妥，那么，也只好听天由命了。上帝安我魂灵！

　　却说这些麻袋们躺在敬一亭里，就很令历史博物馆筹备处长胡玉缙先生担忧，日夜提防工役们放火。为什么呢？这事谈起来可有些繁复了。弄些所谓"国学"的人大概都知道，胡先生原是南菁书院的高材生，不但深研旧学，并且博识前朝掌故的。他知道清朝武英殿里藏过一副铜活字，后来太监们你也偷，我也偷，偷得"不亦乐乎"，待到王爷们似乎要来查考的时候，就放了一把火。自然，连武英殿也没有了，更何况铜活字的多少。而不幸敬一亭中的麻袋，也仿佛常常减少，工役们不是国学家，所以他将内容的宝贝倒在地上，单拿麻袋去卖钱。胡先生因此想到武英殿失火的故事，生怕麻袋缺得多了之后，敬一亭也照例烧起来；就到教育部去商议一个迁移，或整理，或销毁的办法。

专管这一类事情的是社会教育司，然而司长是夏曾佑先生。弄些什么"国学"的人大概也都知道的，我们不必看他另外的论文，只要看他所编的两本《中国历史教科书》，就知道他看中国人有怎地清楚。他是知道中国的一切事万不可"办"的；即如档案罢，任其自然，烂掉，霉掉，蛀掉，偷掉，甚而至于烧掉，倒是天下太平；倘一加人为，一"办"，那就舆论沸腾，不可开交了。结果是办事的人成为众矢之的，谣言和诽谤，百口也分不清。所以他的主张是"这个东西万万动不得"。

这两位熟于掌故的"要办"和"不办"的老先生，从此都知道各人的意思，说说笑笑……但竟拖延下去了。于是麻袋们又安稳地躺了十来年。

这回是F先生来做教育总长了，他是藏书和"考古"的名人。我想，他一定听到了什么谣言，以为麻袋里定有好的宋版书——"海内孤本"。这一类谣言是常有的，我早先还听得人说，其中且有什么妃的绣鞋和什么王的头骨哩。有一天，他就发一个命令，教我和G主事试看麻袋。即日搬了二十个到西花厅，我们俩在尘埃中看宝贝，大抵是贺表，黄绫封，要说好是也可以说好的，但太多了，倒觉得不稀奇。还有奏章，小刑名案子居多，文字是半满半汉，只有几个是也特别的，但满眼都是了，也觉得讨厌。殿试卷是一本也没有；另有几箱，原在教育部，不过都是二

220

三甲的卷子，听说名次高一点的在清朝便已被人偷去了，何况乎状元。至于宋版书呢，有是有的，或则破烂的半本，或是撕破的几张。也有清初的黄榜，也有实录的稿本。朝鲜的贺正表，我记得也发现过一张。

我们后来又看了两天，麻袋的数目，记不清楚了，但奇怪，这时以考察欧美教育驰誉的 Y 次长，以讲大话出名的 C 参事，忽然都变为考古家了。他们和 F 总长，都"念兹在兹"（"念兹在兹"，语见《尚书·大禹谟》。念念不忘的意思）在尘埃中间和破纸旁边离不开。凡有我们捡起在桌上的，他们总要拿进去，说是去看看。等到送还的时候，往往比原先要少一点，上帝在上，那倒是真的。

大约是几页宋版书作怪罢，F 总长要大举整理了，另派了部员几十人，我倒幸而不在内。其时历史博物馆筹备处已经迁在午门，处长早换了 YT；麻袋们便在午门上被整理。YT 是一个旗人，京腔说得极漂亮，文字从来不谈的，但是，奇怪之至，他竟也忽然变成考古家了，对于此道津津有味。后来还珍藏着一本宋版的什么《司马法》（《司马法》，古代兵书名，共三卷，旧题齐司马穰苴撰，但实为战国时齐威王诸臣辑古代司马［掌管军政、军赋的官］兵法而成）可惜缺了角，但已经都用古色纸补了起来。

那时的整理法我不大记得了，要之，是分为"保存"和"放弃"，即"有用"和"无用"的两部分。从此几十个部员，即天天在尘埃和破纸中出没，渐渐完工——出没了多少天，我也记不清楚了。"保存"的一部分，后来给北京大学又分了一大部分去。其余的仍藏博物馆。不要的呢，当时是散放在午门的门楼上。

那么，这些不要的东西，应该可以销毁了罢，免得失火。

不，据"高等做官教科书"所指示，不能如此草草的。派部员几十人办理，虽说倘有后患，即应由他们负责，和总长无干，但究竟还只一部，外面说起话来，指摘的还是某部，而非某部的某某人。既然只是"部"，就又不能和总长无干了。

于是办公事，请各部都派员会同再行检查。这宗公事是灵的，不到两星期，各部都派来了，从两个至四个，其中很多的是新从外洋回来的留学生，还穿着崭新的洋服。于是济济跄跄，又在灰土和废纸之间钻来钻去。但是，说也奇怪，好几个崭新的留学生又都忽然变了考古家了，将破烂的纸张、绢片，塞到洋裤袋里——但这是传闻之词，我没有目睹。

这一种仪式既经举行，即倘有后患，各部都该负责，不能超然物外，说风凉话了。从此午门楼上的空气，便再没有先前一般紧张，只见一大群破纸寂寞地铺在地面上，时有一二工役，手执长木棍，搅着，拾取些黄绫表签和别的他们所要的东西。

那么，这些不要的东西，应该可以销毁了罢，免得失火。不。F总长是深通"高等做官学"的，他知道万不可烧，一烧必至于变成宝贝，正如人们一死，讣文上即都是第一等好人一般。况且他的主义本来并不在避火，所以他便不管了，接着，他也就"下野"了。

这些废纸从此便又没有人再提起，直到历史博物馆自行卖掉之后，才又掀起了一阵神秘的风波。

我的话实在也未免有些煞风景，近乎说，这残余的废纸里，已没有什么宝贝似的。那么，外面惊心动魄的什么唐画呀，蜀石经（蜀石经，五代时后蜀皇帝孟昶命宰相毋昭裔楷书《易》、

《诗》、《书》、三《礼》、三《传》、《论》、《孟》等十一经，刻石列于成都学宫。这种石刻经文的拓本，后世称为蜀石经。因为它是历代石经中唯一附有注文的一种，错字也比较少，所以为后来研究经学的人所重视）呀，宋版书呀，何从而来的呢？我想，这也是别人必发的质问。

我想，那是这样的。残余的破纸里，大约总不免有所谓东西留遗，但未必会有蜀刻和宋版，因为这正是大家所注意搜索的。现在好东西的层出不穷者，一，是因为阔人先前陆续偷去的东西，本不敢示人，现在却得了可以发表的机会；二，是许多假造的古董，都挂了出于八千麻袋中的招牌而上市了。

还有，蒋先生以为国立图书馆"五六年来一直到此刻，每次战争的胜来败去总得糟蹋得很多"。那可也不然的。从元年到十五年，每次战争，图书馆从未遭过损失。只当袁世凯称帝时，曾经几乎遭一个皇室中人攘夺，然而幸免了。它的厄运，是在好书被有权者用相似的本子来掉换，年深月久，弄得面目全非，但我不想在这里多说了。

中国公共的东西，实在不容易保存。如果当局者是外行，他便将东西糟完，倘是内行，他便将东西偷完。而其实也并不单是对于书籍或古董。

一九二七，一二，二四

本篇最初发表于一九二八年一月二十八日
《语丝》周刊第 4 卷第 7 期

最艺术的国家

我们中国的最伟大最永久,而且最普遍的"艺术"是男人扮女人。这艺术的可贵,是在于两面光,或谓之"中庸"——男人看见"扮女人",女人看见"男人扮"。表面上是中性,骨子里当然还是男的。然而如果不扮,还成艺术么? 譬如说,中国的固有文化是科举制度,外加捐班(捐班,指不经科举考试,而用钱财换得官职或做官的资格。清代曾明定价格,实行直接用银钱捐官的制度)之类。当初说这太不像民权,不合时代潮流,于是扮成了中华民国。然而这民国年久失修,连招牌都已经剥落殆尽,仿佛花旦脸上的脂粉。同时,老实的民众真个要起政权来了,竟想革掉科甲出身和捐班出身的参政权。这对于民族是不忠,对于祖宗是不孝,实属反动之至。现在早已回到恢复固有文化的"时代潮流",那能放任这种不忠不孝。因此,更不能不重新扮过一次(重新扮过一次,指一九三三年春蒋介石提出"制定宪法草案"和"召开国民大会"。一九三一年五月国民党政府曾开过一次"国民会议",公布过所谓"训政时期约法",所以这里说"重新扮过一次"),草案(草案,指一九三三年三月二十四日国民党政府宪法草案起草委员会拟定的关于"国民大会组织"的草案。其中第三条规定:"中华民国之国民,年满二十岁者,有选举代表权,年满三十岁经考试及格者,有被选举代表权。")如下:第一,谁有代表国民的资格,须由考试决定。第二,考出了举人之后,再来挑选一次,此之谓选(动词)举人;而被挑选的举人,自然是被选举人了。照文法而论,这样的国

224

民大会的选举人，应称为"选举人者"，而被选举人，应称为"被选之举人"。但是，如果不扮，还成艺术么？因此，他们得扮成宪政国家的选举的人和被选举人，虽则实质上还是秀才和举人。这草案的深意就在这里：叫民众看见是民权，而民族祖宗看见是忠孝——忠于固有科举的民族，孝于制定科举的祖宗。此外，像上海已经实现的民权，是纳税的方有权选举和被选，使偌大上海只剩四千四百六十五个大市民。这虽是捐班——有钱的为主，然而他们一定会考中举人，甚至不补考也会赐同进士出身的，因为洋大人膝下的榜样，理应遵照，何况这也并不是一面违背固有文化，一面又扮得很像宪政民权呢？此其一。

其二，一面交涉，一面抵抗（一九三二年二月，汪精卫在徐州演讲中谈中日外交问题时，便说要"一面抵抗，一面交涉"，并解释说"因为不能战，所以抵抗；因为不能和，所以交涉，是以抵抗和交涉并行"）：从这一方面看过去是抵抗，从那一面看过来其实是交涉。其三，一面做实业家、银行家，一面自称"小贫"（"小贫"，这个词见于孙中山所著《三民主义》一书中《民生主义》第二讲："中国人所谓贫富不均，不过在贫的阶级之中，分出大贫与小贫。其实中国的顶大资本家，和外国资本家比较，不过是一个小贫。"孙中山的意思在于说明中国民族资本主义受着外国资本主义的排斥和打击，因而难以发展；但后来中国一些资本家曾利用这句话来否认无产阶级和资产阶级的区别）而已。其四，一面日货销路复旺，一面对人说是"国货年"……诸如此类，不胜枚举，而大都是扮演得十分巧妙，两面光滑的。

呵，中国真是个最艺术的国家，最中庸的民族。

然而小百姓还要不满意，呜呼，君子之中庸，小人之反中庸也！

三月三十日

本篇最初发表于一九三三年四月二日

《申报·自由谈》，署名何家干

推背图

我这里所用的"推背"的意思，是说：从反面来推测未来的情形。

上月的《自由谈》里，就有一篇《正面文章反看法》（《正面文章反看法》，陈子展作，发表于一九三三年三月十三日《申报·自由谈》。其中大意说当时的喊"航空救国"，其实是不敢炸日本军而只是炸"匪"（红军）；"长期抵抗"等于长期不抵抗；"收回失地"等于不收回失地，等等），这是令人毛骨悚然的文字。因为得到这一个结论的时候，先前一定经过许多苦楚的经验，见过许多可怜的牺牲。本草家（本草家，指中药药物学家。汉代有托名神农作的药物学书《本草》，载药三百六十五味，后即以本草为中药的统称）提起笔来，写道：砒霜，大毒。字不过四个，但他却确切知道了这东西曾经毒死过若干性命的了。

里巷间有一个笑话：某甲将银子三十两埋在地里面，怕人知道，就在上面竖一块木板，写道："此地无银三十两。"隔壁的阿二因此却将这掘去了，也怕人发觉，就在木板的那一面添上一句道："隔壁阿二勿曾偷。"这就是在教人"正面文章反看法"。

但我们日日所见的文章，却不能这么简单。有明说要做，其实不做的；有明说不做，其实要做的；有明说做这样，其实做那样的；有其实自己要这么做，倒说别人要这么做的；有一声不响，而其实倒做了的。然而也有说这样，竟这样的。难就在这地方。

例如近几天报章上记载着的要闻罢：

一，××军在××血战，杀敌××××人。

二，××谈话：决不与日本直接交涉，仍然不改初衷，抵抗到底。

三，芳泽来华（芳泽来华，一九三三年三月三十一日，曾经做过日本驻华公使、外务大臣的芳泽谦吉（1874—1965）从日本到上海；对外宣称是私人旅行，以掩饰其来华活动的目的）据云系私人事件。

四，共党联日，该伪中央已派干部××赴日接洽。

五，××××……

倘使都当反面文章看，可就太骇人了。但报上也有"莫干山路草棚船百余只大火"，"××××廉价只有四天了"等大概无须"推背"的记载，于是乎我们就又糊涂起来。

听说，《推背图》（《推背图》，现存传本一卷共六十图，前五十九图预测以后历代兴亡变乱，第六十图画的是唐代袁天罡要李淳风停止继续预测而推李的背脊的动作，故后来又被认作李袁二人同撰）本是灵验的，某朝某帝怕他淆惑人心，就添了些假造的在里面，因此弄得不能豫知了，必待事实证明之后，人们这才恍然大悟。

我们也只好等着看事实，幸而大概是不很久的，总出不了今年。

四月二日

本篇最初发表于一九三三年四月六日

《申报·自由谈》，署名何家干

谈金圣叹

讲起清朝的文字狱来，也有人拉上金圣叹①，其实是很不合适的。他的"哭庙"，用近事来比例，和前年《新月》上的引据三民主义以自辩，并无不同，但不特捞不到教授而且至于杀头，则是因为他早被官绅们认为坏货了的缘故。就事论事，倒是冤枉。

清中叶以后的他的名声，也有些冤枉。他抬起小说传奇来，和《左传》、《杜诗》并列，实不过拾了袁宏道辈的残余；而且经他一批，原作的诚实之处，往往化为笑谈，布局行文，也都被硬

---

① 金圣叹（1608—1661）名人瑞，原姓张，名采，吴县（今属江苏）人，明末清初文人。曾批改《西厢记》、《水浒传》等。据清代王应奎《柳南随笔》载：清顺治十八年（1661），"大行皇帝（按：指顺治）遗诏至苏，巡抚以下，大临府治。诸生从而讦吴县令不法事，巡抚朱国治方令，于是诸生被系者五人。翌日诸生群哭于文庙，复逮系至十三人，俱劾大不敬，而圣叹与焉。当是时，海寇入犯江南，衣冠陷贼者，坐反叛，兴大狱。廷议遣大臣即讯并治诸生，及狱具，圣叹与十七人俱附会逆案坐斩，家产籍没入官。闻圣叹将死，大叹诧曰：'断头，至痛也。籍家，至惨也。而圣叹以不意得之，大奇！'于是一笑受刑，其妻子亦遣戍边塞云"。

拖到八股的做法上。这余荫，就使有一批人，堕入了对于《红楼梦》之类，总在寻求伏线，挑剔破绽的泥塘。

自称得到古本，乱改《西厢》字句（《西厢》，全名《崔莺莺待月西厢记》，杂剧，元代王实甫作。金圣叹在批注《西厢》时，曾参校徐文长、徐士范、王伯良等较早的刻本，作了一些有根据的改动，但有些却是主观妄改的，如将篇末"谢当今盛明唐圣主"改为"谢当今垂帘双圣主"，则更是为了奉承清顺治皇帝及其母后而乱改的）的案子且不说罢，单是截去《水浒》的后小半〔截去《水浒》的后小半。明中叶以后，《水浒传》有百回和一百二十回多种版本流行。明崇祯十四年（1641）左右，金圣叹把《水浒》七十一回以后的章节全部删去，另造了一个"惊噩梦"的结局（卢俊义梦见知州"嵇叔夜"击溃了梁山队伍，并杀绝起义者一百零八人），又把第一回改为楔子，成为七十回本〕梦想有一个"嵇叔夜"来杀尽宋江们，也就昏庸得可以。虽说因为痛恨流寇的缘故，但他是究竟近于官绅的，他到底想不到小百姓的对于流寇，只痛恨着一半：不在于"寇"，而在于"流"。

百姓固然怕流寇，也很怕"流官"。记得民元革命以后，我在故乡，不知怎地县知事常常掉换了。每一掉换，农民们便愁苦着相告道："怎么好呢？又换了一只空肚鸭来了！"他们虽然至今不知道"欲壑难填"的古训，却很明白"成则为王，败则为贼"的成语，贼者，流着之王，王者，不流之贼也，要说得简单一点，那就是"坐寇"。中国百姓一向自称"蚁民"，现在为便于譬喻起见，姑升为牛罢，铁骑一过，茹毛饮血，蹄骨狼藉，倘可避免，他们自然是总想避免的，但如果肯放任他们自啮野草，苟延残喘，挤出乳来将这些"坐寇"喂得饱饱的，后来能够比较的不复狼吞虎咽，则他们就以为如天之福。所区别的只在"流"与"坐"，却并不在"寇"与"王"。试翻明末的野史，就知道北京民心的不安，在李自成入京的时候，是不及他出京之际的利害的。

宋江据有山寨，虽打家劫舍，而劫富济贫，金圣叹却道应该在童贯高俅辈的爪牙之前，一个个俯首受缚，他们想不通。所以《水浒传》纵然成了断尾巴蜻蜓，乡下人却还要看《武松独手擒方腊》这些戏。

不过这还是先前的事，现在似乎又有了新的经验了。听说四川有一支民谣，大略是"贼来如梳，兵来如篦，官来如剃"的意思。汽车飞艇，价值既远过于大轿马车，租界和外国银行，也是海通以来新添的物事，不但剃尽毛发，就是刮尽筋肉，也永远填不满的。正无怪小百姓将"坐寇"之可怕，放在"流寇"之上了。

事实既然教给了这些，仅存的路，就当然使他们想到了自己的力量。

五月三十一日

本篇最初发表于一九三三年七月一日

上海《文学》第1卷第1号

娘儿们也不行

林语堂先生只佩服《论语》，不崇拜孟子，所以他要让娘儿们来干一下（让娘儿们来干一下，林语堂在一九三三年八月十八日《申报·自由谈》发表《让娘儿们干一下吧!》一文，其中引述美国某夫人"让女子来试一试统治世界"的话以后说："世事无论是中国是外国，是再不会比现在男子统治下的情形更坏了。所以姑娘们来向我们要求'让我们娘儿们试一试吧'，我只好老实承认我们汉子的失败，把世界的政权交给娘儿们去。"）。其实，孟夫子说过的："养生者不足以当大事，唯送死可以当大事。"娘儿们只会"养生"，不会"送死"，如何可以叫她们来治天下！

"养生"得太多了，就有人满为患，于是你抢我夺，天下大乱。非得有人来实行送死政策，叫大家一批批去送死，只剩下他们自己不可。这只有男子汉干得出来。所以文官武将都由男子包办，是并非无功受禄的。自然不是男子全体，例如林语堂先生举出的罗曼·罗兰等等就不在内。

懂得这层道理，才明白军缩会议、世界经济会议、废止内战同盟等等，都只是一些男子汉骗骗娘儿们的玩意儿；他们自己心里是雪亮的：只有"送死"可以治国而平天下——送死者，送别人去为着自己死之谓也。

就说大多数"别人"不愿意去死，因而请慈母性的娘儿们来治理罢，那也是不行的。林黛玉说"不是东风压倒西风，就是西风压倒东风"，这就是女界的"内战"也是永远不息的意思。虽说娘儿们打起仗来不用机关枪，然而动不动就抓破脸皮也就不得了。何况"东风"和"西风"之间，还有另一种女人，她们专门在挑拨，教唆，搬弄是非。总之，争吵和打架也是女子主义国家的国粹，而且还要剧烈些。所以假定娘儿们来统治了，天下固然仍旧不得太平，而且我们的耳根更是一刻儿不得安静了。

人们以为天下的乱是由于男子爱打仗，其实不然的。这原因还在于打仗打得不彻底，和打仗没有认清真正的冤家。如果认清了冤家，又不像娘儿们似的空嚷嚷，而能够扎实的打硬仗，那也许真把爱打仗的男女们的种都给灭了。而娘儿们都大半是第三种：东风吹来往西倒，西风吹来往东倒，弄得循环报复，没有个结账的日子。同时，每一次打仗——因为她们倒得快，就总不会彻底，又因为她们大都特别认不清冤家，就永久只有纠缠，没有清账。统治着的男子汉，其实要感谢她们的。

所以现在世界的糟，不在于统治者是男子，而在这男子在女人的地统治。以妾妇之道治天下，天下那得不糟！

举半个例罢：明朝的魏忠贤是太监——半个女人，他治天下的时候，弄得民不聊生，到处"养生"了许多干儿孙，把人的血肉廉耻当馒头似的吞噬，而他的狐群狗党还拥戴他配享孔庙，继承道统。半个女人的统治尚且如此可怕，何况还是整个的女人呢！

本篇最初发表于一九三三年八月二十一日

《申报·自由谈》，署名虞明

隔 膜

清朝初年的文字之狱，到清朝末年才被从新提起。最起劲的是"南社"（"南社"，文学团体，一九〇九年由柳亚子等人发起成立于苏州。该社以诗文鼓吹反清革命，一九二三年无形解体）里的有几个人，为被害者辑印遗集；还有些留学生，也争从日本撤回文证来（清末有些留日学生从日本的图书馆中搜集明末遗民的著作，如《扬州十日记》、《嘉定屠城记略》、《朱舜水集》、《张苍水集》等。印出后输入国内，以鼓吹反清革命）。待到孟森的《心史丛刊》出，我们这才明白了较详细的状况，大家向来的意见，总以为文字之祸，是起于笑骂了清朝。然而，其实是不尽然的。

这一两年来，故宫博物院的故事似乎不大能够令人敬服，但它却印给了我们一种好书，曰《清代文字狱档》，去年已经出到八辑。其中的案件，真是五花八门，而最有趣的，则莫如乾隆四十八年二月"冯起炎注解易诗二经欲行投呈案"。

冯起炎是山西临汾县的生员，闻乾隆将谒泰陵（泰陵，清朝雍正皇帝（胤禛）的陵墓，在河北易县），便身怀著作，在路上徘徊，意图呈进，不料先以"形迹可疑"被捕了。那著作，是以《易》解《诗》，实则信口开河，在这里犯不上抄录，惟结尾有"自传"似的文章一大段，却是十分特别的——

又，臣之来也，不愿如何如何，亦别无愿求之事，唯有一事未决，请对陛下一叙其缘由。臣……名曰冯起炎，字是南州，尝到臣张三姨母家，见一女，可娶，而恨力不足以办此。此女名曰小女，年十七岁，方当待字之年，而正在未字之时，乃原籍东关春牛厂长兴号张守忭之次女也。又到臣杜五姨母家，见一女，可娶，而恨力不足以办此。此女名小凤，年十三岁，虽非必字之年，而已在可字之时，乃本京东城闹市口瑞生号杜月之次女也。若以陛下之力，差干员一人，选快马一匹，克日长驱到临邑，问彼临邑之地方官："其东关春牛厂长兴号中果有张守忭一人否？"诚如是也，则此事谐矣。再问："东城闹市口瑞生号中果有杜月一人否?"诚如是也,则此事谐矣。二事谐,则臣之愿毕矣。然臣之来也,方不知陛下纳臣之言耶否耶,而必以此等事相强乎?特进言之际,一叙及之。

这何尝有丝毫恶意?不过着了当时通行的才子佳人小说的迷,想一举成名,天子做媒,表妹入抱而已。不料事实结局却不大好,署直隶总督袁守侗拟奏罪名是"阅其呈首,胆敢于圣主之前,混讲经书,而呈尾措词,尤属狂妄。核其情罪,较冲突仪仗为更重。冯起炎一犯,应从重发往黑龙江等处,给披甲人为奴。俟部复到日,照例解部刺字发遣"。这位才子,后来大约终于单身出关做西崽去了。

此外的案情,虽然没有这么风雅,但并非反动的还不少。有的是鲁莽;有的是发疯;有的是乡曲迂儒,真的不识讳忌;有的则是草野愚民,实在关心皇家。而命运大概很悲惨,不是凌迟、灭族,便是立刻杀头,或者"斩监候",也仍然活不出。

凡这等事,粗略地一看,先使我们觉得清朝的凶虐,其次,是死者的可怜。但再来一想,事情是并不这么简单的。这些惨案的来由,都只为了"隔膜"。

满洲人自己,就严分着主奴,大臣奏事,必称"奴才",而汉人却称"臣"就好。这并非因为是"炎黄之胄",特地优待,赐以嘉名的,其实是所以别于满人的"奴才",其地位还下于"奴才"数等。奴隶只能奉行,不许言议;评论固然不可,妄自颂扬也不可,这就是"思不出其位"。譬如说:主子,您这袍角有些儿破了,拖下去怕更要破烂,还是补一补好。进言者方自以为在尽忠,而其实却犯了罪,因为另有准其讲这样的话的人在,

不是谁都可说的。一乱说，便是"越俎代谋"，当然"罪有应得"。倘自以为是"忠而获咎"，那不过是自己的糊涂。

但是，清朝的开国之君是十分聪明的，他们虽然打定了这样的主意，嘴里却并不照样说，用的是中国的古训："爱民如子"、"一视同仁"。一部分的大臣、士大夫，是明白这奥妙的，并不敢相信。但有一些简单愚蠢的人们却上了当，真以为"陛下"是自己的老子，亲亲热热的撒娇讨好去了。他那里要这被征服者做儿子呢？于是乎杀掉。不久，儿子们吓得不再开口了，计划居然成功；直到光绪时康有为们的上书，才又冲破了"祖宗的成法"。然而这奥妙，好像至今还没有人来说明。

施蛰存先生在《文艺风景》创刊号里，很为"忠而获咎"者不平，就因为还不免有些"隔膜"的缘故。这是《颜氏家训》或《庄子》、《文选》里所没有的。

六月十日

本篇最初发表于一九三四年七月五日

上海《新语林》半月刊第1期，署名杜德机

看书琐记

高尔基很惊服巴尔扎克小说里写对话的巧妙，以为并不描写人物的模样，却能使读者看了对话，便好像目睹了说话的那些人。（八月份《文学》内《我的文学修养》）

中国还没有那样好手段的小说家，但《水浒》和《红楼梦》

的有些地方，是能使读者由说话看出人来的。其实，这也并非什么奇特的事情，在上海的弄堂里，租一间小房子住着的人，就时时可以体验到。他和周围的住户，是不一定见过面的，但只隔一层薄板壁，所以有些人家的眷属和客人的谈话，尤其是高声的谈话，都大略可以听到，久而久之，就知道那里有那些人，而且仿佛觉得那些人是怎样的人了。

如果删除了不必要之点，只摘出各人的有特色的谈话来，我想，就可以使别人从谈话里推见每个说话的人物。但我并不是说，这就成了中国的巴尔扎克。

作者用对话表现人物的时候，恐怕在他自己的心目中，是存在着这人物的模样的，于是传给读者，使读者的心目中也形成了这人物的模样。但读者所推荐的人物，却并不一定和作者所设想的相同，巴尔扎克的小胡须的清瘦老人，到了高尔基的头里，也许变了粗蛮壮大的络腮胡子。不过那性格，言动，一定有些类似，大致不差，恰如将法文翻成了俄文一样。要不然，文学这东西便没有普遍性了。

文学虽然有普遍性，但因读者的体验的不同而有变化，读者倘没有类似的体验，它也就失去了效力。譬如我们看《红楼梦》，从文字上推见了林黛玉这一个人，但须排除了梅博士的"黛玉葬花"照相的先入之见，另外想一个，那么，恐怕会想到剪头发，穿印度绸衫，清瘦，寂寞的摩登女郎；或者别的什么模样，我不能断定。但试去和三四十年前出版的《红楼梦图咏》之类里面的画像比一比罢，一定是截然两样的，那上面所画的，是那时的读者的心目中的林黛玉。

文学有普遍性，但有界限；也有较为永久的，但因读者的社会体验而生变化。北极的遏斯吉摩人和非洲腹地的黑人，我以为是不会懂得"林黛玉型"的；健全而合理的好社会中人，也将不能懂得，他们大约要比我们的听讲始皇焚书、黄巢杀人更其隔膜。一有变化，即非永久，说文学独有仙骨，是做梦的人们的梦话。

八月六日

本篇最初发表于一九三四年八月八日

《申报·自由谈》

隐　士

隐士，历来算是一个美名，但有时也当做一个笑柄。最显著的，则有刺陈眉公的"翩然一只云中鹤，飞去飞来宰相衙"的诗，至今也还有人提及。我以为这是一种误解。因为一方面，是"自视太高"，于是别方面也就"求之太高"，彼此"忘其所以"，不能"心照"，而又不能"不宣"，从此口舌也多起来了。

非隐士的心目中的隐士，是声闻不彰、息影山林的人物。但这种人物，世间是不会知道的。一到挂上隐士的招牌，则即使他并不"飞去飞来"，也一定难免有些表白，张扬；或是他的帮闲们的开锣喝道——隐士家里也会有帮闲，说起来似乎不近情理，但一到招牌可以换饭的时候，那是立刻就有帮闲的，这叫做"啃招牌边"。这一点，也颇为非隐士的人们所诟病，以为隐士身上而有油可揩，则隐士之阔绰可想了。其实这也是一种"求之太高"的误解，和硬要有名的隐士，老死山林中者相同。凡是有名的隐士，他总是已经有了"优哉游哉，聊以卒岁"的幸福的。倘不然，朝砍柴，昼耕田，晚浇菜，夜织屦，又那有吸烟品茗，吟诗作文的闲暇？陶渊明先生是我们中国赫赫有名的大隐，一名"田园诗人"，自然，他并不办期刊，也赶不上吃"庚款"（"庚款"，指美、英等国退还的庚子赔款。一九〇〇年［庚子］八国联军入侵我国，次年强迫清政府订立《辛丑条约》，其中规定付给各国"偿款"银四亿五千万两。后来英、美等国宣布将赔款中尚未付给的部分"退还"，作为在我国兴办学校、图书馆、医院等机构和设立各种学术文化奖金的经费），然而他有奴子。汉晋时候的奴子，是不但侍候主人，并且给主人种地，营商的，正是生财器具。所以虽是渊明先生，也还略略有些生财之道在，要不然，他老人家不但没有酒喝，而且没有饭吃，早已在东篱旁边饿死了。

所以我们倘要看看隐君子风，实际上也只能看看这样的隐君子，真的"隐君子"是没法看到的。古今著作，足以汗牛而充栋，但我们可能找出樵夫渔父的著作来？他们的著作是砍柴和打鱼。至于那些文士诗翁，自称什么钓徒樵子的，倒大抵是悠然自得的封翁或公子，何尝捏过钓竿或斧头柄？要在他们身上赏鉴隐逸气，我敢说，这只能怪自己胡涂。

登仕，是饭之道，归隐，也是饭之道。假使无法饭，那就连"隐"也隐不成了。"飞去飞来"，正是因为要"隐"，也就是因为要饭；肩出"隐士"的招牌来，挂在"城市山林"里，这就正是所谓"隐"，也就是饭之道。帮闲们或开锣，或喝道，那是因为自己还不配"隐"，所以只好揩一点"隐"油，其实也还不外乎饭之道。汉唐以来，实际上是入仕并不算鄙，隐居也不算高，而且也不算穷，必须欲"隐"而不得，这才看作士人的末路。唐末有一位诗人左偭，自述他悲惨的境遇道"谋隐谋官两无成"，是用七个字道破了所谓"隐"的秘密的。

"谋隐"无成，才是沦落，可见"隐"总和享福有些相关，至少是不必十分挣扎谋生，颇有悠闲的余裕。但赞颂悠闲，鼓吹烟茗，却又是挣扎之一种，不过挣扎得隐藏一些。虽"隐"，也仍然要饭，所以招牌还是要油漆，要保护的。泰山崩，黄河溢，隐士们目无见，耳无闻，但苟有议及自己们或他的一伙的，则虽千里之外，半句之微，他便耳聪目明，奋袂而起，好像事件之大，远胜于宇宙之灭亡者，也就为了这缘故。其实连和苍蝇也何尝有什么相关（林语堂等所办《人间世》的《发刊词》中，曾说该刊内容："包括一切，宇宙之大，苍蝇之微，皆可取材，故名之为人间世。"）

明白这一点，对于所谓"隐士"也就毫不诧异了，心照不宣，彼此都省事。

一月二十五日
本篇最初发表于一九三五年二月二十日
上海《太白》半月刊第1卷第11期，署名长庚

"寻开心"

我有时候想到，忠厚老实的读者或研究者，遇见有两种人的文意，他是会吃冤枉苦头的。一种，是古里古怪的诗和尼采式的短句，以及几年前的所谓未来派的作品。这些大概是用怪字面，

生句子，没意思的硬连起来的，还加上好几行很长的点线。作者本来就是乱写，自己也不知道什么意思。但认真的读者却以为里面有着深意，用心的来研究它，结果是到底莫名其妙，只好怪自己浅薄。假如你去请教作者本人罢，他一定不加解释，只是鄙夷的对你笑一笑。这笑，也就愈见其深。

还有一种，是作者原不过"寻开心"，说的时候本来不当真，说过也就忘记了。当然和先前的主张会冲突，当然在同一篇文章里自己也会冲突。但是你应该知道作者原以为作文和吃饭不同，不必认真的。你若认真的看，只能怪自己傻。最近的例子就是悍膂先生的研究语堂先生为什么会称赞《野叟曝言》〔林语堂在《论语》半月刊第四十期（一九三四年五月一日）发表的《语录体举例》中说："近读《野叟曝言》，知是白话上等文字，见过数段，直可作修辞学上之妙语举例。"次年一月他又在《人间世》半月刊第十九期的《新年附录：一九三四年我所爱读的书籍》中举了三本书，第一本即为《野叟曝言》，说它"增加我对儒道的认识。儒道有什么好处此书可以见到"。不久悍膂（聂绀弩）就在《太白》半月刊第一卷第十二期（一九三五年三月五日）《谈野叟曝言》一文中，列举该书的"最方巾气"、"不是性灵"、"否认思想自由"、"心灵不健全"、"白中之文"五点，以为："《野叟曝言》处处和林语堂先生的主张相反，为什么林先生还要再三推荐呢？"《野叟曝言》，清代夏敬渠所著的长篇小说〕。不错，这一部书是道学先生的悖慢淫毒心理的结晶，和"性灵"缘分浅得很，引了例子比较起来，当然会显出这称赞的出人意料。但其实，恐怕语堂先生之憎"方巾气"，谈"性灵"，讲"潇洒"，也不过对老实人"寻开心"而已，何尝真知道"方巾气"之类是怎么一回事；也许简直连他所称赞的《野叟曝言》也并没有怎么看。所以用本书和他那别的主张来比较研究，是永久不会懂的。自然，两面非常不同，这很清楚，但怎么竟至于称赞起来了呢，也还是一个"不可解"。我的意思是以为有些事情万不要想得太深，想得太忠厚、太老实，我们只要知道语堂先生那时正在崇拜袁中郎，而袁中郎也曾有过称赞《金瓶梅》的事实，就什么骇异之意也没有了。

还有一个例子。如读经，在广东，听说是从燕塘军官学校提倡起来的；去年，就有官定的小学校用的《经训读本》出版，给五年级用的第一课，却就是"孔子谓曾子曰：身体发肤，受之父母，不敢毁伤，孝之始也……"那么，"为国捐躯"是"孝之终"么？并不然，第三课还有"模范"，是乐正子春述曾子闻诸夫子之说云："天之所生，地之所养，无人为大。父母全而生之，子全而归之，可谓孝矣。不亏其体，不辱其身，可谓全矣。故君子顷步而弗敢忘孝也……"

还有一个最近的例子，就在三月七日的《中华日报》上。那地方记得有"北平大学教授兼女子文理学院文史系主任李季谷氏"赞成《一十宣言》[《一十宣言》，指一九三五年一月十日王新命、何炳松等十教授所发表的"中国本位的文化建设"宣言，其中说："在文化的领域中，我们看不见现在的中国了……要使中国能在文化的领域中抬头，要使中国的政治、社会和思想都具有中国的特征，必须从事于中国本位的文化建设。"李季谷（1895—1968），即李宗武，浙江绍兴人]原则的谈话，末尾道："为复兴民族之立场言，教育部应统令设法标榜岳武穆、文天祥、

242

方孝孺等有气节之名臣勇将，俾一般高官戎将有所法式云"。

凡这些，都是以不大十分研究为是的。如果想到"全而归之"和将来的临阵冲突，或者查查岳武穆们的事实，看究竟是怎样的结果，"复兴民族"了没有，那你一定会被捉弄得发昏，其实也就是自寻烦恼。语堂先生在暨南大学讲演道："……做人要正正经经，不好走入邪道……一走入邪道……一定失业……然而，作文，要幽默，和做人不同，要玩玩笑笑，寻开心……"（据《芒种》本）这虽然听去似乎有些奇特，但其实是很可以启发人的神智的：这"玩玩笑笑，寻开心"，就是开开中国许多古怪现象的锁的钥匙。

三月七日

本篇最初发表于一九三五年四月五日

《太白》半月刊第2卷第2期，署名杜德机

论毛笔之类

国货也提倡得长久了，虽然上海的国货公司并不发达，"国货城"也早已关了城门，接着就将城墙撤去，日报上却还常见关于国货的专刊。那上面，受劝和挨骂的主角，照例也还是学生，儿童和妇女。

前几天看见一篇关于笔墨的文章，中学生之流，很受了一顿训斥，说他们十分之九，是用钢笔和墨水的，这就使中国的笔墨没有出路。自然，倒并不说这一类人就是什么奸，但至少，恰如摩登妇女的爱用外国脂粉和香水似的，应负"入超"的若干的责任。

这话也并不错的。不过我想，洋笔墨的用不用，要看我们的闲不闲。我自己是先在私塾里用毛笔，后在学校里用钢笔，后来回到乡下又用毛笔的人，却以为假如我们能够悠悠然，洋洋焉，拂砚伸纸，磨墨挥毫的话，那么，羊毫和松烟当然也很不坏。不过事情要做得快，字要写得多，可就不成功了，这就是说，它敌不过钢笔和墨水。譬如在学校里抄讲义罢，即使改用墨盒，省去临时磨墨之烦，但不久，墨汁也会把毛笔胶住，写不开了，你还得带洗笔的水池，终于弄到在小小的桌子上，摆开"文房四宝"。况且毛笔尖触纸的多少，就是字的粗细，是全靠手腕做主的，因此也容易疲劳，越写越慢。闲人不要紧，一忙，就觉得无论如何，总是墨水和钢笔便当了。

青年里面，当然也不免有洋服上挂一枝万年笔（万年笔，日语：自来水笔），做做装饰的人，但这究竟是少数，使用者的多，原因还是在便当。便于使用的器具的力量，是决非劝谕、讥刺、痛骂之类的空言所能制止的。假如不信，你倒去劝那些坐汽车的人，在北方改用骡车，在南方改用绿呢大轿试试看。如果说这提议是笑话，那么，劝学生改用毛笔呢？现在的青年，已经成了"庙头鼓"，谁都不妨敲打了。一面有繁重的学科，古书的提倡，一面却又有教育家喟然兴叹，说他们成绩坏，不看报纸，昧于世界的大势。

但是，连笔墨也乞灵于外国，那当然是不行的。这一点，却要推前清的官僚聪明，他们在上海立过制造局，想造比笔墨更紧要的器械——虽然为了"积重难返"，终于也造不出什么东西来。

244

欧洲人也聪明，金鸡那原是非洲的植物，因为去偷种子，还死了几个人，但竟偷到手，在自己这里种起来了，使我们现在如果发了疟疾，可以很便当的大吃金鸡那霜丸，而且还有"糖衣"，连不爱服药的娇小姐们也吃得甜蜜蜜。制造墨水和钢笔的法子，弄弄到手，是没有偷金鸡那子那么危险的。所以与其劝人莫用墨水和钢笔，倒不如自己来造墨水和钢笔；但必须造得好，切莫"挂羊头卖狗肉"。要不然，这一番工夫就又是一个白费。

但我相信，凡有毛笔拥护论者大约也不免以我的提议为空谈：因为这事情不容易。这也是事实；所以典当业只好呈请禁止奇装异服，以免时价早晚不同，笔墨业也只好主张吮墨舐毫，以免国粹渐就沦丧。改造自己，总比禁止别人来得难。然而这办法却是没有好结果的，不是无效，就是使一部份青年又变成旧式的斯文人。

八月二十三日

本篇最初发表于一九三五年九月五日

《太白》半月刊第 2 卷第 12 期，署名黄棘

"这也是生活……"

这也是病中的事情。

有一些事，健康者或病人是不觉得的，也许遇不到，也许太微细。到得大病初愈，就会经验到；在我，则疲劳之可怕和休息之舒适，就是两个好例子。我先前往往自负，从来不知道所谓疲劳。书

桌面前有一把圆椅，坐着写字或用心的看书，是工作；旁边有一把藤躺椅，靠着谈天或随意的看报，便是休息；觉得两者并无很大的不同，而且往往以此自负。现在才知道是不对的，所以并无大不同者，乃是因为并未疲劳，也就是并未出力工作的缘故。

我有一个亲戚的孩子，高中毕了业，却只好到袜厂里去做学徒，心情已经很不快活的了，而工作又很繁重，几乎一年到头，并无休息。他是好高的，不肯偷懒，支持了一年多。有一天，忽然坐倒了，对他的哥哥道："我一点力气也没有了。"

他从此就站不起来，送回家里，躺着，不想饮食，不想动弹，不想言语，请了耶稣教堂的医生来看，说是全体什么病也没有，然而全体都疲乏了。也没有什么法子治。自然，连接而来的是静静的死。我也曾经有过两天这样的情形，但原因不同，他是做乏，我是病乏的。我的确什么欲望也没有，似乎一切都和我不相干，所有举动都是多事，我没有想到死，但也没有觉得生；这就是所谓"无欲望状态"，是死亡的第一步。曾有爱我者因此暗中下泪；然而我有转机了，我要喝一点汤水，我有时也看看四近的东西，如墙壁、苍蝇之类，此后才能觉得疲劳，才需要休息。

象心纵意地躺倒，四肢一伸，大声打一个呵欠，又将全体放在适宜的位置上，然后弛懈了一切用力之点，这真是一种大享乐。在我是从来未曾享受过的。我想，强壮的，或者有福的人，恐怕也未曾享受过。

记得前年，也在病后，做了一篇《病后杂谈》，共五节，投给《文学》，但后四节无法发表，印出来只剩了头一节了。虽然文章前面明明有一个"一"字，此后突然而止，并无"二""三"，仔细一想是就会觉得古怪的，但这不能要求于每一位读者，甚而至于不能希望于批评家。于是有人据这一节，下我断语道："鲁迅是赞成生病的。"现在也许暂免这种灾难了，但我还不如先在这里声明一下："我的话到这里还没有完。"

有了转机之后四五天的夜里，我醒来了，喊醒了广平。

"给我喝一点水。并且去开开电灯，给我看来看去的看一下。"

"为什么？……"她的声音有些惊慌，大约是以为我在讲昏话。

"因为我要过活。你懂得么？这也是生活呀。我要看来看去的看一下。"

"哦……"她走起来，给我喝了几口茶，徘徊了一下，又轻轻的躺下了，不去开电灯。

我知道她没有懂得我的话。

街灯的光穿窗而入，屋子里显出微明，我大略一看，熟识的墙壁，壁端的棱线，熟识的书堆，堆边的未订的画集，外面地进行着的夜，无穷的远方，无数的人们，都和我有关。我存在着，我在生活，我将生活下去，我开始觉得自己更切实了，我有动作的欲望——但不久我又坠入了睡眠。

第二天早晨在日光中一看，果然，熟识的墙壁，熟识的书堆……这些，在平时，我也时常看它们的，其实是算作一种休息。但我们一向轻视这等事，纵使也是生活中的一片，却排在喝茶搔痒之下，或者简直不算一回事。我们所注意的是特别的精华，毫不在枝叶。给名人作传的人，也大抵一味铺张其特点，李白怎样做诗，怎样要颠，拿破仑怎样打仗，怎样不睡觉，却不说他们怎样不要颠，要睡觉。其实，一生中专门要颠或不睡觉，是一定活不下去的，人之有时能耍颠和不睡觉，就因为倒是有时不耍颠和也睡觉的缘故。然而人们以为这些平凡的都是生活的渣滓，一看也不看。

于是所见的人或事，就如盲人摸象，摸着了脚，即以为象的样子像柱子。中国古人，常欲得其"全"，就是制妇女用的"乌鸡白凤丸"，也将全鸡连毛血都收在丸药里，方法固然可笑，主意却是不错的。

删夷枝叶的人，决定得不到花果。

为了不给我开电灯，我对于广平很不满，见人即加以攻击；到得自己能走动了，就去一翻她所看的刊物，果然，在我卧病期中，全是精华的刊物已经出得不少了，有些东西，后面虽然仍旧是"美容妙法"、"古木发光"，或者"尼姑之秘密"，但第一面却总有一点激昂慷慨的文章。作文已经有了"最中心之主题"：连义和拳时代和德国统帅瓦德西睡了一些时候的赛金花，也早已封为九天护国娘娘了。这里说赛金花被"封为九天护国娘娘"，是针对夏衍所作剧本《赛金花》以及当时报刊对该剧的赞扬而说的。

尤可惊服的是先前用《御香缥缈录》（《御香缥缈录》，原名《老佛爷时代的西太后》，清宗室德龄所作。原本系英文，一九三三年在美国纽约出版。秦瘦鸥译为中文，一九三四年四月起在《申报》副刊《春秋》上连载，后由申报馆印行单行本。）把清朝的宫廷讲得津津有味的《申报》上的《春秋》，也已经时而大有不同，有一天竟在卷端的《点滴》里，教人当吃西瓜时，也该想到我们土地的被割碎，像这西瓜一样。自然，这是无时无地无事而不爱国，无可訾议的。但倘使我一面这样想，一面吃西瓜，我恐怕一定咽不下去，即使用劲咽下，也难免不能消化，在肚子里咕咚地响它好半天。这也未必是因为我病后神经衰弱的缘故。我想，倘若用西瓜作比，讲过国耻讲义，却立刻又会高高兴兴地把这西瓜吃下，成为血肉的营养的人，这人恐怕是有些麻木。对他无论讲什么讲义，都是毫无功效的。

我没有当过义勇军，说不确切。但自己问：战士如吃西瓜，是否大抵有一面吃，一面想的仪式的呢？我想：未必有的。他大概只觉得口渴，要吃，味道好，却并不想到此外任何好听的大道理。吃过西瓜，精神一振，战斗起来就和喉干舌敝时候不同，所以吃西瓜和抗敌的确有关系，但和应该怎样想的上海设定的战略，却是不相干。这样整天哭丧着脸去吃喝，不多久，胃口就倒了，还抗什么敌？

然而人往往喜欢说得稀奇古怪，连一个西瓜也不肯主张平平常常的吃下去。其实，战士的日常生活，是并不全部可歌可泣的，然而又无不和可歌可泣之部相关联，这才是实际上的战士。

八月二十三日

本篇最初发表于一九三六年九月五日
上海《中流》半月刊第1卷第1期

关于太炎先生二三事

前一些时，上海的官绅为太炎先生开追悼会，赴会者不满百人，遂在寂寞中闭幕，于是有人慨叹，以为青年们对于本国的学者，竟不如对于外国的高尔基的热诚。这慨叹其实是不得当的。

官绅集会，一向为小民所不敢到；况且高尔基是战斗的作家，太炎先生虽先前也以革命家现身，后来却退居于宁静的学者，用自己所手造的和别人所帮造的墙，和时代隔绝了。纪念者自然有人，但也许将为大多数所忘却。

我以为先生的业绩，留在革命史上的，实在比在学术史上还要大。回忆三十余年之前，木板的《訄书》已经出版了，我读不断，当然也看不懂，恐怕那时的青年，这样的多得很。我的知道中国有太炎先生，并非因为他的经学和小学，是为了他驳斥康有为和作邹容的《革命军》序，竟被监禁于上海的西牢。那时留学日本的浙籍学生，正办杂志《浙江潮》，其中即载有先生狱中所作诗，却并不难懂。这使我感动，也至今并没有忘记，现在抄两首在下面——

狱中赠邹容

邹容吾小弟，被发下瀛洲。快剪刀除辫，干牛肉作餱。英雄一入狱，天地亦悲秋。临命须掺手，乾坤只两头。

狱中闻沈禹希见杀

不见沈生久，江湖知隐沦，萧萧悲壮士，今在易京门。螭魅羞争焰，文章总断魂。中阴当待我，南北几新坟。

一九〇六年六月出狱，即日东渡，到了东京，不久就主持《民报》。我爱看这《民报》，但并非为了先生的文笔古奥，索解为难，或说佛法，谈"俱分进化"，是为了他和主张保皇的梁启超斗争，和"××"的×××斗争，和"以《红楼梦》为成佛之要道"的×××斗争，真是所向披靡，令人神往。前去听讲也在这时候，但又并非因为他是学者，却为了他是有学问的革命家，所以直到现在，先生的音容笑貌，还在目前，而所讲的《说文解字》，却一句也不记得了。

民国元年革命后，先生的所志已达，该可以大有作为了，然而还是不得志。这也是和高尔基的生受崇敬，死备哀荣，截然两样的。我以为两人遭遇的所以不同，其原因乃在高尔基先前的理想，后来都成为事实，他的一身，就是大众的一体，喜怒哀乐，无不相通；而先生则排满之志虽伸，但视为最紧要的"第一是用宗教发起信心，增进国民的道德；第二是用国粹激动种性，增进爱国的热肠"（见《民报》第六本），却仅止于高妙的幻想；不久而袁世凯又攘夺国柄，以遂私图，就更使先生失却实地，仅垂空文，至于今，惟我们的"中华民国"之称，尚系发源于先生的《中华民国解》（最先亦见《民报》），为巨大的纪念而已，然而知道这一重公案者，恐怕也已经不多了。既离民众，渐入颓唐，后来的参与投壶（投壶，一九二六年八月间，章太炎在南京任孙传芳设立的婚丧祭礼制会会长，孙传芳曾邀他参加投壶仪式，但章未去），接收馈赠，遂每为论者所不满，但这也不过白圭之玷，并非晚节不终。考其生平，以大勋章作扇坠，临总统府之门，大诟袁世凯的包藏祸心者，并世无第二人；七被追捕，三入牢狱，而革命之志，终不屈挠者，举世亦无第二人：这才是先哲的精神，后生的楷范。近有文侩，勾结小报，竟也作文奚落先生以自鸣得意，真可谓"小人不欲成人之美"，而且"蚍蜉撼大树，可笑不自量"了！

但革命之后，先生亦渐为昭示后世计，自藏其锋。浙江所刻的《章氏丛书》，是出于手定的，大约以为驳难攻讦，至于忿詈，有违古之儒风，足以贻讥多士的罢，先前的见于期刊的斗争的文章，竟多被刊落，上文所引的诗两首，亦不见于《诗录》中。一九三三年刻《章氏丛书续编》于北平，所收不多，而更纯谨，且不取旧作，当然也无斗争之作，先生遂身衣学术的华衮，猝然成为儒宗，执贽愿为弟子者纂众，至于仓皇制《同门录》成册。近阅日报，有保护版权的广告，有三续丛书的记事，可见又将有遗著出版了，但补入先前战斗的文章与否，却无从知道。战斗的文章，乃是先生一生中最大、最久的业绩，假使未备，我以为是应该一一辑录，校印，使先生和后生相印，活在战斗者的心中的。然而此时此际，恐怕也未必能如所望罢，呜呼！

十月九日

本篇最初印入一九三七年三月十日在上海出版的
《工作与学习丛刊》之一《二三事》一书

【评析：《鲁迅随笔精选》精选了文坛巨擘鲁迅先生一生创作的散文名篇、文化随笔、社会随笔、生活随笔近百篇，如：《文学和出汗》《看镜有感》《不知肉味和不知水味》等，文字犀利幽默，见解深刻独特，凸显了鲁迅先生在散杂文创作方面的风格与成就。】